KB056040

자망 산문집

생각 나들이

이흥규 지음

생각나눔

覺卽力行(각즉역행)

　　사람들은 인간이 생각하는 존재이기까닭에 만물의 영장
이라고 말한다. 그러나 내 생각은 좀 다르다. 동물들도 생각한다고
믿는다. 다람쥐가 도토리를 주워서 아무도 몰래 감추어두는 행동
이나 맹수가 먹잇감을 노리고 상대가 눈치 채지 못하게 숨어서 살
금살금 다가가는 동작이 모두 생각에서 비롯된 행동이 아니겠는
가. 혹자는 이를 생각이 아니라 타고 난 습성이라고 말할 런지 모
르나 습성도 생각이 반복되어 몸에 밴 동작으로 나타나는 것이라
고 생각한다. 다만 동물과 인간이 다른 점은 생각의 양과 깊이의
차이로 보는 것이 타당하다. 이러한 관점에서 볼 때 생각의 깊이가
얕은 인간은 동물과 진배없다는 결론에 이르게 된다.

　인류가 존경하고 받드는 성인들의 가르침은 모두 그분들의 깊고
넓고 높은 생각에서 얻은 깨달음이다. 이분들의 깨달음은 몸소 실
천한 체험으로부터 얻은 것이다. 깨달음이 성현들의 경지에 다다르

지 못한 후세 사람들은 그분들의 가르침을 받들고 교훈으로 삼아 자신의 생각이나 행동거지를 다스리며 반성하고 올바른 인간으로 살기위해 노력하며 살아간다. 이는 인간으로서 당연히 본받아 실천해야 할 일이며 게을리 해서도 안 될 일이다. 그런 견지에서 옛날이나 지금이나 인간세계에서 훌륭한 사람, 그렇지 못한 사람으로 가름하는 척도는 그가 선현들의 교훈을 얼마만큼 자신의 것으로 받아들이고 행동으로 옮기느냐의 차이라 할 수 있을 것이다.

그런데 문제는 많이 배운 사람일수록 성현들의 가르침을 더 많이 접하고도 자신의 내면을 다스리지 못하고 사리사욕에 얽매어 옳지 못한 짓을 저지른다는 데 있다. 어떤 일에 직면했을 때 어느 것이 옳은가? 그른가? 판단조차 하지 못하는 사람은 정신장애인이 아니고서는 아마 한사람도 없을 것이다. 따라서 지식이 많이 든 사람이 나쁜 행동을 저질다면 생각은 바르게 하고도 행동으로 옮기지 못했기 때문일 것이다. 이는 자신을 속인 어리석은 행위로 금수만도 못한 인간이라는 것을 제 스스로 알고 양심의 가책을 받을 것이다.

근세까지도 서민들은 글을 깨우치지 못했으며, 삶 자체가 웃어른들의 행하는 모습을 눈여겨보고 배우거나 스스로 사물을 접하며 얻은 체험으로 생활해 왔다. 그러므로 어떻게 하는 것이 사람답게 행동하는 것인가를 스스로 판단하여 인간의 도리에 어긋나지 않으려고 노력해온 것이다. 그리고 체험에는 반드시 생각이 따르기 마련이며 체험과 생각은 앞뒤가 바뀌기도 한다. 선현들은 이처럼 자신이 몸소 터득한 체험과 생각을 실천에 옮김으로써 사람다운 참삶을 누릴 수 있었던 것이다. 오늘날에도 산골 벽촌에서 학교 문턱도 밟아보지 못한 노인네들의 말과 행동에서 인간의 바람직한 진리가 스며있는 모습을 볼 수 있다. 이는 곧 연륜이 쌓인 삶의 체험에

서 얻은 깨달음으로 이를 실천하는 것을 인간의 도리로 여겼다. 이
처럼 인간이 인간다워지려면 생각하는 즉시 실천에 해야 한다. 각
즉역행(覺卽力行)만이 참다운 인간을 만드는 지름길이다.

계사년 초가을

지당거사 서재에서 이 흥 규

제1부 　민족정신

제 2 부   선비정신

제 3 부 깊은 생각

제 1 부

민족정신

지상에서 가장 멋진 우리민족

눈에 확 들어와 가슴 설레게 하는 아름다운 모습을 보고 멋지다고 한다. 우리는 흔히 멋이란 말을 접할 때 먼저 외관의 멋을 떠올리기 마련이다. '와! 저 여자 멋있다.' 라든가 '야! 저 폼 멋진데?' 라는 말에서 멋이란 말의 선입견은 외관의 멋이 두드러진다. 지난 동계올림픽 때 얼음판위에서 펼친 김연아의 아름다운 모습은 온 세계인들의 혼을 빼 버렸다. 세계의 외신들은 김연아를 "여왕"이라 찬탄하며 특히 NBC 해설위원인 산드라 베직은 "여태까지 올림픽에서 본 최고의 연기였다" 며 순간의 감동에 휩싸여 눈물을 흘렸었다. 김연아의 연기는 지상에서 다시는 볼 수 없을 듯 느껴지는 신의 경지에 다다른 아름다운 멋이었다.

런던 올림픽에서도 우리 젊은이들이 펼친 아름다운 멋이 세계인들의 혼을 낚아버린 모습을 수차례 보았다. 남성적인 힘을 바탕으로 힘차게 도움닫기 하여 공중으로 날아올라 깃털처럼 가볍게 빙글빙글 돌아서 학처럼 양 날개를 펼치고 사뿐히 내려 꽂혀 두 주먹을 높이 쳐드는 양학선의 모습에 수많은 관중들은 한동안 넋을 잃고 말았다. 자신의 이름을 딴 최고난도 기술로 한국 체조사상 처음으로 금메달을 목에 건 양학선은 자신의 이름값을 한 것이다. 그리고 런던 올림픽의 가장 아름다운 미녀 손연재의 리본연기는 김연아의 연기에 버금가는 멋이었다. 인간의 몸으로 나타내낼 수 있는 아름다움의 극치였다. 나이 어린 손연재의 연기는 앞으로 더 다듬어져 김연아 만큼이나 세상 사람들의 넋을 빼놓을 날도 머지않으리라.

멋의 진정한 의미는 어디에 있을까? 우리는 눈에 보이는 아름다운 멋에 매료되어 멋 속에 숨어있는 참 멋을 망각하기 마련이다. 외관의 멋 속에는 참 의미의 내면의 멋이 도사리고 있다는 것을 상기해야 한다. 특히 상대가 있는 격투기나 구기경기가 아닌 체조경기는 상대적인 의미보다는 자기 자신의 완성을 위한 끊임없는 노력으로서만 이룰 수 있는 멋이다. 양학선의 학처럼 나르는 신의 경지의 내면에는 부모가 비닐하우스에서 생활할 수밖에 없는 어려운 환경에서 벗어날 수 있는 외길은 자신의 성공뿐이라는 다짐으로 초등학교 때부터 힘겨운 훈련을 쌓아나가는 인내와 끈기의 바탕 없이는 이룰 수 없는 모습이다. 그러나 그보다 더 큰 의미는 자기 스스로가 자신을 이겨 냈다는 것이다. 어려운 환경이 역경을 이겨내는 밑바탕이라면 학선이보다 더 어려운 수많은 젊은이들이 모두 이와 같은 성공을 이루어 냈어야 한다. 그러나 체조경기 역사상 양학선이 만이 세계가 놀라는 신기를 보여줄 수 있었다는 것은 그가 피나는 노력을 기울여 견디기 어려운 훈련과 반복연습으로 자신을 완성했다는 것을 의미한다.

손연재의 아름다운 연기 후에 잠깐 스쳐가는 그녀의 다리와 발에 검게 나타난 흔적을 보고 애잔한 마음에 사로잡히지 않은 사람은 아마 없을 것이다. 어린 나이에 추운 남의나라 러시아에서 일년 내내 그리운 가족과 헤어져 다리에 멍이 들어 피를 흘리는 고된 훈련을 반복해온 손연재의 고독, 고난, 고통을 우리는 그녀 발목의 흔적을 통해 짐작하고도 남는다. 온갖 역경을 딛고 일어서 날개를 펼치는 장하고도 아름다운 멋진 모습이었다.

내면의 멋을 떠올릴 때 진종호의 든든하고 멋진 모습을 빼놓을 수 없다. 첫발부터 시종일관 흐트러짐 없이 한발 한발 10점대를 명중시켜나가는 침착함은 사수로서의 완벽한 멋임에 틀림없다. 그러한 그의 모습은 천군만마가 몰아와도 눈썹 하나 까딱하지 않고 의연하게 대적하여 승리를 이끌어내는 믿음직한 장수의 자랑스러운 모습이 아닐까? 사격 50m 권총 은메달 최영래의 아쉬움은 그래서 더 크다. 마지막 한발의 침착성을 잃지 않았더라면 진종호의 자랑스러운 모습의 주인공을 또 한 명 볼 수 있었으련만, 그러나 그는 아직 어리다. 앞으로 얼마든지 감격스러운 순간을 연출해 낼 수 있을 것으로 기대된다. 우리의 궁사 기보배의 마지막 한 발 역시 10점의 과녁을 뚫었더라면 그 얼마나 멋진 모습 이였을까? 상대방의 실수로 금매달을 목에 걸었지만 마지막 한 발은 아쉽기 그지없다. 뜬금없는 오심으로 당혹스런 박태환, 유도 8강전 승자 번복으로 탈락자가 된 조준호의 황당한 허탈감. 멈춰버린 1초로 승리를 빼앗겨버린 신아람의 눈물은 중계를 보는 우리들의 가슴을 분노의 소용돌이로 몰아넣었다. 그런가하면 축구에서 5,6명의 수비를 제치고 날린 박주영의 멋진 슛, 상대방의 수비를 따돌리고 다리 사이를 뚫고 들어가는 구자철의 멋진 슛, 한밤중 잠을 설친 온 국민을 환호와 열광의 도가니로 몰아넣은 오래오래 기억될 멋진 모습이었다.

중국이나 미국의 50분의 1에도 못 미치는 좁은 땅에서 세계의 열강들과 겨루어 5위에 오른 우리의 자랑스러운 젊은이들! 그들의 기개와 멋은 어디서 오는 것일까? 원래 우리민족은 멋진 민족이다. 동맹제, 영고제, 무천제 등의 제천행사에 밤낮을 가리지 않고 흥겨운 놀이로 음주가무를 즐기던 우리민족! 탈춤, 민속춤, 농악놀이, 각종 민속놀이를 전수받아 온 우리의 핏줄 속에는 올림픽 경기에서 세계인들의 넋을 빼놓을 수 있는 신기가 이미 몸에 배어 있었다고 할 수 있다. 이처럼 우리민족의 내면에 잠재하고 있는 흥과 기와 끈기가 젊은이들의 가슴속에 살아있기에 우리의 미래는 더욱 밝다. 그들의 투지와 열정과 힘찬 도약이 있기에 우리는 앞으로 이 지구상에서 선진민족으로 당당하게 앞서 나갈 수 있을 것이다.

자랑스럽고 멋진 젊은이들이여. 몸속에 스며있는 멋은 한 번으로 끝나는 것이 아니다. 몸이 살아있는 한 언제나 빛을 발할 수 있는 것이다. 올림픽 경기만이 아니라 인간의 능력으로 할 수 있는 모든 분야에서 몸속에 흐르고 있는 타고난 신기를 발휘하여 멋진 모습으로 세상에 우뚝 서기를…….

우리민족의 女神

　　오늘(5월 18일) 신문에 한국인 입양아 출신 플뢰르 펠르랭(한국명 김종숙)이 프랑스 올랑드 정부의 장관으로 임명되어 첫 출근 하는 모습이 일면 톱기사로 화려하게 등장했다. 그녀는 생후 6개월 때 프랑스로 입양되어 갔다고 한다. 긍정적으로 보아서 인지 그녀의 여유 만만한 미소 속에는 어머니나 누나의 얼굴에서만 느낄 수 있는 자애로움과 어떤 어려운 일도 해 낼 수 있을 것처럼 보이는 예리한 눈빛에 자신감 넘치는 의지가 가득 차 있다. 6·25사변 이후에 16만 명의 입양아 중에서 여성이 맨 처음으로 입양국의 각료에 임명 된 것은 우연일까? 아니다. 사람이 주변 환경에 적응하여 활력을 찾는 것은 남자보다 여자가 훨씬 더 강하다는 것을 의미한다.

　　사실 현대사회는 남녀의 차별이 거의 사라져가고 있으며 동서양을 막론하고 세계 각국에서는 여성 지도자들의 활약이 대단하다. 최근에 우리나라도 여야 모두 여성이 주도하여 선거를 치렀지만 한 여성은 패배의 책임을 지고 물러났다.

필자는 사리사욕을 일삼는 정의롭지 못한 일들이 비일비재로 언론을 장식하는 정치에 대해서는 관심을 가지면 가질수록 혐오감만 더해가고 가까이 하고 싶지도 않아 정치를 언급하고자 함이 아니다. 다만 차제에 우리가 잊고 있던 우리 민족정신의 내면에 깃들어 있는 여성 신화를 되돌아보고자 함이다. 필자가 어렸을 때 할머니의 무릎에서 들었던 여와나 항아, 그리고 서왕모에 대한 얘기를 기억하고 있는 사람이 과연 몇 명이나 될까?

인간이 정착생활을 한 이후 사람들의 뇌리에는 집단을 이끌고 다스리는 일은 남자들의 임무로 여겨 왔으며 유사 이래 남자들이 나라를 다스려 온 것 또한 사실이다. 그러나 유사 이전의 모계중심 사회로 좀 더 깊이 들어가 보면 남자들은 집단의 울타리가 되어 바람막이 역할을 하고 내면적으로는 여자가 집단을 이끌어 왔기 때문에 여성 신화를 흔히 볼 수 있다. 육지에서 흙을 퍼다 부어 제주도를 만들었다는 제주 할망의 신화나 새 생명의 탄생과 모든 복을 삼신할머니가 점지해 준다는 민간설화가 그 예이다.

먼저 인간이 이 세상에 처음 생겨난 것에 대하여 서양에서는 구약성서에 하나님이 아담과 하와를 흙을 빚어 만들었다고 하지만 동양에서는 한 여신이 역시 흙으로 사람을 만들었다고 한다. 사람들이 많아지자 저들끼리 너무 싸워서 화가 난 하느님이 홍수를 일으켰는데 한 남매가 큰 박을 타고 물 위에 둥둥 떠다니다가 살아남게 되었다. 그런데 막상 살아남고 보니까 아무도 없고 남매 둘 뿐이었다. 인류가 끊어질 것을 걱정한 오빠 복희가 누이동생 여와에게 결혼하자고 하지만 여와는 절대로 그럴 수는 없다고 말을 듣지 않는다. 할 수 없이 복희는 그러면 하느님께 여쭈어 보자고 하였다. 남매는 서로 다른 산에 올라가 불을 피우자 두 산에서 올라간 연기가 합해 한줄기 연기가 되어 하늘로 올라가고 또 양쪽 산에서 맷돌 한 짝 씩을 굴리니 따로 구르던 돌들이 합해저서 곡식을 갈 수 있는 맷돌이 되었다. 이는 하늘의 뜻이라는 걸 깨달은 동생 여와는 오빠 복희와 결혼하여 자손이 많이 생겨 오늘에 이른 것이라고 한다. 고구려의 고분벽화에는 이 남매의 그림이 나오며 남자는 해를 여자는 달을 들고 있다. 이 신화에 의하면 인간의 조상은 여신이 만들고 구약성서에 나오는 노아의 홍수와 같은 대 홍수를 겪고 살아남은 복희씨와 여와님이 현세인류의 조상이라는 것이다. 이는 그 내용이 약간씩 다르나 동서양이 거의 같다고 할 수 있다.

다음으로 항아의 얘기다. 옛날에는 태양이 열(10)개였다고 한다. 원래는 동쪽 뽕나무에서 한 개씩 교대로 떠올랐는데 어느 날 갑자기 열 개가 한꺼번에 떠올라서 사람들과 생물들이 타죽게 되었다. 이때 활을 잘 쏘는 예가 활로 아홉 개의 해를 떨어뜨리고 한 개만 남겼다. 그리하여 예는 많은 사람들로부터 존경을 받고 백성들이 그를 따르게 되었다. 이를 보고 질투를 한 신이 예의 아내 항아로

하여금 예를 배신하게 만든다. 그것은 서쪽의 여신이 예에게 보내온 불사약을 예뻐지고, 젊어지고, 하늘로 올라가고 싶은 욕심을 억제하지 못한 항아가 몰래 다 먹어버리고는 하늘로 올라가는데 막상 올라가다 생각해 보니까 하늘의 신들이 남편을 배신했다는 이유로 싫어할 것만 같아 달나라로 숨어들었다고 한다.

우리 민족이 세상에서 가장 으뜸가는 미인으로 여기는 여신이 월궁항아다. 춘향전에도 도령 이몽룡이 춘향이를 보고 월궁항아 같다고 하며 한눈에 반해버리는 장면이 나온다. 일설에는 항아가 하늘로 올라가는 도중에 흉측한 두꺼비로 변해 달 속에 갇혀 산다고 한다. 보름달 속에 박혀있는 검은 그림자를 온순하고 모양이 귀여운 토끼가 떡방아를 찧고 있다고 생각하는 것이 일반화 된 상상이지만 등이 오돌토돌 한 두꺼비의 모습을 연상하며 보면 또 두꺼비처럼 보이기도 한다. 월궁항아가 달 속에 숨은 것이나 달 속에 갇힌 것이나 큰 차이는 없지만 자신의 잘못을 부끄럽게 여기고 숨는다는 얘기와 벌을 받아 모습이 흉측한 동물로 변해 갇혔다는 이야기는 그 의미가 확연히 다르다. 여자들의 예뻐지고 싶은 욕망이 배신을 낳게 되고 결국에 벌을 받아 오히려 추하게 변해버린다는 인과응보의 교훈이 내포되어 있는 신화다. 고구려의 고분 벽화에는 달 속에 두꺼비 그림이 그려져 있다.

그 뒤 예는 활솜씨를 시기한 못된 제자의 복숭아나무 몽둥이에 맞아죽고 만다. 그들이 따르는 영웅이 죽자 백성들은 예를 귀신의 우두머리로 섬기며 성대하게 제사를 지냈다. 그러나 복숭아나무

몽둥이를 무서워하는 예를 위해 제사상에 복숭아는 놓지 않았다. 이 풍습은 오늘날까지 전해와 가정집의 울안에는 귀신이 싫어하는 복숭아나무를 심지 않고 제사상에 복숭아는 놓지 않는다. 이는 한 민족의 신화는 곧 그 들의 생활 속에 깊이 뿌리박고 있어 관습이나 풍속이 쉽게 변하지 않는다는 사실을 보여준다.

서왕모는 양면성을 가진 여신이다. 죽음이나 형벌을 내릴 때는 마귀할멈의 모습으로 나타나고, 생명을 구하고 불사의 여신일 때는 아름다운 모습으로 등장한다. 서왕모는 서쪽 끝에 사는데 동양에서는 동쪽을 생의 기운이 센 곳으로 서쪽을 죽음의 기운이 센 곳으로 여긴다. 이는 자연에서 일어나는 모든 현상 즉 해나 달, 별들이 동쪽에서 떠서 서쪽으로 지는 것과 관계가 있으며 새벽을 생, 석양을 사로 본다. 이러한 관념은 조선시대까지 이어져 한양을 건설할 때 형무소나 화장터 등을 모두 서쪽에 만들었다. 사람들이 흔히 쓰는 '골로 간다.'는 말은 한양 서쪽 고태골에 있던 처형장으로 간다는 지명에서 유래된 말이다. 또 서왕모가 사는 궁궐에는 요지라는 아름다운 호수가 있는데 생일 때마다 온갖 신들을 불러 모아 잔치를 열었으며 '요지경'이란 이 '요지에 별의별 신들이 다 모인 요란스러운 잔치'에서 나온 말이다.

요즈음 젊은이나 어린이들은 신화라는 말이 나오면 그리스 신화나 로마신화를 먼저 떠올리기 마련이며 앞으로는 더욱 더 우리나라의 신화들은 기억 속에서 사라지고 말 것이 염려 된다. 신이 인간을 만들었다고 하지만 사실 그 신은 인간이 만든 것이다. 우리의 신은 우리 조상들이 만들어낸 신이다. 필자가 어릴 적에는 서양의 신화 이야기는 들어보지 못하고 자랐다. 중학교에 들어간 후에야 독서를 통해 서양신화를 접했었다. 한글을 고전소설을 읽는 할머니의 어깨너머로 익힌 필자는 열 살이 되어서야 국민학교 2학년에 편입했었다. 상기의 신화나 호랑이를 타고 나타나는 산신령 이야기, 귀신이야기, 도깨비를 이긴 무용담 등을 할머니의 표정을 뚫어지게 바라보며 심취했었다. 이야기 속에 빠져 무서움에 떨기도 하고 어두운 밤에 안채와는 멀리 떨어진 치간에 갈 때 누나나 형을 졸라대기도 했었다.

지금은 핵가족 시대다. 별 총총 빛나는 여름밤 모깃불 피어오르는 마당의 멍석위에 온 가족이 오순도순 모여 앉아 달콤한 참외를 깎아 먹으며 북두칠성을 세면서 칠성님 이야기, 은하수 맞은편의 견우직녀 이야기, 샛별 이야기, 삼태성 이야기 등 어른들의 얘기를 재미있게 귀담아 들을 수 없는 시대다. 이처럼 외로운 상황이 아이들의 심성을 점점 더 삭막하게 만들어 가고 있다. 구전되어 내려오는 신화나 전설은 그 민족의 혼과 생활모습이 담겨 있으며 선과 악을 가려내는 지혜와 고운 심성이 스며들어있다. 우리는 민족의 혼이 담긴 신화를 황당무계한 옛날 얘기로 외면하지 말고 기회를 만들어서라도 후세들에게 전해주어야 할 것이다.

연령주의와 고려장

　　요즈음 방송이나 신문을 통해 자식이 부모를 상해한 보도를 접할 때마다 섬뜩한 전율을 느끼곤 한다. 〔효경〕의 첫 장에

　身體髮膚(신체발부)는 受之父母(수지부모)니 不敢毁傷(불감훼상)이 孝之始也(효지시야)요, 立身行道(입신행도)로 揚名於後世(양명어후세)하여 以顯父母(이현부모)가 孝之終也(효지종야)라 하였다.
　(신체의 모든 것은 부모님으로부터 받았으니 감히 훼손하거나 상하게 하지 않는 것이 효도의 시작이요, 몸을 바르게 세워 도를 행함으로써 후세에 이름을 날려 부모님의 공덕을 드러내는 것이 효도의 마침이다.)

라는 공자님의 말씀을 인간 도리의 근본으로 여겨오던 우리 민족이다. 그런데 어찌하여 이러한 지경에까지 이르렀는가?
　세상에서 가장 높고도 깊은 사랑은 부모의 자식사랑이다. 하느님이 가져오라는 지상의 아름다움 세 가지 중에서 예쁜 꽃은 시들

고 젊음도 늙어 볼품없게 변해버렸지만 부모님의 사랑만은 변함없이 아름다움을 지니고 있었다는 설화를 아마 모르는 사람이 없을 것이다. 우리는 전통적으로 노인을 공경하는 경로사상이 뿌리 깊은 나라였다. 그러나 서구 문화가 실어 온 배금주의는 행복한 삶의 모든 것은 돈의 유무에 달려있다는 금전만능의 의식으로 사람들을 옭아매고 마침내 부모가 가진 돈을 주지 않는다고 자식이 부모를 살해하는 사태까지 일어나게 한 것이다. 이는 국가정책부터 노인을 외면하고 한창 일 할 60대 초반에 일선 현장에서 은퇴해야만 하는 사회제도가 가져온 병폐의 한 단면이라 해도 과언은 아닐 것이다.

세상을 더 산 사람은 세월만큼의 노하우가 쌓이기 마련이다. 몸소 겪은 체험은 어떤 교육보다도 값진 노하우다. 그러나 현금의 사회는 많은 세월동안 체험으로 쌓은 산 경륜을 무시하고 나이가 많은 사람들을 급속도로 발전해가는 문명의 낙오자로 치부해버리기 일쑤다. 우리의 옛 이야기 중에 체험으로 쌓은 경륜이 우리의 삶에 얼마나 큰 비중으로 작용하는가를 증명해 주는 고려장 이야기가 있다.

오랜 옛적에 부모가 늙어 팔 십 세가 되면 땅 속에 굴을 파고 한 달 간 먹을 음식과 함께 산채로 굴속에 묻어야만 하는 고름장〔고려장: 고려 때 늙고 병든 사람을 광중(壙中)에 버려두었다가 죽은 뒤에 장사지냈다고 하는 속전(俗傳)의 사투리〕이 국법으로 정해져 있었다고 한다. 그런데 효동이라는 총각이 차마 자기 어머니를 고름장 시켜버릴 수가 없어 벽장 속에 숨겨 두고 저녁에 집에 돌아오면 그날 세상에서 일어났던 일들을 들려드리며 지극한 효도로 보살폈다.

그러던 어느 날 나무를 해다 장에 팔러 갔다가 들으니 중국에서 사신이 왔는데 우리나라를 침략하기 전에 사람들의 지혜를 떠보려고 위아래가 똑 같은 홍두깨를 가지고 와서는 어디가 아래 도막이고 어디가 위 도막이냐? 고 물었으나 나라의 대신들조차도 알아내지 못하였다. 나라에서는 이 문제를 해결하는 사람에게 큰 상을 내리겠노라는 방을 써 붙였다. 그날 저녁 효동이가 이 이야기를 어머니께 말씀드리니 어머니는 이러이러 하면 된다고 일러주었다. 효동이가 임금님과 사신 앞에 나가 큰 항아리에 물을 가득 채우고 물 위에 홍두깨를 띄우더니 조금 더 가라앉은 부분을 가리키며 이쪽이 밑동이라고 하였다. 중국사신은 어리석게 보이는 땔 나무꾼이 수수께끼의 답을 알아내는 것을 보고 혀를 내두르며 놀랐다.

다음날 중국 사신은 똑같이 생긴 말 두 필을 끌고 와서는 어느 말이 어미이고 어느 말이 새끼냐? 고 묻는 것이었다. 나라에서는 또 효동이를 불렀다. 효동이가 어머니께 여쭈니 어머니는 이러이러 하라고 일러주는 것이었다. 효동이가 말의 먹이를 가져다가 두 마리 앞에 놓으니 한 마리는 멈칫거리고 보고만 있는데 한 마리가 대뜸 다가가 허겁지겁 먹는 것이었다. 효동이가 먹이를 먹지 않는 말을 가리키며 이 말이 어미라고 하니 중국사신은 시골 무지렁이가 이렇게 지혜가 밝은데 벼슬아치들은 얼마나 학식이 높고 이치에 통달하겠느냐고 놀래서 중국으로 돌아가 우리나라는 오랑캐의 침입을 받지 않게 되었다 한다.

사신이 돌아간 뒤 임금님이 효동이를 불러 네가 어찌 그 어려운 것을 알아맞혔느냐고 물으니 효동이가 임금님 앞에서 거짓을 고할 수 없어 사실대로 말하고 죽을죄를 지었으니 살려달라고 빌었다. 세상살이를 오래하며 겪은 노인의 체험이 얼마나 지혜로운가를 알게 된 임금님은 효동이를 사위로 삼고 어머니를 편히 모시도록 많은 상을 내렸으며 그때부터 산 부모를 고름장 시키는 법을 없애고 노인을 공경하고 극진히 모셨다는 얘기다.

물론 이 이야기는 아주 오래 된 옛날을 의미하는「고래때」라는 시대적 근거나 사실적 근거가 전혀 모호한 구전설화로 우리의 역사에 그 기록을 찾아볼 수 없다. 이는 중국의 효자전에 실린 원곡의 이야기를 우리 조상들이 경로사상과 충효를 인간 도리의 근본으로 삼기위해 인용한 속전(俗傳)일 뿐이다. 최근 학자들의 주장으로는 일본이 우리의 민족성을 비하하고 순장되어있는 문화재를 도굴하여 강탈해 가기위해 마치 고려시대에 이처럼 불효막심한 고려장이 있었던 것처럼 과장하고 왜곡하였다 한다. 일제의 역사왜곡과 수탈이 얼마나 심했는지 단적으로 보여주는 한 예다.

우리는 이 속전이 예시해 주는 교훈을 귀담아 들어야 한다. 홍두깨의 아래 도막이 더 무겁다는 것은 오랜 경륜으로 인한 지혜의 무거움을 의미하며 새끼 말은 어미 말을 생각하지 않고 우선 제 배부터 채우려 하는데 어미 말이 새끼에게 먹이를 양보하는 모습에서 부모의 자식사랑을 동물의 행동을 통하여 깨닫게 한다. 한갓 동물도 어미의 사랑이 이러할진대 만물의 영장인 인간은 더 말해 무엇하랴? 라는 중첩적인 의미를 보여주는 설화다.

의술의 발달로 인간의 수명이 100세 시대인 오늘날, 노인문제는 심각한 지경에 이르렀다. 이는 동서양을 막론하고 세계 각국이 공통으로 겪는 추세며 조속히 합당한 처방정책을 세워야 할 것이다. 필자는 우리나라가 당면하고 있는 노인문제는 연령의 차별에 있다고 본다. 현직에서 은퇴한 60대들은 30여 년 전 과거의 60대와는 확연히 다르다. 생각이나 근력 면에서 얼마든지 젊은이 못지않게 활동하고 일할 수 있는 힘을 지니고 있다. 그러나 현실은 모든 일터에서 주민등록상의 출생연도를 보고는 가차 없이 제외시켜버린다. 즉 구시대적인 노인으로 취급해버리는 것이다. 그리고 그들에게 주는 혜택이란 고작 지하철 무임승차권에 불과하다.

연령주의의 차별이 무서운 까닭은 그 인식이 세대의 전반에 팽배해 있다는 것이다. 100세 시대에 60대를 바라보는 이러한 병폐를 처방하려면 정부부터 건강하고 능력 있는 60대를 일 할 수 있는 능력자로 보는 인식의 전환이 필요하다. 더구나 대가족에서 핵가족으로 이제는 원룸의 1인가구로 분열되어 가는 오늘날 일할 능력이 있는 퇴직자들의 생계를 위한 적절한 일자리 마련이 시급히 요청되고 있다.

가뜩이나 일손이 부족하여 후진국 노동을 수입해 오는 마당에 위정자들은 연령을 불문하고 능력이 있는 국민 한 사람의 힘이라도 일선 현장에 참여토록 하는 정책을 하루속히 수립해야한다. 연령주의의 타파만이 노인문제를 해결하고 세대차에서 오는 불협화음을 해소하는 지름길이라는 것을 깊이 인식하고 그에 대한 해결책을 강구해야 할 것이다.

버리지 못하는 명당(明堂)

우리 조상들은 우주에 존재하는 모든 것들이 음과 양으로 이루어져 있다고 생각했다. 해와 달, 하늘과 땅, 육지와 바다, 산과 강은 물론 땅위에 굴러다니는 돌맹이 하나에도 음양이 존재한다고 믿었다. 그리고 산수(山水)는 음양의 기본이며 음양이 조화를 이룬 곳을 명당으로 여긴다. 그런데 산은 강과 대비해서는 양이지만 산들끼리 비견할 때는 또 양과 음으로 나누어 본다. 즉 같은 산이라도 어떤 산은 양으로 어떤 산은 음으로 보는 것이다. 대게 악(岳)자가 붙은 험한 바위산을 양으로 황토로 이루어진 토(土)산을 음으로 보며 그 후에 비로소 여타의 요건을 본다. 여러 가지 조건 중에서도 음과 양이 서로 마주보고 있는 형국은 좋을 호(好)자이며 풍수에서는 이곳이 가장 으뜸으로 여기는 명당자리다.

골산(骨山; 陽)인 관악산과 육산(肉山; 陰)인 청계산이 마주보고 있는 그 품안이 곧 과천이다. 이 과천이야말로 우리나라 제일의 명당이며 그래서 정부종합청사가 이곳에 들어서고 나라의 모든 큰일들이 청사 안에 있는 두뇌들의 머릿속에서 이루어진다는 것이다. 그런데 양인 도봉산과 음인 수락산은 어떤가. 양인 도봉산이 정기를 바로세우고 바라보고 있지만 음인 수락산은 무엇에 삐졌는지 등을 돌리고 앉아 있는 형국이다.

북으로 삼각산과 도봉산, 동으로 수락산과 불암산 용마산이 가로막고 남으로 한강이 반원형을 이루며 자연방어를 하고 있는 한성을 북쪽의 적들이 공격하기 위해서 통과할 수 있는 곳은 도봉산과 수락산 사이인 노원에서 의정부로 통하는 장암지역밖에 없다. 까닭에 언제 전쟁에 휘몰릴지 알 수 없는 이곳은 한성 최후의 방어지역으로 예나 지금이나 수도 방위군이 주둔하여 방어하는 군사지역이다. 그러나 이제 노원의 장암지구에 아파트가 들어서 흥청거리는 것이 아마 도봉산의 끈질긴 구애에 수락산이 등을 돌렸는지 모를 일이다.

호남의 남 북도를 가르는 장성의 입암산(立岩山)과 고창의 방장산(方丈山)은 이 음과 양이 어우러진 대표적인 지형이다. 방장산은 원래 이름이 방등산으로 여성의 엉덩이를 방둥이라고도 하며 방등산은 엉덩이가 풍만한 여인이 비스듬히 누워있는 형상이다. 이 누워있는 여인을 입암산이 바위를 꼿꼿이 세우고 내려다보고 있는 형국이며 그 사이 안쪽으로 펼쳐진 고을이 장성이다. 그래서 장성에서 글자랑 말라는 문불여장성(文不如長城)이라는 옛 말이 증명해주듯 문장가와 학자들이 많이 배출되었다. 방등산은 전북 고창군

과 정읍시, 전남 장성군의 경계를 이룬 전형적인 육산의 산세를 지
녔음에도 바위산 못지않게 힘찬 기운과 뛰어난 조망을 자랑하고
있다. 그리고 험준한 산세로 도적떼들에게 잡혀간 한 여인이 남편
이 구해 주러 오지 않자 기다림에 지쳐 불렀다는 여요(麗謠) 「방등
산가」가 전해 오기도 한다.

　풍수의 큰 갈래는 음택과 양택이다. 양택이란 사람이 생활하는
주거공간으로 음택 즉 분묘의 상대적인 개념이다. 양택은 살아있는
사람이 운신하고 활동하는 공간이기까닭에 음택에 비해 더 중요시
해야 하는데 우리나라에서는 조상 숭배사상이 선순위에 있어 음택
을 중시 여기며 조상을 명당에 모시면 자손대대로 복을 누린다고
믿어온 것이 사실이다. 그러나 현대에 들어 풍수에 대한 개념은 음
택보다는 양택에 더 비중을 두는 이들이 많아졌으며 바람직한 일
이라고 사료된다. 좋은 집터란 배산 임수의 남향에 어머니의 품안
처럼 아늑하고 포근한 곳으로 햇빛이 잘 들고 통풍이 잘 되어서 항
상 적당한 온도와 습도를 유지할 수 있는 곳이다. 그리고 드나드
는 출입문은 남향 동문이 우선이나 풍수에 맞도록 해야만 길한 기
운을 받아들일 수 있다고 한다. 이 양택은 우리들의 생활공간으로
하루하루의 삶을 누리는 현장이며 휴식공간이다. 이 생활공간이
인간의 행복에 미치는 영향은 그 비중이 매우 크다는 것은 누구도
부인하지 못할 것이다.

죽은 자의 쉼터인 음택은 대체로 양택이 위치한 마을 옆의 야산에 자리한다. 설사 산세가 명당의 요건을 갖추었다 할지라도 자손들이 마음 내키는 대로 자주 가 볼 수 없는 험한 곳에 있다면 그곳이 명당으로서 무슨 의미가 있겠는가. 그래서 자손들이 삽을 메고 논밭에 오갈 때 잡초는 나지 않았나? 봉분에 혹여 구멍이나 나지 않았나? 수시로 살펴볼 수 있는 마을과 전답의 인근 야산에서 명당을 찾는다.

우리나라의 현존 하는 으뜸의 명당은 동구릉이다. 동구릉은(한양의 동쪽에 조성된 아홉 능)이다. 조선 태조의 건원릉을 시작으로 1890년 신정왕후 조대비가 안장되면서 마무리 되었다. 실로 500여 년간 조성된 능들이 자리 잡고 있는 이곳은 천하의 명당자리임이 분명하다. 수려한 경관을 이룬 산과 물은 곱고 맑은데다 신선한 바람이 살랑대는 호젓한 산책로 사이에 조성된 왕릉들의 아름다움에 유네스코(세계문화유산)심사단들도 찬탄하였다 한다. 우리가 자랑할 만한(신(왕)들의 안식처)다.

사실 우리나라 어느 지방이든 곳곳마다 명당이라고 일컫는 곳은 수없이 많이 산재해있으며 전해 내려오는 흥미로운 이야기 또한 헤아릴 수 없이 많다. 그러나 대체로 거의 비슷비슷한 얘기들이 조금씩 내용이 변용되어 전해 내려오고 있다는 느낌을 지울 수 없다. 그러나 지금 필자가 하려는 얘기는 좀 다르다.

지금부터 30년 전 필자가 근무하던 학교에 동갑내기 교사 7명이 있었다. 우연인지 그들은 모두 키가 178Cm가 넘고 신언서판(身言書判)이 나름대로 그럴듯하여 제 잘난 맛에 사는 자존심이 강한 친구들이었다. 서로 마음이 통한 우리들은 「무등회」를 결성하고 깨복쟁이 친구처럼 가까운 사이가 되었었다. 그들 중에 나 다음으로 키가 큰 친구 신선생이 자기 고향에 한옥을 복원하였는데 이번 토요일로 상량식 날을 잡았다고 초대하여 친구들 모두 함께 갔다. 그곳은 전남 곡성 옥과 남쪽에 있는 마을로 오산면 남록이라는 곳이다. 친구의 숙부가 변호사인데 종손인 큰 조카에게 물려주기 위해 고향집을 복원한 것이다. 그날 밤 친구의 숙부인 신변호사의 명당 얘기는 실제로 있었음직한 신빙도가 높은 얘기였다.

여말 두문동 칠십이 현의 한 분인 순은(醇隱) 신덕린(申德隣)선생은 고려가 망하자 남원 땅으로 피신해 와 졸(卒)하였는데 아들 신포시가 임시로 초빈(草殯)한 후에 장지를 구하러 인근 지역을 돌아보았다. 이곳저곳 헤매다가 지금의 옥과 맞은편 오산면 가곡리에 이르러 지세를 살펴보니 산세가 수려하고 지가가 윤택하여 주봉에 올라 바라보니 검장산에서 출발한 맥이 북으로 치닫고 오른 쪽에 백호가 다정하게 머리 숙여 엎드려 있는 것이 가히 정기가 응결된 혈처인지라 더없이 좋은 명당인데 다만 바로 산 밑에 암자가 있어 묘를 쓸 수 없게 된 것이 안타까웠다.

어느덧 짧은 가을 해는 서산에 기울어 뉘엿뉘엿 어둠이 밀려들고 난감해진 신포시는 하는 수 없이 암자로 찾아들었다. 암자에는 스님 다섯 명이 있는데 주지는 다행이 유숙을 허락하고 빈 방을 하나 내 주었다. 신포시가 저녁 공양을 마치고 잠자리에 들려는데 주지스님이 살그머니 신포시 방으로 찾아왔다. 그는 공손히 합장배례를 한 후,

"영감님께서는 저를 못 알아보시는군요? 제가 바로 개경에 살 때 대감마님 댁 종놈 만득이 옳습니다. 대감마님이 두문동으로 들어가신 후 쇤네는 갈 곳이 없어 삭발하고 중이 되어 오늘에 이르렀습니다. 근 이십 년 만에 영감님을 뵈오니 감개가 무량할 뿐입니다."
하고 무릎을 꿇는 것이었다. 신포시가 눈을 크게 뜨고 자세히 살펴보니 개경에 살 때 집에서 부리던 젊은 노비 만득이가 아닌가? 이리하여 나그네와 스님은 과거로 돌아가 회포를 풀었다. 스님은 어찌하여 이곳까지 이르렀는지 물었고 구산을 하려다가 이곳에 이른 사실과 암자 뒤에 쓸 만한 자리가 하나 있는데 앞에 절이 있으니 쓸 수 없다고 하였다.

"영감님 그러시다면 주저마시고 대감마님을 이곳으로 모십시오. 뒷일은 소승이 알아서 하겠습니다. 오늘날 쇤네가 불자가 되어 있으나 저희 부자가 개경에서 사는 동안 후덕하신 대감님의 은혜를 두터이 입었는데 오늘에야 그 보답을 하게 되는가봅니다."
하고 주지스님은 스님들을 다른 곳으로 보낸 후 암자에 불을 지르고 어디론가 사라지고 마당에는 칠층석탑만 남았다. 그 뒤 신포시가 부친 순은공을 모시니 이곳이 바로 세우와룡(細雨臥龍)형의 명당으로 고령 신씨는 이후 조선조에서 재상 3인에 대제학 3인 부마 2인 91명의 문과 급제자와 103명의 무과 급제자를 배출하여 대대

로 가문이 융성하였다고 한다.

  우주시대인 오늘날 명당에 조상을 모시면 복을 받는다고 믿는
사람은 아무도 없을 것이다. 그러나 조상을 따뜻한 자리에 모시고
나면 어쩐지 자손의 할 일을 다 한 것 같고 마음이 편안해지는 까
닭은 무엇 때문일까? 이는 조상 대대로 이어오던 구시대적 전통을
마음속에서 쉽게 버리지 못하기 때문이다. 그 결과 경치가 그럴듯
한 곳마다 호화분묘와 비석들이 자연경관을 훼손시키고 있다. 우
리는 하루속히 구시대적 허울을 벗고 우리의 아름다운 강산이 더
이상 무덤으로 망가지지 않도록 현명한 방법을 찾아 슬기롭게 대처
해나가야 할 것이다.

영광굴비와 조륵(趙玏)선생

　　　　근세까지도 조선 팔도에서 고을 백성들이 가장 살기 좋은 고장을 일컬을 때 「남 영광 북 안악」이란 말이 회자되었다. 이는 우리나라에서 가장 살기 좋은 고장은 한양의 북쪽에서는 황해도 안악군이요, 남쪽에서는 전라도 영광군으로 이 두 고장을 옥당(玉堂)고을 이라 일컫는다. 옥이란 서양의 다이아몬드가 들어오기 전에 우리 조상들이 가장 귀히 여기던 보물이다. 구멍을 뚫은 곡옥은 그 모양이 마치 모체내의 태아를 닮아 생명의 탄생을 상징하며 다산과 자손의 번성을 의미한다. 그래서 왕관을 곡옥으로 장식하고, 여인들의 귀걸이, 옥가락지, 옥비녀 등 애장품을 옥으로 만들었다. 이처럼 옥은 우리민족의 상징적인 보물 이였으며, 옥당(玉堂)고을이란 가장 살기 좋은 고장을 의미한다.

　이 두 지역의 입지조건을 살펴보면 황해도 안악은 평양의 관문인 남포를 마주보는 대동강 하구의 드넓은 평야지대로 대동강과 재령강이 감싸고돌고 구월산이 병풍처럼 바람막이를 해주는 재령평야를 안고 있어 산수가 조화를 이루는 곳으로 농 어업이 주업이던 옛날에는 이보다 더 살기 좋은 고장은 보기 힘들었으리라.

영광은 어떤가? 내륙지방인 장성과 경계를 이루는 고성산과 태청산 등의 노령산맥이 동쪽과 남쪽의 울타리를 형성하며 벋어내려 함평과 경계를 이루는 불갑산으로 이어져 바람막이가 되고 북은 작은 언덕으로 펼쳐진 황토의 야산들이 드넓은 논밭을 형성하고 있으며 서는 칠산 바다와 접해있어 농 어업의 최적지로 농수산물이 풍부한 고장이다.

또한 법성포는 고려 때는 부용창, 조선시대에는 법성창이 전라도 곡창지대인 서부지역 여러 고을의 세금을 관할하는 무역항으로 중국과 교류가 빈번하였고 따라서 자연히 예악이 발전하고 문물도 흥성하여 임기를 마친 영광 군수는 큰 과오가 없는 한 중앙의 당상관으로 승진해 조선시대 문화의 황금기인 성종 때 이곳을 홍문관의 별칭인 옥당고을이라 명명하였으며 전라도에서 전주목, 나주목, 순천부 다음으로 인구가 많아 흥선대원군이 호불여영광(戶不如靈光; 호수는 영광만한 곳이 없다.)이라 했다 한다.

영광이 살기 좋은 고장이라 이름 난 여러 가지 요건 중에서 가장 큰 비중을 차지하는 산물이 소금과 굴비다. 소금은 식생활에 필수적인 식품으로 어떤 의미에서 식량보다도 더 큰 비중을 차지하고 있었다. 조선시대에는 신안의 천일염은 자급을 위한 것이었을 뿐 육지로 실어오는 것은 어려웠기 까닭에 염산과 백수의 드넓은 개펄에서 나는 천일염은 호남 영남은 물론 전국에 조달 되었다.

굴비는 영광의 브랜드다. 국가브랜드 대상을 탄 영광굴비는 한국 최고의 생선으로 등극했다. 사실 굴비는 참조기를 말린 것이다. 남 지나해에서 알밴 참조기는 사오월에 영광과 서해 칠산 사이의 바다 골짜기를 지나 연평도 앞바다에서 알을 낳는다. 칠산 바다에서 잡히는 조기류는 13여종 정도이며 그 중 가장 유명한 것이 참조기와 수조기이다. 참조기는 몸빛이 회색을 띤 황금색이며 입이 불그스레하고 몸통 가운데 있는 옆줄이 다른 조기에 견주어 굵고 선명하다.『동의보감』에는 「약성이 뜨겁지도 차지도 않고 강하거나 약하지도 않고 평이하며 약간 단맛이 있고 전혀 독이 없다」고 기록되어 있다. 또 서해안의 민간요법으로는 어린이나 노약자 병약자의 영양 보충에 좋다고 해서 조기(助氣)라는 이름을 얻었다고 하며 이는 「기운을 북돋운다」는 의미이다. 흔히 황석어(黃石魚)를 참조기의 새끼로 오인하는데 색깔이나 모양이 구분하기 어렵기 때문이다. 황석어는 법성포에서는 사투리로 「황숭어리」라고 하며 참조기와는 다른 어종으로 주로 김장용 젓갈을 담는다.

조기 조리법은 다양하다. 누렇게 알을 밴 생조기는 매운탕이 별미다. 조기의 알은 느끼하지 않고 담백하여 여타 생선의 맛과 비교할 수 없다. 간을 하여 열흘 정도 말린 마른조기는 불에 굽거나 조림 또는 조기 찜이 밥맛을 돋운다. 조기를 오랫동안 저장해 둘 수 있도록 바짝 말린 것을 굴비라 한다. 타 지역에서는 조기를 소금물에 담갔다 말리는 방법에 비해 영광굴비 맛의 비결은 소금에 절이는 방식과 말리는 기상조건에 있다. 염산면과 백수읍에서 생산되는 질 좋은 천일염을 2년 정도 보관해서 간수가 완전히 빠진 천일염을 조기아가미에 넣고 켜켜이 재는 것을 「섶간」이라 하며 이 섶간한 조기를 옹기에 30여 시간 절여두었다가 꺼내서 짚으로 엮어 덕장에서 약 3개월 정도 말린 것을 굴비라 한다. 법성굴비가 타 지역보다 월등히 뛰어난 것은 누렇게 알밴 칠산 바다 조기의 어물로서의 우량성과 서해안의 바람과 고품질 천일염, 그리고 천년을 이어온 장인의 염장법에 있다. 법성포는 평균 기온이 10.5℃, 습도 75.5%, 초당 풍속 4.8m의 기상조건과 서해에서 불어오는 북서풍인 하늬바람의 영향으로 건조 조건이 월등하다.

　원래 법성포 굴비는 독에 보리를 넣고 굴비를 보리 속에 묻어 보관하였다. 보리는 가을에 심어 겨울을 지나 늦은 봄에 거두는 작물로 냉(冷)한 곡식이다. 이 보관법은 냉동시설이 없던 옛날 굴비를 오래 보관하기 위한 냉장보관의 한 방법이라 할 수 있으며 선조들의 지혜를 엿볼 수 있다. 이 찬 보리 속에 묻어놓은 굴비를 보리굴비라 하며 굴비의 으뜸으로 친다. 고추장 굴비는 굴비의 뼈를 모두 발라낸 뒤 고추장에 버무린 굴비로 별미이며 전통적으로 굴비를 조리하는 방법 중 하나다.

　말린 조기를 굴비라는 이름으로 불리게 된 데에는 역사적 근거가 있다. 고려 16대 예종 때 이자겸은 그의 딸 순덕을 왕비로 들여 그 소생인 인종으로 하여금 왕위를 계승케 하였다. 그리고 인종에게는 이모가 되는 그의 3녀와 4녀를 시집보내 중복되는 인척관계를 맺고 권세를 독차지 하고 은근히 왕이 되려는 야심을 품었다. 경원

이씨인 이자겸은 이씨가 왕권을 잡는다는 십팔자도참설(十八子圖讖說)을 믿고 두 차례나 왕을 독살하려 했지만 그때마다 자신의 딸인 왕비가 인종을 도움으로써 실패했다.

그 뒤 최사전이 이자겸의 측근인 척준경을 꾀어 이자겸을 체포한후 법성포 맞은편 지금의 영광 백수읍 한시랑으로 유배 시켰다. 그는 유배지에서 굴비를 먹게 되었고 마침내 칠산 바다에서 잡아 소금에 절인 조기를 진상하며 비굴하게 자기의 잘못을 용서 받기위한 아부가 아니라는 의미로 굴비(屈卑)라 명명하였다고 한다. 그때부터 영광굴비는 임금님 수랏상에 진상되고 궁궐에서부터 영광굴비가 명물로 등장하여 각광을 받게 되었던 것이다.

굴비는 조선제일의 맛을 지닌 식품답게 재미있는 일화가 전해온다. 이 자린고비 일화의 실제 인물은 충청도의 조륵(趙玏)선생(1649~1714)이다. 선생이 제사를 지내고 굴비를 천장에 매달아놓고쳐다보면서 식사를 했는데 아들이 굴비가 먹고 싶어서 여러 번 쳐다보자 짜다고 야단을 쳤다는 이야기로 선생의 절약정신이 얼마나몸에 배어 있는가를 보여준다. 이는 해산물이 풍성한 전라도 지방이 아닌 충청북도의 얘기로 교통이 불편한 옛날에 영광과는 멀리떨어진 곳에서 굴비가 얼마나 귀하고 값비싼 어물이었는가를 입증해 주는 실화다. 조륵 선생은 평생을 부지런하게 일하고 절약하여구두쇠라는 말을 들으면서 재산을 모아 만석군이 되었다. 선생이회갑을 맞아 당시 전라 경상도 지역에 심한 가뭄으로 고통을 받고 있는 백성들에게 그 동안 모은 재산을 아끼지 않고 베풀어 기근을 구제하였다. 이에 경상 전라도 지방의 관리들이 그의 공을 조정에 상소하여 정3품에 해당하는 가자(加資) 벼슬을 하사 하였으나 선생은 남은 재산으로 어려운 사람을 도와주었을 뿐인데 그것이 무슨 대단한 일이냐며 끝까지 벼슬을 사양했다고 한다. 평생 동안 절약하고 피땀 흘려 모은 재산을 자신의 영화나 후손들을 위해 감추지 않고 어렵게 살아가는 이웃에게 아낌없이 베풀어 준 선생의 근검 절약정신과 자선사업의 행적은 충주시 신니면 대화리 화치마을 뒷산에 자린고비 정신의 묘비가 세워져 그의 높은 뜻을 후세에 기리고 있다.

물질 만능주의가 팽배한 요즈음 나라에 내는 세금을 제 재산을 빼앗긴다는 심사로 감추고 속이는 일을 일삼으며 증여세를 내지 않기 위해 온갖 방법을 동원하여 대물림하고 심지어는 재산을 남의 나라로 빼돌리기까지 하는 우리나라 일부 재벌들의 추악한 행위가 언론에 보도될 때마다 피 끓는 분노를 삼키곤 한다. 국민이 가진 재산은 자신의 재산임과 동시에 국가의 재산이다. 국가의 재산을 남의나라로 빼돌리는 행위는 자신의 영달을 위하여 나라를 팔아먹은 을사오적의 악행과 무엇이 다르겠는가.

외국으로 재산을 빼돌릴 수 있는 능력을 가진 재벌들은 이미 경제적인 면에서 그들 자손대대로 부를 누리고 살아갈 수 있는 기반 위에 올라서 있는 자들이다. 그러한 그들이 무엇이 부족하여 무엇을 더 갖기 위해 매국을 한단 말인가. 애민정신은 곧 애국정신이다. 우리나라 일부 재벌들은 조륵 선생의 애민정신을 거울삼아 매국적 행위에서 벗어나는 것이 자신과 자손을 위한 길이라는 것을 깊이 깨닫고 어려운 이웃에게 베풀어 줌으로서 얻는 행복을 누릴 줄 아는 참다운 가진 자가 되어야 할 것이다.

이룰 수 없는 사랑

　서늘한 바람이 문틈을 비집고 스며드는 가을이면 어김없이 시골집 마당가 울타리를 붉게 물들이던 상사화! 초록으로 무성하던 이파리가 이미 말라 사그라져버린 맨 땅바닥에 멀쑥한 꽃대만 올라와 바람에 흐느적거리는 상사화의 슬픈 이야기는 우리네 심금을 울리고도 남는다. 이루지 못한 사랑 때문에 결국 상사병으로 세상을 하직할 수밖에 없는 애절한 아픔을 담은 이야기는 우리 주변에 수없이 많다. 상사병은 여자보다는 주로 사랑하는 여인을 그리워하는 남자의 병이다. 여자는 절개를 지키기 위해 스스로 목숨을 끊는 경우이며 이는 가슴깊이 파고드는 애달픈 사랑을 달래지 못해 죽는 것이 아니라 일부종사란 유교적인 도덕을 실천하기 위한 행동에서 비롯된 죽음으로 어쩌면 타의적인 압박에서 오는 행위라는 느낌이 짙다.

　이처럼 상사병은 거의 남자들이 앓는 병이며 그중에서도 황진이를 그린 화생의 상사병 얘기는 실재적인 설화로 그 대표적인 예다.

황진이의 초상화를 그린 화생이 상사병을 이겨내지 못하고 죽어 황천으로 가는 상여가 황진이의 집 대문 앞에서 움직이지 않자 황진이가 속치마를 벗어서 상여위에 덮어 준 뒤에야 상여꾼들이 발걸음을 뗄 수 있었다. 한 여인에 대한 지극한 사랑이 죽음에 이르게 하고 저승으로 가는 발길마저 붙잡았다는 이 이야기는 순수한 외길사랑이 얼마나 뼈저리게 한 남성의 마음을 옭아매었는가를 짐작케 한다. 물론 상여가 황진이의 집 앞에서 발걸음을 멈추고 움직이지 않은 것은 화생의 마지막 저승길에 대한 배려를 기대한 상여꾼들이 황진이의 빼어난 미모를 보기위한 의도적인 행위로 추측된다. 그러나 한 여인을 사랑한 남자가 그리워하는 마음을 이겨내지 못하고 죽음에까지 이르렀다는 사실은 그 사랑이 얼마나 순수하고 맹목적이었는가를 보여주는 예다.

상사화(相思花)는 수선화과에 속하는 여러해살이풀로 땅속의 비늘줄기는 크고 둥글며 수염뿌리가 있다. 이른 봄에 초록 잎이 돋아나 왕성한 성장을 하고 6월에 시들어버리는 다년생 식물이다. 잎이 완전히 말라버린 초가을 오직 꽃대만이 땅위로 솟아올라 꽃을 피우니 잎과 꽃이 절대로 같이 만날 수가 없다고 하여 상사화라고 한다. 남도지방에서는 어느 시골집 마당가에서든 흔히 볼 수 있는데 꽃대를 삶아서 나물로 무쳐먹기 때문이다.

특히 고찰 주변에 군락으로 자생하며 찬바람이 불기 시작하는 9월이 오면 영광 불갑사, 고창 선운사의 상사화 군락은 그야말로 장관이라 아니할 수 없다. 그렇잖아도 사찰 입구에 들어서면 속세를 벗어나 새로운 세계로 들어서는 듯 경건한 감정에 사로잡히곤 하는데 독경소리 낭랑한 사찰 주변에 붉은 상사화가 만발한 모습은 보는 이의 마음을 신비로운 환상의 세계로 이끌어 가슴을 설레게 한다. 전해오는 전설 또한 듣는 이의 심금을 울리기에 충분하다.

옛날 어느 마을에 금슬 좋은 부부가 살고 있었다. 슬하에 아이가 없어 부처님께 간절히 기도를 올리고 난 뒤에 딸을 얻었다. 태어난 고명딸은 부모님에 대한 효성이 지극할 뿐 아니라 미모가 빼어나 온 마을에 소문이 자자했다. 그러다 부친이 병이 들어 돌아가시자 극락왕생하시라고 탑돌이를 하며 백일기도를 올렸는데 처녀의 아름다운 모습을 몰래 숨어보던 사람이 있었으니 그는 다름 아닌 큰스님의 시중드는 젊은 스님이었다. 누가 볼세라 속마음을 들킬세라 안절부절 두근거리는 가슴으로 혼자 애태우던 스님은 처녀가 백일기도를 마치고 집으로 돌아가던 날 절 뒤 언덕에서 하염없이 그리워하며 눈물 흘리다 시름시름 앓기 시작해 달포를 넘기지 못하고 그만 운명을 달리 했다. 이듬해 봄 초라한 스님의 무덤가에 무릇잎이 초록으로 무성하더니 여름이 가기 전에 시들어 말라버리고는 찬바람이 일기 시작한 가을날 흰 꽃대가 솟아나 한 송이 붉은 꽃이 피었는데 이 애절한 짝사랑을 알고 있는 큰스님이 상사화라 이름하였다고 한다.

또 다른 전설도 있다. 아주 오랜 옛날 인적 없는 산사의 깊숙한 토굴에서 한 젊은 스님이 수도에 정진하고 있었다. 장대 같은 소나기가 내리 퍼붓던 어느 날 불공을 드리러 왔다가 흠뻑 비에 젖은 옷이 몸에 달라붙어 알몸이 드러난 여인이 나무 밑에서 비를 거스르고 있는 모습을 보고 스님은 한눈에 반해 사랑에 빠져버렸다. 수행을 멈추고 가슴앓이를 하던 스님은 석 달 열흘 만에 상사병으로 붉은 피를 토하고 죽고 말았다. 스님이 쓰러져 죽은 곳에 새빨간 꽃이 피어났는데 바로 그 꽃이 상사화라는 것이다. 그래서 훗날 사람들은 애타게 그리워하면서도 이룰 수 없는 사랑을 「상사화 사랑」이라고 한다는 것이다.

　이 두 이야기는 모두 그 배경이 깊은 산사를 무대로 주인공은 수도승과 그의 짝사랑을 전혀 알지 못하는 속세의 아름다운 여인이다. 이는 속세와는 인연을 끊고 수도에 정진하는 수도승들에게 경각심을 심어주기 위한 설화로 추측할 수 있다. 사실 한평생 속세와는 인연을 끊고 깊은 산사에서 고독과 싸우며 정진해야만 하는 수도의 길은 속세의 수많은 유혹을 뿌리치기 매우 힘들었을 것이며 이 유혹을 뿌리칠 수 있어야만 득도의 경지에 도달할 수 있었을 것이다. 젊은 스님이 어여쁜 아가씨의 모습에 마음이 흔들릴 수밖에 없는 것은 인지상정이며 사찰에서 흔히 있을 수 있는 일이다. 세속의 아가씨를 아무도 몰래 홀로 짝사랑하여 말 한마디 붙여보지 못한 스님의 애절한 속앓이는 상사병으로 도졌을 것이며 끝내는 죽음에 이르렀을 것이다. 그래서 꽃말이 「이룰 수 없는 사랑」이다.

필자는 요즈음 젊은이들의 가슴속에도 상사병을 앓을 만큼 순수한 사랑이 깃들 수 있는 공간이 있는가가 의심스럽다. 상대를 만나면 이리재고 저리재고 경제적 이해타산을 따져 양에 차지 않으면 가차 없이 돌아서버리는 그들의 마음속에 과연 순수한 사랑이 숨어있을까?

얼마 전 모 신문에 〔모두가 괴로운 한국病, 결혼 예단 없애자〕라는 1면 톱기사와 아울러 「출발부터 돈이 얽힌 빗나간 거래」라는 제하에 무려 두 면(4,5면)을 모두 돈으로 인한 파혼이 장식 하였다.

- 과거에 예단 때문에 갈라서는 사람은 '사'자 들어가는 신랑감이나 일부 부유층 얘기였다. 그러나 2000년대 초반을 기점으로 예단 갈등이 서민들까지 번졌다. 요즘 중산층 가정도 명품가방을 주고받는다. 부자가 아닌 사람들까지 '남들도 다 하더라'며 혼수 예물로 밍크코트를 탐낸다.
- 한 여자 의뢰인은 시어머니가 그냥 샤넬가방을 사오라는 것도 아니고 샤넬가방 중에서 무슨 가방을 사오라고 콕 집어주고 세탁기도 ○○브랜드 ○○모델이 좋다고 적어주더란다. 또 다른 여자 의뢰인은 결혼 직후 친정아버지가 입원했는데 시어머니가 병문안 온 자리에서까지 '결혼 전에 주시기로 한 돈 아직 안 왔다.'고 보챘다고 한다.

– 한 남자 의뢰인은 이혼하면서 '시원하다.'며 처가에서 예단을 10억원 가까이 해와 그동안 찌개가 짜도 짜다는 말 한마디 못하고 살았단다. 또 한 남자는 여자가 집을 사온다고 해서 대출까지 받아 각종 명품을 3000만원어치 사줬다. 여자가 집을 사오긴 했는데 여자 명의로 사오는 바람에 '왜 네 명의로 사왔느냐?'고 따지다가 결국 이혼했다.

이와 같은 보도는 오늘만이 아니다. 잊을 만하면 오르내리던 것이 요즈음에는 연일 신문의 한 면을 장식하고 있다. 필자는 이러한 보도를 접할 때마다 우주시대의 문명 선진국을 자처하는 우리민족이 어쩌다가 인간성이 이 지경에 이르렀는가? 숨통을 조인다. 민심이 이런 상황이라면 차라리 문명의 혜택을 받을 수 없었던 조선시대가 그립다. 청백리의 상징인 황희정승이나 고불 맹사성, 백비의 주인공 박수량 선생이 아니더라도 선비정신을 지니고 살던 청렴한 선비들은 수없이 많았다. 우리의 선조들은 재물이나 권력보다 인간다운 삶을 추구하며 혼사에 있어서도 사람의 도리와 예의를 다했다.

인간의 만남에 재물이 개입되어서는 안 된다. 재물이 결코 부부의 만남에 행복을 가져다주는 것은 아니기 때문이다. 서로 의사가 통하는 상대, 조건 없이 모든 것을 주고 싶은 상대를 찾는다면 이야말로 결혼상대의 적임자가 아니겠는가. 인간의 한평생은 긴 것이 아니다. 둘이 힘을 모아 살아가도 힘겨운 세상에 홀로는 버거운 인생이다. 그리고 남녀는 살다보면 자신도 몰래 정이 드는 것이다. 솔로를 고집하는 젊은이들이 하루빨리 뜻이 통하는 짝을 찾아 운우의 정이 깃든 인생의 참맛을 누리기를 기대해 본다.

여수(麗水)와 오동도

여수(麗水)! 가장 아름다운 바다를 일컫는 말이다. 백문이 불여일견(百聞 不如一見)이란 말의 의미는 여수 돌산도의 향일암에서 남해바다를 바라보면 이해할 수 있다. 진한 쪽빛 바다의 맑고 싱그러운 물은 그 신선하고 깨끗함이 마치 새벽에 어머니가 장독대에 떠놓고 소원을 빌던 정화수를 연상케 한다. 온 바다의 푸른 물이 그대로 정화수다. 그 맑은 물 위로 떠오르는 아침 해를 상상해 보라! 필자는 동해의 일출을 여러 번 보았었다. 그중에서도 울릉도를 다녀오면서 선상에서 본 일출은 가장 기억에 남는다. 그러나 그것도 여수 돌산도의 향일암에서 보는 일출에는 비할 바가 아니었다. 그만큼 여수 주변의 남해바다는 아름답기 그지없다.

그동안 여수 엑스포가 개장한 이후 최첨단 시설과 규모, 운영에 대해서는 방송이나 신문지상을 통해 연일 보도되었고 실제로 현장을 찾아 체험한 사람들이 많기 때문에 필자가 중언부언 할 일이 아니다. 다만 아름다운 여수가 세계적인 항구로 발전해 가는 모습이 언론매체와 방송을 통해서 대대적으로 소개되는 마당에 현재의 모습만을 부각시키고 과거의 역사적인 사실들을 외면해 버리는 점이 아쉬워 펜을 든 것이다.

 여수의 오동도는 고려 유탁장군이 왜구를 격침한 요새였다. 여수는 옛날부터 일본과 악연이 많은 곳으로 가야인과 백제인들이 섬진강을 따라 내려와 여수 낙포에서 일본으로 떠났던 슬픈 역사가 있었다. 그래서 일인들은 여수를 늘 잊지 않았다. 그런 연유로 왜구의 침입이 빈번했고 임진왜란에는 곡창지대인 전라도를 방어하는 수군의 보루였다. 여수의 진남관은 전라 좌수사 이순신이 세계 해전사상 그 유래를 찾아볼 수 없는 빛나는 전승을 거둔 본부가 있었던 곳이다. 이는 23전 23승 전승을 거두었다는 데 있는 것만은 아니다. 적선이 500척 아군은 겨우 50척 즉 10대1의 군함과 병졸 수의 열세 뿐만 아니라 당시의 최신무기 조총으로 무장한 왜적의 병기를 염두에 둔다면 이는 가히 100대 1로 비교할 수 있는 전력이었다. 이러한 열세에도 불구하고 승리의 깃발을 나부낄 수 있었던 것은 훌륭한 장군의 뛰어난 지략과 목숨을 초개같이 여기는 수하 군사들의 충성심이 하나가 되어 임전했기 때문이다. 세계사에서도 찾아볼 수 없는 빛나는 전승에 우리는 자칫 최일선에서 목숨을 내걸고 적과 육탄전을 벌이는 군사들의 투지와 손발이 부르터서 피를 흘리면서도 죽을힘을 다하여 노를 저었던 배 밑바닥 노군들의 충성심을 소홀히 여기기 일쑤다.

나라를 위해 죽음을 두려워하지 않았던 전라도의 백성들! 그들은 수군병졸로, 노군으로, 그리고 낫과 곡괭이를 든 의병으로 당당하게 일어나 신무기로 무장한 왜적을 쳐부수는데 앞장섰던 것이다. 만약 그들이 아니었다면 곡창지대인 전라도는 왜적의 말발굽아래 짓밟혔을 것이며 전라도가 왜적에게 점령당했다면 임진왜란 때 이미 조선은 일본의 식민지가 되었을 것이다.

그런데 그 후 300년이 지난 합방 후에 일제는 또 여수 오동도에 방파제를 쌓았다. 그 까닭은 1933년 일제가 거문도에 러시아와 중국을 겨냥하여 해군기지를 계획했는데 거문도는 육로와 교통이 두절된 섬이어서 가장 가까운 여수에 본기지를 만들고 거문도는 출정기지로 활용하려고 했던 것이다. 그러나 일본 관동군이 대동아전쟁을 구상하여 해군기지를 상해로 옮기면서 시들해졌던 것이다.

여수 오동도는 물살이 소용돌이치는 곳에 위치하여 마치 오동잎이 물살에 휘말려 움직이지 못하고 빙글빙글 돌고 있는 것처럼 보였다. 즉 광양만에서 흐르는 난류와 태평양에서 오는 난류, 그리고 여수만으로 흘러들어 돌산도와 여수항을 끼고 도는 물살이 교묘하게 오동도 근방에서 합류하여 소용돌이 물살로 변했다. 그래서 이곳을 지나는 배는 거의 난파당하곤 하였다. 그런데 일제가 오동도까지 방파제를 만들고 난 다음부터 동과 서에서 오는 급물살이 태평양 쪽으로 흘러가는 바람에 순탄한 해로가 되었다. 그런 오동도 방파제가 마침내 2012여수 엑스포의 본거지가 되어 만성리의 신화를 다시 일구어 냈다. 따라서 오동도 방파제는 황금의 제방으로 빛을 보게 된 것이다.

오동도(梧桐島)는 오동나무가 많아서 오동도라고 불렸다 한다. 오동나무는 키가 15m에 달하는 한국 특산식물이다. 원형 또는 5각형의 잎은 길이가 25㎝ 정도로 뒷면에 별 모양의 갈색 털이 덮여 있으며 가장자리는 밋밋하다. 꽃은 5~6월 가지 끝에 원추(圓錐)모양의 자주색으로 피는데 꽃잎과 꽃받침은 각각 5장이다. 수술은 4개로 그중 2개가 암술보다 길다. 열매는 10월경에 두 부분으로 갈라져 씨를 노출시키는 삭과(果)로 익는다.

「봉황새는 대나무 열매만 먹고 집은 오동나무에만 짓는다.」라고 할 만큼 귀하게 여기던 나무였다. 「오동나무 보고 춤춘다.」는 속담은 아직 악기를 만들지도 않았는데 춤부터 춘다는 뜻으로 너무 성급하게 서두르는 사람을 나무랄 때 쓰는 말이다. 생장이 빠른 편이고 목재는 얇은 판으로 만들어도 갈라지거나 뒤틀리지 않아 거문고, 비파, 가야금 등의 악기를 만들었으며 책장, 경대, 장롱 등의 가구재로 쓰였다. 나막신을 오동나무로 만들면 가볍고 발이 편하며 땀이 차지 않았다고 한다. 열매에서 짠 동유(桐油)는 한방에서 음창, 오림, 구충(驅蟲), 두풍(頭風), 종창(腫脹) 등에 쓰인다. 오동나무를 심어놓고 줄기를 잘랐을 때 잘라진 줄기를 모동(母桐: 어미오동)이라 하며 원줄기에서 새로 돋는 줄기를 자동(子桐)이라 한다. 자동의 새 줄기를 손동(孫桐)이라 하며 나무의 질(質)은 손동이 제일 좋다고 한다. 「아들을 낳으면 소나무를 심고 딸을 낳으면 오동나무를 심는다.」는 옛 말은 오동나무는 생장이 빨라서 10년이면 다 자라고 15년이 넘으면 가구를 만드는 목재로 쓰여 딸을 시집보낼 때 혼수품인 장롱이나 반다지를 만들 수 있었기 때문이다.

북극에서 단 한 번의 날개 짓으로 구만리 남극에 도달하고 날개가 너무 커서 하늘에 떠오르면 태양 빛이 가려진다는 봉황새! 큰 날개를 펴기 위해서는 태풍과 같은 큰 바람을 일으킨다는 봉황새는 황제를 상징하는 새다. 신돈이 오동도의 오동나무에 나는 봉황을 보고 고려를 해할 인물이 나올 것을 예측하여 오동나무를 모두 베어버려 오동도에 오동나무가 사라졌다는 이야기가 전해온다. 그러나 섬에는 해풍이 불어 생물학적인 관점에서 볼 때 오동나무가 생장할 수 없는 기후 풍토로 남해안 섬들에 동백 숲이 많은 까닭도 해풍에 동백나무가 잘 견뎌내기 때문이다. 또 고려 공민왕 때 진례만호 유탁장군이 왜구를 섬멸하고 동동무에 동동사(개선가)를 노래했는데 이때 지네 굴에서 큰 지네가 나와 동동노래에 맞추어 같이 춤을 추었다 하여 지네 오(蜈)자에 동동을 붙여 오동도라 하였다는 등의 역사적 사실에 근거를 둔 여러 설들이 있으나 이곳에 터 잡고 살던 어부의 설화가 토착민의 생활과 관련이 깊어 소개한다.

오동도에 가난한 어부 부부가 살고 있었다. 가난하지만 이들의 사랑은 지극하여 지네 굴에 사는 왕지네까지도 질투하였다. 어느 날 어부가 고기잡이를 나간 사이에 지네가 인간으로 변신하여 그의 아내를 꾀어내 지네 굴로 데리고 갔다. 그리고 그녀를 아내로 삼고 동굴 밖으로 내보내지 않았다. 어장에서 돌아와 아내를 찾다가 뒤늦게 지네가 아내를 잡아간 사실을 알게 된 어부는 굴에 연기를 피워 지네가 동굴 밖으로 나오기를 기다렸다. 그러나 아무리 연기를 피워도 나오지 않아 굴속으로 들어가 보니 지네는 이미 해룡으로 승천하고 굴속엔 사랑하는 아내만이 죽어 있었다. 어부는 아내의 시신을 안고 나와 바다로 뛰어들어 죽었는데 그들의 사랑의 열화가 동백꽃으로 피어났다고 하며 어부의 슬픈 사랑을 노래한 동동사가 전해지면서 오동도라 불렀다한다.

위의 설화는 세 곳의 물살이 모여들어 소용돌이를 이루는 오동도주변의 해류와 관계가 깊으며 그 소용돌이 가운데 오동잎처럼 떠 있는 섬의 지형에서 비롯된 것으로 보아야 한다. 이는 생계를 위해 고기잡이를 하는 어부들이 소용돌이치는 물살에 침몰하여 수장된 슬픔을 담은 민속설화로 죽음의 위험이 도사리고 있는 이곳에 대한 주의와 경계가 담긴 이야기로 사료된다. 바다에 몸을 담고 살아가는 어민들의 슬픈 일화들은 그들의 삶의 세월만큼 쌓여갔을 것이며 오동도의 전설로 엮어 전해 내려왔을 것이란 얘기다.

여하간 우리는 여수 엑스포를 계기로 이곳을 찾는 사람들은 세계적으로 부상되고 있는 이 고장의 현재만 볼 것이 아니라 이곳의 역사와 전통의 뒷면에 숨어있는 갸륵하고 아름다운 정신을 살펴봐야 한다. 그리고 임진왜란 때 전라도의 온 백성들이 힘을 합쳐 빛나는 전승을 이룬 전라좌수영에 들러 충무공의 영전에 경건한 마음으로 묵념을 올리는 전례를 필수적인 코스로 실행하는 것이 후손의 도리다. 더불어 그분들의 애국, 애향심의 밑바닥에 흐르는 뿌리 깊은 정신을 본받아 금전만능으로 오염된 오늘의 현실을 깨끗한 마음으로 가다듬어 슬기롭게 대체해 나가는 지름길로 삼아야할 것이다.

지구 반대편의 전통적 유습(遺習)

　　오늘은 모처럼 한가한 날이다. 서재에서 꼼짝도 안하고 책을 읽다가 거실로 나와 텔레비전 리모컨을 눌렀다. 책속에 파묻혀 있다가 눈이 침침해지면 TV를 보는 것이 눈의 피로를 푸는 일이다. 화면 가득 잉카제국의 마추픽추가 펼쳐지고 있다. 카메라는 안데스 산맥의 절경을 더듬어 해발 2,000m가 넘는 산악지대에서 솟아나오는 온천수를 증발시킨 소금밭 다랑이에 머물렀다. 신비롭기 비길 데가 없다. 소금을 생산해서 살아가는 생김새가 우리와 흡사한 원주민이 리포터에게 닭고기를 대접하며 맛이 어떠냐고 묻는 질문에 리포터는 〈개릿고!〉하고 대답했다. 개릿고란 '아주 맛이 있다.'라는 말이다. 나는 그 말을 듣는 순간 깜짝 놀랐다.

　　얼마 전 술자리에서 안주를 씹으며 '거 참 개미있다.' 고 하였더니 옆에서 그 말을 들은 아주머니가 '아니, 방금 꺼내왔는데 개미가 있어요?' 하고 당황해하는 바람에 오히려 내가 더 당황하고 말았다.

전라도 사투리에 '개미있다.'란 말이 있다. 이 말은 음식을 먹고 아주 맛이 있을 때 쓰는 말이다. 그 맛도 보통 맛이 아니라 별미일 때 감탄의 의미다. 가령 겉절이를 무치면서 옆 사람에게 '어이 개미 있나 맛 좀 봐.' 하고 맛보기를 권할 때 '아따! 개밋고 만나네.' 라는 대화를 흔히 들을 수 있다. 어떤 이는 이 개미라는 말은 엄밀히 따져서 가미(加味) 즉 어떤 음식의 맛에 독특한 맛이 더했을 때 쓰는 가미가 〈아기; 애기, 아비; 애비, 손잡이; 손잽이〉처럼 'ㅏ'가 'ㅐ'로 모음이 바뀌어 〈가미〉가 〈개미〉로 변음 된 말이 아닌가? 하지만 그렇지 않다. 한자어 가미(加味)가 변한 낱말이 아니라 별미를 나타내는 순수한 우리 토착어다. 그런데 이 전라도 사투리 개미라는 낱말은 전라도 사람이 아니면 잘 알아듣지 못한다.

그런데 지구상에서 우리와 위도, 경도가 정 반대인 남미 페루의 원주민들의 말에 음식이 아주 맛이 있다는 말을 '개릿고'라고 한다는 것이다. 이는 우리말 '개밋고'가 수천 년 내려오는 동안에 'ㅁ'이 'ㄹ'로 변음 되지 않았나? 하는 생각이 떠나지 않은 것은 엉뚱한 상상일까? 실제로 안데스 산맥의 원주민들 마을에서 우리의 민속놀이인 윷놀이의 윷가락이 발견되어 현재 애리조나대학 박물관에 보관되어 있다고 하며 잉카제국의 유물에는 〈천하대장군〉, 〈지하여장군〉이라 새겨진 나무 인형도 전시되어 있다고 한다.

고고학자들은 인류의 문화나 문명의 전통은 환경이 변해도 동일하게 전해 내려온다고 본다. 상고대로부터 전해 내려온 우리민족의 전통이 남미의 잉카인에게 남아 우리와 닮은 것도 문화적 유사성 (cultural similarity)이 아닌 조상대대로 이어져 내려오고 있는 전통적 유습(遺習)으로 본다. 재야 사학계에서는 15000~6000년 전 구환 또는 구이족의 한 갈래가 얼어붙은 베링해협을 건너 알래스카를 거쳐 남북아메리카에 정착했다고 추정한다. 영국의 [대영백과사전]에도 멕시코의 마야문명이 한민족의 문명과 같다고 기록되어 있다. 이는 우리민족의 일부가 수천 년에 걸쳐 남북 아메리카로 건너가 정착하며 문명을 일으켰다는 증거다.

그 명백한 증거를 열거해 보면 사람의 피부색과 생김새는 물론 몽고반점과 언어의 유사성에서도 발견할 수 있다. 인디언어가 (주어+목적어+동사)구조로 한국어와 어순이 같다. 뿐만 아니라 인디언어가 우리말과 같거나 비슷한 말을 찾아보면 그네(한국)-그네(인디언), 꽃신-코신, 낫-낫, 네 가람-나이아가라, 가시나-가시나, 저네-데네, 신주-신즈, 지붕-덮이, 헛간-허갠, 도끼-토막, 나막신-막히신, 여보시오-보시오, 이쁘다-이쁘나, 마을-리, 아버지-아파치, 나-나, 네 개의 바다-네바다, 다발-다바리, 큰 내 터 가-큰 넷 터 갓, 이씨족-이시이족, 토론 터-토론토, 등이며 어른이 아랫사람에게 격려하는 '장해라. 고생해, 장해라.'-'챵해이라. 코시앵해, 창이해라.'라는 말이 거의 같거나 발음이 조금 변질 된 것이다.

문화와 유물 또한 일치하는 것들이 많다. 도자기, 꼬막단지, 맷돌, 팽이, 물레, 배틀, 두레박을 사용할 뿐 아니라 물동이를 머리에 이고 다닌다든지, 짚으로 꼬아 만든 새끼를 휘휘 돌려서 새를 쫓는 떼기가 우리의 풍속과 같으며, 자치기, 실뜨기, 윷놀이, 고누 등의 놀이 문화역시 우리와 같다고 한다. 알래스카의 박물관에는 향로, 곡옥, 촛대, 청자기 등 많은 유품들이 보관되어 있으며 인디언의 무당과 한국의 무당이 굿하는 모습이 거의 똑같다고 한다. 오래전 오리건 주에서 짚신 75켤레가 발견되었는데 유럽의 고고학자들도 9000년~10000년에 베링해협을 건너갈 때 가지고 갔던 한민족의 유품이라 추정한다는 것이다. 또한 아이오와 주에서는 오리모양의 목기가 발견되었는데 한국의 오리모양의 토기와 유사하다고 한다. 이러한 사례를 들어 미국의 맥킨토슈 교수는 〈인디언들은 한국에서 건너왔다.〉고 주장하였다. 그 외에도 막걸리를 빚어 마신다든지, 산 끈을 잡고 아이를 낳고, 아기를 업어서 키우며, 팔짱을 끼는 생활습관, 말을 타고 달리는 시상, 고산 숭배사상, 곰 숭배사상, 삼신이 점지해준 아이, 라는 등등의 생각들이 한국인의 생각과 같다고 한다. 이는 우리민족이 동북아시아뿐만 아니라 남북아메리카의 전 지역에 서 문화의 꽃을 피웠다는 사실을 증명해주고 있는 것이다.

바야흐로 우리는 선진국의 대열에 올라서서 각종산업이 세계를 향해 도약하고 있다. 동북아시아의 황하문명, 남북 아메리카에서 멕시코의 마야문명, 페루의 잉카문명을 일으켰던 위대한 민족이다. 우리는 선대의 영예를 되찾기 위해서라도 자신감을 갖고 더욱 분발하여 년 초에 세운 계획을 차질 없이 이룰 수 있도록 박차를 가해 나아가야 할 것이다.

경칩(驚蟄)과 개구리

경칩은 24절기의 세 번째 절기로 땅속에서 겨울잠을 자던 동물들이 깨어나 꿈틀거리기 시작한다는 날이다. 그중에서도 대표적인 동물이 개구리다. 그런데 왜 계절이 크게 변하는 시기를 지칭하는 대표적인 동물로 개구리를 내세웠을까? 이는 동물들 중에서도 개구리가 변신을 하는 대표적인 동물이기 때문이다. 알에서 꼬리하나만 달린 올챙이로 올챙이가 다리를 네 개나 가진 동물로 종당에는 꼬리가 없어져 완성된 개구리로 네 번의 변신을 한다. 그리고 움직이는 영역도 변신의 과정에 따라 점점 넓혀간다. 뿐만 아니라 개구리는 물과 육지가 생활영역이다. 물에 들어가면 물고기요, 육지로 올라오면 네 발 달린 동물이다. 이 지구상에 물과 육지 어디서나 살 수 있는 동물은 흔치않다. 그리고 개구리는 사람과 가까이 살면서도 인간에게 해를 끼치지 않는다. 추운 겨울 움츠렸던 어깨를 펴고 들로 나온 사람들의 눈에 그 변신 과정을 어디서나 볼 수 있다. 그래서 사람들은 개구리의 변신을 사계절의 변화에 견주었는지도 모른다.

일 년의 24절기 중에서 가장 큰 변화를 보여주는 절기가 경칩이다. 경칩에는 대자연이 변신을 한다. 꽁꽁 얼었던 대동강물이 풀리고 겨우내 웅크리고 잠자던 동물들이 깨어나고 식물들도 눈 뜰 준비를 한다. 대자연 모두가 움직이기 시작하는 것이다. 입춘과 우수는 지났지만 정작 생물들이 활동하기 시작하는 절기는 경칩이라는 것이다. 그래서 옛날에는 경칩 날 젊은 남녀들이 사랑을 확인하는 징표로 은행 씨앗을 선물로 주고받으며 은밀히 은행을 나누어 먹는 풍습이 있었다. 이는 은행나무는 다른 수목들과는 달리 암수가 서로 마주보고 있어야만 열매가 열리고 그 열매도 암나무에만 열리는 데서 기인한 것이다.

우리 조상들은 사람의 행동을 흔히 개구리에 비유하였다. 개구리를 거울삼은 속담을 열거해 보면 〈개구리 올챙이 적 생각 못한다. 개구리도 움츠려야 뛴다. 개구리 뜀박질 하듯 한다. 우물 안 개구리. 방죽을 파야 개구리가 뛰어들지. 개구리 울음소리도 들을 탓. 개구리 낯짝에 물 붓기. 납작 개구리 신세. 장마 개구리 호박잎에 뛰어오르듯.〉 등등 수없이 많다. 그리고 부모님 말씀을 듣지 않고 어깃장을 부리는 아이를 흔히 개구리에 비유하기도 한다. 부모님이 돌아가신 후에야 유언을 들어 냇가에 장사지내고 비만 오면 떠내려 갈까봐 울어댄다는 얘기다.

우리 조상들은 사랑하는 후세를 동물의 제왕인 호랑이나 곰에 비유하지 않고 부모의 말을 듣지 않는 아이를 왜 하필이면 개구리에 비유하였을까? 이는 개구리가 변신의 동물이기 때문이다. 그리고 개구리의 변신은 변신할 때마다 쉽게 우리 눈에 띈다. 뿐만 아니라 개구리는 여타 동물과는 달리 육지와 물 두 세계를 자유자재로 왕래하며 살 수 있기 까닭에 대단한 능력을 지닌 상서로운 동물로 여겼던 것이다. 우리는 그저 어른들의 말씀에 고분고분하고 얌전한 아이들을 기대하며 순종하는 아이들에게 후한 점수를 주는 것처럼 여기지만 어쩌면 우리 선조들은 개구리처럼 자손들의 변신을 은근히 기대했는지도 모른다. 한 인간이 크게 성공하기 위해서는 환경에 적응하여 변신을 거듭해야만 가능하기 때문이다. 스스로 변신하지 못하는 사람은 성공하지 못한다 해도 과언은 아니다. 필자가 교육현장에서의 경험으로 볼 때에도 삼사십년이 지난 지금 제자들 중에서 호기심이 강하고 고집을 피워 때때로 어른들의 애간장을 태운 아이들의 성공률이 훨씬 높았다. 이는 주어진 현실에 안주하지 않고 기회가 올 때마다 변신을 했기 때문이었다고 여겨진다.

개구리가 우리 역사에 등장한 예를 살펴보면 우리선조들은 개구리를 신성한 동물로 여겼었다. 삼국유사에는 금와왕(金蛙王; 금개구리 왕)의 전설이 등장한다. 동부여의 왕 해부루가 늙어서도 아들이 없어 산신에게 제사지내고 오는데 곤연(鯤淵)에 이르러 그가 탔던 말이 큰 돌을 보고 눈물을 흘렸다. 이를 이상하게 여긴 왕이 돌을 치워내고 보니 금빛 개구리 모양의 아기가 있는 게 아닌가. 해부루는 이 아기 이름을 금와라고 부르고 아기를 길러 금와에게 왕위를 잇게 했다고 한다. 또 삼국사기에는 개구리가 미래를 예언하는 동물로 기록되어 있다. 붉은 개구리와 검은 개구리가 싸워 검은 개구리가 죽자 부여가 망할 징조라고 예언 하였다는 것이다. 선덕여왕 때는 겨울철에 옥문지(玉門池)에서 개구리 떼가 모여 사흘을 울어 괴이한 일이라 여기고 왕에게 고하자 왕은 날랜 병사 이천을 뽑아 여근곡(女根谷)에 숨어있는 백제병사 오백 명을 몰살시켰다는 등등 개구리를 미래에 닥쳐올 일을 미리 알려주는 신이한 동물로 여겼다는 기록도 보인다.

그런데 이처럼 친근한 개구리들이 이 땅의 자연생태계에서 사라져가고 있다. 이삼십년 전만 해도 논밭에 개구리들이 지천으로 많았다. 모내기를 위해 갈아엎은 논에서는 밤새도록 개구리들이 시끄럽게 노래했다. 모판에는 올챙이들이 징그러울 정도로 오글거렸다. 그러나 요즈음에는 하루 종일 들녘을 헤매어도 개구리 한두 마리도 찾아보기 힘들다. 이제 우리의 도시 주변에 개구리가 살 수 있는 환경을 만들어 주어야 한다. 만물이 생동하는 이 봄 사람이 사는 주변에 양서 파충류들이 우리와 함께 살아가는 미래를 꿈꾸는 것이 헛꿈이 아니기를 기대해 본다.

사랑의 매

    교육은 [백년지대계(百年之大計)]라 하였다. 이는 사람을 가르치는 데는 많은 시간이 소요되며 크나큰 노력이 필요하다는 것을 의미한다. 사실 한 인간이 사람다운 사람으로 성장하려면 긴 세월과 많은 노력이 필요하다. 사회에 공헌할 수 있는 훌륭한 사람은 덕, 체, 지의 삼박자를 고루 갖춘 이라야 하지만 결코 하루아침에 그런 바람직한 품격을 갖춘 사람이 길러지지는 않는다. 뿐만 아니라 인간사회가 요구하는 사람이 지녀야 할 요소는 수없이 많다. 도덕적인 인성 목표달성을 위한 끈기와 용기, 남을 배려하는 마음, 신의, 충효 등등 사람이 갖추어야할 덕목은 너무나 많다.

  이 세상의 부모라면 누구나 자녀를 사람다운 사람으로 기르고자 하는 욕망이 가장 큰 비중을 차지할 것이다. 그런데 성장하는 아이들에게는 가정이든 학교든 사회든 그들이 접하는 곳은 모두가 배움터다. 그러나 현금에 이르러 사회가 너무 혼탁하여 올바른 사회교육을 기대하기는 힘들다. 사회 곳곳에서 벌어지고 있는 부정과 비리가 뉴스 판을 가득 메우고 사악한 자들의 비정한 행위가 TV 모니터 앞에 앉은 사람들의 마음을 어둡게 만든다. 가정교육 또한 가정이 세분화 되면서 그 역할이 미미해져가고 있는 실태다. 핵가족의 가정생활은 가족원 모두가 홀로 생활하는 현상으로 치닫고 있어 옛날에 온 가족이 오순도순 밥상머리에 둘러앉아서 듣던 어른들의 가르침은 사라진지 오래다. 그러므로 우리는 미래를 이끌어 갈 꿈나무들의 교육을 학교교육에 기댈 수밖에 없는 현실이다.

그런데 얼마 전 신문에 '학교 체벌은 펄쩍 뛰면서 학원체벌은 관대하다'는 기사를 읽고 염려되는바가 심히 컸다. 내용인즉 모 학원에서 수업이 끝난 후 단어를 외우지 않고 떠드는 학생을 강사가 대걸레 자루로 때리다가 피하는 학생의 얼굴을 강타하는 바람에 얼굴을 맞은 학생이 치근파열의 진단을 받았다고 한다. 학원에서 보험사가 모두 해결해 줄 테니 기다리라 하고 이에 학부모는 치료비만 받고 문제 삼지 않았다는 것이다. 만약 어느 학교에서 이런 사태가 발생했다면 학교는 한바탕 난리를 치렀을 것이다. 때린 교사는 고발을 당해 십중팔구 교직을 박탈당하고 적절한 법적조치가 가해졌을 것이며 학교장이나 교육청에서도 사과하고 불이익을 당했으리라는 것은 불을 보듯 뻔하다. 그런데 요즈음 학교에서는 학생체벌을 극구 반대하는 학부모들이 학원에서의 학생체벌은 이처럼 관대할 뿐 아니라 오히려 체벌 학원을 더 찾는다는 것이다. 학교에서의 체벌은 안 된다는 학부모들이 학원체벌을 선호하는 현상은 어디서 오는 것일까?

이는 자식을 때려서라도 좋은 대학에 합격시켜 일류대학생을 만들겠다는 심사다. 오로지 지적인 측면만을 중히 여겨 사회에서 선호하는 대학을 졸업하는 것만이 출세의 지름길이라는 사회적 풍조가 만들어 낸 그릇된 교육관에서 비롯된 결과다. 사람의 됨됨이를 보지 않고 얄팍한 지식이 합격 불합격의 큰 비중을 차지하는 대학 입시제도도 문제려니와 이름하여 명문대학만을 선호하는 사화풍토가 만들어낸 오염이 교육현장을 흐려놓았기 때문이다.

사실 교육의 최우선 목표는 사람다운 사람을 길러내는 일이다. 지식이나 기술은 이차적인 순위다. 바람직한 인성을 갖춘 사람이 지성과 기술을 지녀야만 사회에 올바로 기여할 수 있다. 참다운 인성을 지니지 못한 사람이 남다른 지식이나 기술을 갖는다면 오히려 이를 악용하여 영악한 못된 짓을 할 가능성이 클 것이다. 오늘날 우리 사회가 크게 오염되어 혼탁해진 것은 이러한 결과 때문이기도 하다. 오로지 지식이나 기술만을 선호한 나머지 외국계 펀드가 돈 보따리를 싸들고 와 우리나라 사교육에 투자하는 현실을 어떻게 봐야 하는가?

대학에서는 학점을 팔고사고 운동경기에서는 승부를 팔고사고 회사에서는 기밀을 빼내어 팔고사고 재벌들은 비밀계좌에 돈을 숨겨 외국으로 빼내고 나라의 기술이나 군사기밀마저 빼내 돈 받고 파는 세상! 남은 어찌되든 말든 제 배 채우기에만 잔꾀를 쏟아 붓는 비열

한 인간들이 떵떵거리며 활개 치는 오늘의 현실은 올바른 가치관의 부재에서 오는 것이며 인성교육을 소홀히 하고 좋다는 대학 합격만을 바라는 학부모들의 그릇된 교육관에서 비롯된 것이다.

사설학원은 설립의도가 지식의 축적을 위한 것이며 단편적인 지식전달에만 힘을 기울인다. 사실 학력의 급성장을 바라고 사비를 들여보내는 학부모들의 기대를 만족시켜야만 학원생들을 수용할 수 있는 학원이 살아남기 위해서는 인성교육에 힘쓸 시간이 어디 있으며 인성교육자체를 듣기 싫은 잔소리로 여기는 학생들을 내쫓는 일을 벌일 까닭이 있겠는가? 학원에서는 학원생 한 명이 그대로 돈이다. 학부모들이 자기 자녀의 학력성장만을 위해 보내는 것이 학원이며 단순한 지식을 팔아 돈을 벌기위한 목적으로 세운 것이 학원이다.

그런데 학부모들은 단순한 지식주입을 위한 학원체벌은 관대하고 사람다운 사람을 기르기 위한 스승의 〈사랑의 매〉에는 눈을 부라리며 트집 잡아 막고 있는 것이 오늘날의 교육현장의 상황이다. 이는 학부모들이 올바른 참교육의 의미를 깨닫지 못하고 지식습득만을 중요하게 여기는데서 오는 것이며 그 까닭은 바로 지적 능력만 있으면 좋은 대학을 보낼 수 있고 좋은 대학만 나오면 좋은 직장을 선택하여 출세할 수 있다는 고정관념이 뿌리내린 불합리한 풍조가 세상을 장악하고 있는데서 오는 안타까운 현실이다.

우리의 옛 속담에 〈미운 놈 떡 하나 더 주고 예쁜 놈 매 하나 더

주어라〉든지 〈자식에게 회초리를 쓰지 않으면 자식이 부모에게 회초리를 든다.〉라거나 〈일벌백계(一罰百戒)〉라는 말들이 선현들로부터 이어져 내려오는 교육철학으로 우리 가슴속에 새겨있는 것은 이런 말들이 곧 진리이기 때문이다. 미래를 짊어질 이세들을 사람다운 사람으로 키우기 위해서는 스승이 냉철한 이성적 판단으로 든 〈사랑의 매〉는 허용하는 것이 타당하지 않겠는가?

이 땅의 모든 것 사랑합니다

비가 옵니다. 남도의 기름진 황토에 봄비가 촉촉이 스며 듭니다. 한겨울 꽁꽁 얼었던 들녘에도 꿀처럼 달콤한 단비가 내립니다. 목마른 대지에 내리는 비는 하늘이 베풀어주는 사랑입니다. 들녘에도, 산골에도, 도시에도 지상의 어느 곳 가리지 않고 큰 사랑을 고르게 베풀어 줍니다.

온통 생기 넘쳐흐르는 대지위에 밝고 따뜻한 세상 보려고 황토 움켜잡고 몸부림치는 생명들, 온 힘을 다하여 무거운 흙 밀어올리고 싱싱하게 돋아나는 연한 새싹들, 앙상한 가지마다 새순을 틔우기 위해 두꺼운 갑옷 열고 움트는 여린 눈들, 모두다 자신에게 주어진 세상을 열심히 살아가는 모습들입니다.

단비 그치면 아름다워라. 저 눈부신 햇살! 말간 이슬 머금은 새눈에 찬란하게 부서지는 빛 무지개, 하늘이 뿌려주는 은혜로운 빛, 어두운 곳일수록 더 밝은 빛, 젖은 곳일수록 더 따뜻한 빛, 아지랑이 고운 날개 날아오르면 봄 동산은 신명나게 어깨춤 추고 상큼한 풀내음, 향긋한 꽃내음 훈훈한 봄바람에 묻어옵니다.

바라볼수록 따스한 정이 꽃피는 대지, 그늘을 모르면 빛을 모르듯 고통을 모르고 환희를 알리요. 풍성한 봄빛이 마을마다 넘치면 남도의 평야를 달려오는 따뜻한 바람, 겨우내 닫았던 싸리문 열고, 겨우내 움츠렸던 가슴을 열고 이 땅의 모든 것 사랑합니다.

넉넉한 마음으로 뜨거운 가슴으로 땅위에 존재하는 모든 생명들을 향 맑은 정신으로, 따뜻한 애정으로 어두운 그늘 오뇌의 고통까지도 사랑합니다. 모두 다 사랑합니다.
그리하여 사랑의 빛이 쌓이는 곳마다 행복한 웃음꽃이 활짝 피어납니다.

제 2 부

선비정신

금남로 有感

       서울로 거처를 옮긴 지 어언 열두 해 모처럼 옛 친구들의 초청으로 광주를 찾았다. 거리에 늘어선 가로수가 촛불을 밝히듯 봄빛을 머금은 은행잎이 연두빛깔로 기지개를 켜는 금남로에서 강물처럼 밀려가는 차량들과 인파를 바라보니 새삼 역사의 흐름이 가슴에 와 닿는다. 조금 멀리는 광주학생독립운동 때 자주독립을 외치던 의기 넘치는 젊은이들의 행렬이 파노라마처럼 스쳐가고, 가까이는 활화산이 되어 울려 퍼지던 함성과 노도와 같이 흐르는 민주투사들의 물결이 지금도 눈에 선연히 빛나고 있다. 엊그제인 듯 떠오르는 그 때의 함성이 지금도 귓가에 생생한데 어언 35년, 쉼없이 흐르는 세월과 역사를 실감케 한다.

  근 현대사의 산 현장인 금남로, 나는 이 글에서 광주학생운동이나 민주화 운동을 말하고자 함이 아니다. 이는 내가 말하지 않아도 국민 누구나 다 알고 있는 사실들이다. 그러나 금남군 정충신 장군에 대하여 광주의 젊은이들이 과연 얼마나 알고 있을까? 미국에서는 조지워싱턴의 업적을 기리기 위하여 주와 수도의 이름을 명명하였고, 프랑스에서는 파리의 골목까지도 위인의 이름을 붙이고 있으며, 서울의 큰 거리이름을 세종로, 충무로, 퇴계로, 을지로 등 훌륭한 위인들의 존명을 빌린 것은 그분들의 업적을 늘 가슴 속에 새기고 거울삼기 위함이다.

민주의 도시, 예술의 도시인 빛 고을 광주에서는 금남로(금남군 정충신 장군), 충장로(충장공 김덕령 장군) 제봉로(제봉 고경명 장군) 등이 그 예이다. 그러나 광주에 살며 날마다 충장로 금남로를 누비는 젊은이들이 이 거리의 이름이 충장공 김덕령 장군이나 금남군 정충신 장군의 시호를 따서 지었다는 사실마저도 모르는 사람이 혹 없지는 않는가? 광주의 상징인 금남로, 광주 제1번 도로 금남로를 걸으며 금남군 정충신장군을 생각해 보는 사람이 과연 몇이나 될까? 군이 광주사람이 아니더라도 금남로를 거니는 사람이라면 모름지기 금남군 정충신 장군이 어떤 분인가는 대충 알아야겠기에 역사적 행적을 더듬어보고자 한다.

선조 때 광주 목의 통인 정씨는 초년에 상처하고 쉰이 넘도록 홀아비로 지내다가 우연히 미모가 변변치 않아 누구도 거들떠보지 않는 관비와 관계하였는데 거기서 출생한 아이가 정충신이다. 어머니가 노비였기에 그도 광주 목의 노비가 될 수밖에 없었다. 그는 신분이 관노였으나 어려서부터 뛰어 난 재주와 슬기로 신동이라는 칭호를 받고 자랐다. 임진왜란 때 행주대첩에 대승을 거둔 권율장군은 왜란 초기에 광주 목사였다. 바다에서 충무공이 승전을 거듭하고 육지에서는 중봉 조헌과 영규대사가 이끄는 칠백의사들이 죽음으로 항전하였으며 애국 애향의 정신으로 무장한 고경명 장군 등이 이끄는 이고장의 의병들이 결사 분전 하여 호남지역만 왜적에 짓밟히지 않았을 뿐, 전 국토가 왜적의 말굽아래 초토화 된 상황에서 선조는 의주까지 피난해 있게 되었다. 광주목사 권율 장군은 호남의 무사함과 광주목의 상황을 의주 행재소에 장계를 올리고자 하나 방법이 없어 고심하고 있었는데 평소에 눈치 빠르고 영특하여 비록 노비이지만 곁에 가까이 두고 심부름을 시키던 십육 세 소년 정돌이가

"사또나리, 제가 다녀오겠습니다."

하고 서슴없이 나서는 것이었다.

"아니, 네가 어디를 다녀오겠다는 것이냐?"

하고 물으니까

"지금 사또께서 고심하시는 것은 의주행재소에 장계를 올리는 일 때문이 아니옵니까?"

"그렇기는 하다만 네가 내 마음을 어찌 알았으며 너처럼 어린 아이가 어찌 왜놈들이 들끓는 적진을 뚫고 그 먼 의주까지 갈 수 있단 말이냐? 그리고 이 장계를 빼앗기는 날에는 엄청난 기밀이 왜적의 손에 들어가게 되고 너 또한 목숨을 부지할 수 없느니라."

"사또께서 밤마다 상감마마가 계시는 북쪽을 향하여 한숨을 쉬시는 모습은 장계 올릴 방도를 고민하고 계심이며, 제가 어린아이

이기 때문에 왜놈들은 제가 감히 장계를 지니고 있으리라는 것은 추호도 생각지 못할 것이오니 더욱 안전할 것이옵니다."

하고 자신 있게 말하는 것이었다. 허락을 받은 그는 장계를 잘라 짚과 함께 꼬아서 짚신을 삼아 짊어지고 의주까지 내달아 권율목사의 맏사위인 백사 이항복에게 전했다. 그 당시 백사는 도승지로 선조 곁에 가장 가까이 있었다. 단신으로 수 천리 적진 속을 뚫고 권목사의 장계를 바치자 선조는 홍안의 소년이 이와 같이 큰일을 하매 구극 칭찬을 하며 면천을 시켜주었고 권율은 막내 사위로 삼았으며 오성대감인 이항복과는 동서 간이다.

이괄의 난 때 안주 방어사로 있던 그는 고을을 숙천부사 정무일에게 맡기고 단기로 도원수 장만의 진지로 뛰어들어 이괄을 파적할 계책을 말하니 감복하여 정충신에게 부원수의 직책과 정병 이천을 주어 중군 대장 남이홍과 적을 무찌르게 하니 서울 안현에서 난군을 격파하고 이괄의 난을 평정하였다. 공주까지 피신했던 인조는 한양으로 돌아와 정충신에게 일등공신 금남군을 봉했던 것이다.

금남군 정충신 장군이 청나라에 사신으로 갔을 때의 이야기다. 청 태조 누르하치는 겁을 주어 조선사신의 기를 꺾어버릴 생각으로 여도에 창검을 든 군사들을 서릿발같이 세우고 커다란 가마솥에 기름을 끓이면서 정충신을 맞이하였다. 그러나 정충신은 조금도 두려워하지 않고 당당하게 청 태조 앞으로 걸어갔다. 청태조는 험상 궂게 눈알을 부라리며

"너희나라에는 사람이 그렇게도 없어서 너 같은 小小人을 보내느냐?"

하고 정충신을 향해 첫마디부터 버럭 고함을 질렀다. 그러나 체구가 작은 정충신은 눈썹하나 까딱하지 않고 호탕하게 껄껄 웃으며

"우리나라에서는 사람을 쓰는 게제가 따로 있소. 인의와 도덕을 숭상하는 나라에는 大大人을 보내지만 포악하여 힘만 자랑하는 나라에는 小小人을 보냅니다. 그런데 나 같은 소소인이 뭐가 그리 두려워 이처럼 창검의 숲을 세우고 맞이하시오?"

하고 답하니 청태조는 다시 더 대꾸하지 못하고 몸을 일으켜 영접하여 정충신을 상좌에 앉혔다. 그러나 조금 있다가 그는 또 무슨 생각을 했는지 갑자기 성을 버럭 내면서

"너희나라는 명나라에 글을 보낼 때마다 나를 가리켜 도적이라 하니 내가 뉘 집 무엇을 훔쳤기에 도적이라 하느냐?"

하고 트집을 잡았다. 그러자 정충신은 웃는 낯으로

"그대가 천하를 도적질할 마음이 있으니 그 보다 더 큰 도적이 어디 있으리오."

청태조는 그 말에 매우 만족하여 정충신의 등을 두드리며 '가아, 가아' 하였다. 「가아」란 우리말로 훌륭한 인물이란 뜻이다. 그리고 크게 잔치를 베풀어 환대하였다. 이어서 그의 세 아들을 불러 존장의 예로써 인사를 시켰다. 정충신은 침착하게 그들의 절을 받다가 셋째 아들에 이르자 급히 일어나 맞절을 하는 것이었다. 아들들이 모두 물러가자 청태조가 물었다.

"셋째 자식 놈을 특히 공경하여 대한 까닭이 무엇이요?"

"이 세상에 진시황이 다시 태어났기로 그러한 것이외다."

정충신의 예견은 틀리지 않아 청 태조가 죽자 홍타시는 청 태종이 되어 중원을 통일하고 청나라 삼백년의 터를 닦았다. 이처럼 정충신은 예지가 뛰어나고 세상을 보는 안목이 출중한 영걸이었다.

가문이 몰락하여 어릴 때는 관노의 신분이었으나 거슬러 올라가면 그는 사실 고려의 명장 정지장군의 7대손이다. 관노의 신분에서 임금군자를 쓰는 금남군으로 봉해졌으니 가히 개천에서 용 났다는 말은 이를 두고 하는 말이리라. 그는 천문, 지리, 복서, 의술 등 다방면에 걸쳐 정통했고 청렴하기로도 이름이 높았다. 뛰어 난 슬기와 사물을 꿰뚫어보는 안목, 승천하는 정기와 꿈을 향한 끈임 없는 노력으로 세상을 살았기 때문에 그와 같은 훌륭한 인물이 되었을 것이다.

크게 될 나무

　　오월은 희망의 달이요, 가정의 달이요, 보은의 달이다. 어린이날에는 자라나는 새싹들에 대한 사랑과 희망으로 어려운 현실에 처해있는 사람도 미래를 꿈꾸며 더 나은 삶을 기대해 볼 수 있고, 어버이날에는 삶의 현장에서 땀방울을 흘리느라 마음만 지니고 실행에 옮길 수 없었던 자식이 부모님의 사랑을 돌이켜 보고 찾아뵙는 틈을 낼 기회를 얻는 날이며, 스승의 날 또한 학창시절의 추억을 되새기며 잊고 살았던 선생님의 안부를 곰곰이 생각해 볼 수 있는 날이다. 실제로 보은을 실천할 수 있는 형편이 되지 못하더라도 부모님, 스승님의 안부나마 마음속으로 생각하며 그리워하는 것은 그 얼마나 갸륵한 일인가.

　　계절적으로도 오월은 만물이 소생하여 산하는 연초록으로 싱싱하게 발돋움하며 가을의 결실을 꿈꾸고, 그러한 자연 속에서 사람들은 자신이 하는 일에 대한 열망이 줄기차게 샘 솟는 달이다.

　　어머니의 품처럼 따뜻하고 포근한 오월!

운동장에서 활기 넘치게 뛰노는 어린이들을 보는 이들은 그 누구라도 저절로 가슴 속에 사랑이 깃들기 마련이다. 아이들의 천진난만한 눈동자를 마주하는 사람은 그 누구도 티 없이 맑은 순수함이 가슴속에 스며들어 동심으로 돌아가 저절로 방그레 미소가 흘러나올 수밖에 없다. 이처럼 오월은 따사로운 정과 희망으로 충만한 달이다.

어린이들에게 부모와 가족 다음으로 가슴 속에 각인되는 사람은 초등학교 선생님일 것이다. 가정의 울타리를 벗어나 학교라는 새로운 공간에서 지금까지 자신의 생각을 벗어난 새로운 정신세계를 이끌어주는 사람과의 만남이기 때문이다. 성장하는 어린이들에게 교사가 갖는 의미는 그만큼 크다. 평생을 교직에 몸담고 살아온 필자는 학년 초마다 새 얼굴을 마주하며 '크게 될 나무는 떡잎 때부터 알 수 있다.'는 옛 속담이 진리라는 것을 수없이 경험했었다. 새 학년이 시작되어 맨 처음 아이들을 마주할 때 얼굴만 보고서도 그 아이의 장래를 예감할 수 있었다. '저 녀석은 일 년 동안 내 속깨나 썩히겠는데? 저 얘는 착한 일을 스스로 알아서 할 게 분명해. 저 녀석은 어른이 되면 「장」자를 가슴에 달고 사람들을 이끌어갈 테지.' 하고 생각하면 그 예상은 틀림없이 맞아떨어진다. 필자는 여기에 스승의 예측이 맞아 떨어진 옛이야기를 한편 소개하고자 한다.

충청도 홍성고을에 채동이라는 한 아이가 살고 있었다. 일찍 아버지를 여의고 청상에 홀로된 가난한 홀어머니 품에서 어렵게 살아가고 있었다. 길쌈 품팔이로 끼니를 잇는 형편이었으나 어머니는 채동이를 삼십 리가 넘는 서당에 보내 글공부를 시켰다. 서당에서 채동이는 학동들의 놀림감이 될 수밖에 없었다. 그리고 모든 잡다한 일들을 채동이에게 시켰다.

"야, 채동아! 얼른 마당 쓸어."

"야, 채동아! 네가 걸레 빨아다 방 닦아."

하고 어느 아이든 하인 부리듯 하면 군소리 한마디 없이 시키는 일을 하였다. 그런 허드렛일을 마다 않고 다 하는 채동이를 학동들은 바보로 여기며 자기가 할 일도 채동이에게 시켰다. 채동이는 학동들이 하라는 대로 하고 그저 묵묵히 글공부에만 전력하는 것이었다.

하얀 눈이 쌓인 어느 긴 겨울밤 입이 궁금한 학동들은 닭서리를 하기로 하고 아랫마을 외딴집으로 향했다.

"야! 채동아, 네가 닭장위로 올라가 닭 잡아!"

하고 명령을 내리니 채동이는 장태위로 올라갈 수밖에 없었다. 장태위로 올라간 채동이에게 한 아이가

"계여수(鷄如數)?"; (닭이 몇 마리냐?)

"백의홍관이 이삼수(白衣紅官 二三數)."; (하얀 옷을 입고 붉은 관을 쓴 닭이 두세 마리다.)

"몰 착 (殁 捉)."; (모두 잡아라!)

이튿날 아침에 훈장님이 닭을 잡아먹은 흔적을 보고 웬 닭이냐고 물으니 아이들이 훈장님께 드리려고 남겨놓은 닭고기를 대접하

며 어젯밤에 닭서리 한 일을 말씀드리자, 훈장님께서는 닭 값을 채동이에게 보내며 생각하였다. '계여수?' 라고 물은 녀석은 장래 소과에 급제하여 고을의 사또정도는 할 수 있겠다. '몰착!' 이라고 말한 녀석은 아무래도 도둑놈이 될 수밖에 없을 걸? 그런데 '백의홍관 이삼수.'라고 말한 녀석은 장래에 정승의 반열에 오를게 분명해.' 하고 속으로 짐작하였다.

세월은 흘러 채동이가 온갖 수모를 겪으며 서당에서 글공부를 한지도 어언 칠년에 접어들어 이팔청춘이 되었다. 그러나 채동이는 여전히 서당에서 바보 하인노릇을 하고 있었다. 그러던 봄 어느 날 훈장님께서 금년 오월에 향시가 있고 가을에는 대과가 있으니 서당에서 예비시험을 치르겠노라고 하시며 운자를 내놓았다. 학동들은 저마다 자신의 실력을 보여줄 좋은 기회가 왔노라고 뻐기며 답안을 제출하였다. 이튿날 채점한 시험 답안을 가져오신 훈장님은 채동이가 장원을 하였다고 발표하는 것이었다. 학동들은 모두 믿지도 않고 훈장님의 채점결과에 승복하지도 않았다. 그날 서당에서 돌아온 아들에게 고을의 사또가 물었다.

"어제 서당에서 치른 예비시험에 장원은 누구더냐?"

"예, 채동이라고 하인배나 다름없는 홀엄씨 아들에게 장원을 주었답니다."

하고 가소롭다는 듯 시큰둥 대수롭지 않게 말하는 것이었다.

"대체 어떻게 썼길래 그 아이가 장원을 하였을꼬?"

"추풍고백 응생자 설월공산 호양정 이라고 썼다는 디 그런 것을 다 장원을 주었다고 친구들이 모두 난리다요."

"그래? 그러면 내일 꼭 그 채동이를 이 동헌으로 데려 오너라."

사또의 아들은 다음날 공부가 끝나고 채동이에게 다가가

"애, 채동아 너 우리 아버지께서 오랍신다. 우리 아버지는 이 고을 사또님이다. 너? 우리 아버지 앞에서는 누구도 함부로 행동해서는 안 되는 줄 알지? 미리 일러두니까 조심해라."

하고 주의를 주는 것이었다. 사또의 아들과 채동이가 솟을대문에 들어서자 동헌 마루에 높이 앉아있던 사또가 버선발로 뛰어내려오더니 차림새가 거지처럼 볼품없는 아이 채동이에게 맨땅에 엎드려 넙죽 큰절을 올리는 것이었다. 그리고는 동헌 사또방의 아랫목에 모시고

"미거한 제 자식 놈을 보살펴주십시오."

하고 간곡히 부탁하는 것이었다. 군수의 아들은 어리둥절 갈피를 잡을 수 없었다. 지금까지 이 고을에서 사또는 누구에게도 고개를 숙이는 것을 보지 못했다. 서민들은 말할 것도 없고 내노라하는 양반님네들도 사또 앞에서는 꼼짝을 못하고 사또의 말 한마디가 곧 법이요, 곤장이었다. 그런데 서당에서는 바보 하인 취급을 받는 채동이 앞에서 무릎을 꿇고 애원하는 아버지를 보고 놀라지 않을 수 없었다. 아버지는

"애야, 이 도련님을 잘 모셔라. 이분이야말로 장차 이 나라를 이끌고 가실 큰 인물이시니라."

하며 큰절을 올리라 명하는 것이었다. 채동이가 쓴 시를 살펴보면

秋風古栢 鷹生子 雪月空山 虎養精
(추풍고백 응생자 설월공산 호양정)
【가을바람에 잎이 모두 떨어진 고목나무에 매가 새끼 깔 알
을 품고 있고, 달빛만 차가운 눈 덮인 산에 호랑이가 웅크리
고 앉아 봄을 기다리고 있다.】

는 뜻으로 현재 자신의 어려운 처지를 읊은 것이다. 그러나 내년
봄이 되면 매는 알을 까서 창공은 매가 모든 날짐승들의 왕이요,
호랑이는 산중의 왕으로 이 세상 모든 산짐승들 위에 군림하리라
는 것을 암시하는 글이다.

　그해 채동이가 향시에 급제함은 물론 대과에 급제 하여 벼슬이
영의정까지 올랐다. 이분이 바로 번암(樊巖) 채제공(蔡濟恭)이다. 번
암의 역사적인 행적은 사전이나 인터넷을 통해 누구나 다 알아볼
수 있기에 더 언급하지 않겠다. 다만 큰 인물이 된 분들은 어려서
부터 큰 꿈을 지니고 그 꿈을 향해 끊임없이 노력한 결과라는 공
통된 진리를 실천한 분들이다.

　꿈은 지향하는 목표다. 목표 없이 한 발짝도 뗄 수 없으며 이룰
수도 없다. 어른들도 마찬가지다. '이 나이 되어서 무슨 일을 할 수
있겠어?' 하고 미리 포기 하는 것은 삶 자체를 포기하는 것과 같

다. 나이 많은 어른들도 꿈을 지니고 목숨이 다 할 때까지 정진 하는 것이 바람직한 삶이다.

敦義洞의 유래

　　　　　며칠 전 친구의 전화를 받고 돈의동 길을 헤맸다. 필자
가 고교시절에 고향 마을의 형이 세 들어 사는 서울 중구 정동의
초동극장 바로 앞에 위치한 적산가옥의 문간방에서 6개월 동안 기
거하며 매일 드나들던 길이다.

　50여년이 지난 지금도 돈의동 골목길만은 거의 변함없는 모습
을 지니고 있어 감회가 새로웠다. 돌이켜 보면 그 시절만 해도 고
교생은 까까머리였으나 필자는 고교대표팀 농구선수였기에 다른
고등학생들과는 달리 상고머리로 시합이 없는 휴일이면 할 일 없
이 집 근처의 극장들을 이곳저곳 전전하고 다녔었다. 스포츠머리에
185cm의 건장한 사복차림의 청년을 고교생으로 보고 극장출입을
막을 사람은 아무도 없었다. 그 때의 기억으로는 내가 기거하던 집
근처에 피카디리 극장과 명보극장이 대로변 사이에 나란히 서 있었
고, 종로삼가 쪽 큰길 건너에는 단성사가 자리하고 있었다. 종로와
명동을 누비며 주먹깨나 쓰는 형이 가져다주는 영화 관람권이 없

을 때는 두 편을 연속 상영하는 집 뒤의 초동극장에 죽치고 앉아 스크린에 혼을 빼앗기곤 하였었다. 시골에서 갓 올라온 촌놈이 친히 사귀는 친구가 아직 없는데다가 화려한 영화 광고에 홀려 휴일이면 할 일 없이 이 극장 저 극장 헤매고 다녔던 것 같다.

내가 살던 집에서 남산 쪽으로 조금만 가면 진고개였는데 그때 유행하던 최희준의 '진고개 신사'를 흥얼거리며 고교생 신분에 담배연기를 내뿜으며 폼을 잡기도 하였다. 전국을 제패하고 일본원정에서 6전6승 전승을 거둔 고교대표팀이었지만 담배를 피우지 않는 선수가 없었고 나도 여직 끊지 못하고 있는 담배를 그때 배웠다. 지금 생각해 보면 가소로운 일이지만 그 시절에는 어리석은 자만심으로 자신의 신체적 조건을 으스대며 뽐내느라 괜히 어긋난 행동들을 하였을 것이다. 당시에는 전차가 다니던 시절로 서울은 고층빌딩이라야 5층 정도가 높은 건물 이였고 서울 중심지도 일인들이 살던 일본식 적산가옥들이 고급주택에 속했었다.

이곳은 본래 돈령동(敦寧洞)과 어의동(於義洞)이 있었던 곳인데, 1914년 일제가 두 마을을 합쳐서 돈의동으로 바꾼 곳이다. 돈의동 쪽방 촌 골목은 일제강점기에 시탄시장이라는 이름의 공설시장이었다. 도심에 위치한 시탄 즉 땔나무와 숯을 팔던 시장은 1936년에 문을 닫고 해방 후에는 종삼이라는 사창지역으로 온갖 모리배들이 득실거리는 홍등가였다가 1968년 매춘소탕작전으로 아가씨들이 사라지고 난 후 인력소개소가 들어서 70년대 이후에는 일용직 근로자와 집 없이 떠돌아다니는 유랑자들의 최종주거공간이 되었다. 지금도 일일숙박비는 단돈만원으로 일용직노동자들의 고달 픈 육신을 눕히는 안식처가 되고 있다. 그러나 큰길 건너 바로 옆은 고층빌딩들이 위용을 뽐내는 번화가다. 이처럼 경제의 중심지에서 부와 권세를 누리는 상류층과 가장 밑바닥을 헤매는 일용직근로자가 맞물려있는 현상을 어찌 설명해야 할까? 하기야 옛날에도 대갓집 노비들은 고루거각의 문간방에서 살며 온갖 궂은일을 다했으니 부자와 극빈자는 늘 함께 생활해온 것이 사실이며 가난한 자들은 부잣집 문간을 기웃거리기 마련인가 보다.

그 시절 어느 일요일에 주인집 아저씨가 들려준 돈의동의 유래가 지금도 기억에 생생하다.

평안도 어느 고을에 마을에서 부자로 소문 난 김노인이 살고 있었다. 눈이 장설로 쌓인 겨울날 석양 무렵에 노인이 아랫마을을 다녀오는데 대문 앞에 의복이 남루한 과객이 하룻밤 유하기를 간청하여 사랑에 들였다. 그날 밤 관아에서 일하는 노인의 두 아들이 퇴근하여 아버지께 오늘 있었던 일을 고하는 중에 정조대왕이 등극하여 번암 채제공이 정권의 중심에 앉았다는 것이었다. 이 얘기를 들은 과객은 얼떨결에 자신의 이름이 채제민이며 번암과는 사촌형제지간이라고 속이고 말았다.

"그대가 채제공의 사촌이라면 어이하여 이처럼 남루한 과객의 행색을 면치 못하고 있는고?"

김노인이 물으니

"대의멸친(大義滅親)이요."

하고 스스럼없이 답하는 것이었다. 노인이 그 말을 듣고 '옳거니' 고개를 끄덕였다. 大義滅親이란 크나큰 도의(道義)를 다하기 위해서는 부모형제도 돌아보지 않는다는 뜻이다. 실제로 과객(過客)의 이름이 채제민인 것은 분명하나 번암과는 아무런 관계도 없는 사람이었다. 그리고 그는 부모에게서 물려받은 재산을 평양의 기방에서 탕진하고 떠돌이신세가 된 과객일 뿐이었다. 그러나 과객의 말을 믿은 노인은 가까운 친척 김좌수에게 이 사실을 말하고 사위삼기를 권해 채제민은 김좌수의 데릴사위가 되었다. 부잣집 처가살이를 하게 된 그는 아무런 일도 하지 않고 그저 빈둥빈둥 놀고먹기만 하였다. 견디다 못한 김좌수는 사위에게 금은 비단을 한보따리 싸주면서 형님인 번암을 찾아가 미관말직(微官末職)이라도 한자리 얻어오라고 하였다. 보따리를 매고 떠난 제민은 채제공의 대문 앞엔 얼씬도 하지 않고 기방에서 재물을 모두 탕진하고 돌아와서는 형님께 차마 벼슬자리 부탁을 꺼내지도 못하고 돌아왔노라고 고하는 것이었다.

그러던 차에 번암이 평안도 관찰사로 부임하였다. 이에 장인은 날마다 감사형님을 찾아가지 않는다고 성화를 부렸고, 더 이상 참지 못하게 된 채제민이 감사를 찾아가 갔다. 채제민은 감영에 이르러 수문장에게 번암의 아우가 만나러 왔노라고 이르니 수문장이 번암에게 고하였다. 번암은 나에게는 형제는 물론 사촌도 없는데 고현일이라 고개를 갸웃거렸다. 그러나 심중이 깊은 번암은 아무튼 그

자를 만나보리라 생각하고 수문장에게 별채로 모시라고 하고서는 업무를 끝내고 별채로 찾아갔다. 채제민은 감사에게 자초지종을 이야기하고 용서를 빌었다. 채감사가 그를 보니 그의 인품이 허랑하여 비록 가산은 탕진하였으나 가히 악인은 아닌 듯 보이는지라 성씨와 항렬이 같은 어려운 젊은이 한명 구해야겠다고 생각하고

"네가 장인과 함께 오면 내가 너의 진짜 사촌형이 되어 줄 터이니 염려하지 말라."

너그럽게 말하였다. 다음날 채제민이 장인과 함께 감영으로 들어가니 채감사가 버선발로 뛰어나와 진짜 사촌동생과 사돈을 대하듯

"내가 그동안 정사에 바빠서 사촌의 안부를 생각지 못했던바 동생을 예서 만나니 반갑기 그지없네."

하고 반기며 두 사람을 융숭하게 대접했다.

그 후 채제민은 감사 덕분에 잘 지내다가 채감사가 한양으로 영전하자 같이 상경하게 되었고, 채제공은 이곳 돈의동에 나란히 집 두 채를 지어 채제민과 함께 살았다고 한다. 이와 같은 유래가 얽힌 돈의동이라는 이름은 채제공과 채제민의 「두터운 의리」를 잘 나타내주고 있으며 각박한 오늘을 사는 우리들에게도 훈훈한 마음의 교훈이 될 법하다.

각종 전자매체가 생활현장을 장악하고 있는 오늘날에 이르러 젊은이들의 가족에 대한 개념은 부모형제의 범위를 벗어나지 못하고 있다. 이러한 핵가족화의 변모는 사촌을 남으로 여기는 안타까운

현실로 혈족이 한 마을에 더불어 살던 시대의 일가친척의 의미역시 무너진 지 오래다. 이처럼 인간이 점점 외톨이가 되어가고 있는 사회에서 제 주변에 있는 사람들을 배려하는 아름다운 모습 또한 보기 어렵다. 인간이라면 차마 생각하기도 끔찍한 비행이 영상매체에 방영되어 우리들의 마음을 우울하게 만들고 미래의 꿈을 향해 정진해야할 청소년들이 동급생을 괴롭혀 죽음으로 내모는 현실도 그 근원을 살펴보면 따뜻한 인정이 메마른 까닭이다.

이처럼 날로 삭막해지고 있는 사회를 훈훈한 온정을 지닌 사람들로 넘쳐나 남을 사랑하고 배려하는 사회로 만들어가기 위해서는 이웃과 더불어 사는 정서가 시급히 요청되고 있다. 이와 같은 관점에서 돈의동의 유래가 우리에게 주는 메시지는 실로 교훈적인 의미를 부여하고 있는 것이다.

더불어 요즈음 정치인들의 대의멸친(大義滅親) 아닌 대의결친(大義結親)으로 정권의 중심에 있는 자들의 형제와 친척들이 각종 이권에 개입하여 정권말기에 쇠고랑을 차는 눈꼴 시린 모습들은 모든 국민들의 마음을 어둡게 한다. 위정자들은 대의멸친이 주는 의미를 가슴 깊이 되새겨 대의결친한 자들의 추한 꼴이 이 땅에서 하루속히 사라져야 할 것이다.

이란장군과 弘農

20세기 초까지도 전남 영광군 홍농읍은 섬이나 다름없는 반도였다. 고창군 상하면의 장자산 줄기가 덕림산 기슭에 도드라진 마래잔등으로 맥이 연결되어 겨우 섬을 면한 홍농읍은 봉대산 기슭의 황토언덕을 파 일군 밭과 대덕산 골짜기에 천수답들이 겨우 드문드문 자리하고 있을 뿐, 칠산 바다와 호수 같은 연안해에서 고기잡이로 생계를 잇고 갯바닥에서 조개류와 바다풀로 끼니를 연명하고 살던 곳이다. 논농사를 지을 수 있는 들이라고는 눈 씻고 봐도 찾을 수 없었던 이곳의 지명이 어찌하여 넓을 홍(弘)자와 농사 농(農)자의 홍농이란 이름을 얻게 되었을까? 그에 얽힌 유래를 살펴보고자 한다.

선조 때 영광군 대마면에 입향(入鄕)한 이규빈의 셋째 아들 이란(李灡)은 선조 15년(1582년)에 태어나 풍채가 당당하고 민첩하며 총명한데다가 학문과 필법 또한 뛰어났다. 광해6년(1614년)무과에 급제하여 선전관, 비변랑, 오위도총부 도사 등의 여러 무관직을 두루 거쳤으며 함평 현감 재직 시에는 선정을 베풀어 통정대부에 올라 전라 우수사에 제수되었다. 정묘호란(丁卯胡亂; 1627년)으로 도성이 함락되니 인조대왕이 강화도로 피신할 때 어영중군으로 왕을 호위하였으며 난세에 임금을 잘 모신 공으로 가의대부(嘉義大夫) 경상좌도병마절도사를 제수 받았다.

그 후 무진년(1628년) 금나라로 사신봉명을 받은 춘신사(春信使) 행차에는 부사(副使) 박난영(朴蘭英)이 장군을 수행하였다. 사실 한성까지 빼앗겼던 적국에 사신의 임무수행은 지혜나 기지가 뛰어난 인물이 아니고서는 봉행하기 쉬운 일이 아니며 그들의 핍박 또한 심하였다. 공은 방약무도(傍若無道)한 적국 후금에 트집잡히지 않도록 수행원들을 엄중히 단속하여 왕명을 받들어 거행함에 법을 어기는 자를 조금도 용납하지 않았다. 그러나 수석통역관인 박경룡(朴景龍)은 본래 미천한 신분으로 밀수도 하고 국가 기밀도 팔며 후금의 앞잡이 노릇을 하는 간사한 모리배로 적장과 결탁하여 갖은 악행을 자행하고 사리사욕 채우기만을 일삼아 장군이 여러 차례 타이르기도 하고 크게 꾸짖기도 하였다. 장군의 엄격한 제재로 사욕을 채우지 못한 박경룡은 마음속으로 장군을 꺼려하고 원망하였다.

이에 앞서 호족에게 포로로 잡혀간 우리 백성들이 고향을 찾아 계속 도망쳤는데 후금의 용호(龍胡)가 사신 일행에게

"너의 임금에게 아뢰어 다시 그들을 잡아 보내라."

강요하였으나 장군과 박난영은 이를 거절하고 따르지 않으니 금나라의 공식 문서로 도망해온 자들의 명단을 적어주며

"너의 임금에게 아뢰어라. 이를 보고도 조정에서 다시 잡아 보내지 않을 수 있겠는가."

하고 위협을 가하였다. 장군이 대답하기를

"포로가 도망쳐 본국으로 돌아오는지의 사실 여부는 나라에서도 알지 못할 뿐만 아니라 설사 도망하여 오는 자가 있다할지라도 양국 간에 금지조약이 지엄하기 때문에 저들이 몰래 숨어 다니는데 어찌 그 자취를 알아내어 잡아 보낼 수 있겠는가."

라고 거절 하였다. 또한

"우리가 돌아가 너의 나라 국서를 조정에 바치고 아뢴다면 이에 합당한 회보가 있을 것이다. 그런데 어찌 이리 재촉이 심한가. 너희도 이 사정을 너의 임금에게 사실대로 알리라."

고 하였다. 당시 장군의 숙소에는 포로로 잡혀간 많은 백성들이 밤마다 찾아와 통곡을 하였지만 조정에서는 국력이 쇠진한 명나라만을 사대(事大)하며 무모한 배금(排金)정책과 당쟁으로 해결할 의지나 능력이 없었다. 장군은 백성들의 참상이 애처로워 한 사람이라도 더 구출해주기 위해 노자를 아끼고 후금 왕 누르하치에게서 받은 물품과 말까지 팔아서 노예 값을 치루고 사정이 매우 딱한 이십 수명의 백성들을 구해 귀국하였다. 이때 통역관 박경룡이 귀국하지 않으려는 것을 알고 강제로 데리고 왔다.

이에 앙심을 품은 박경룡은 본국으로 돌아온 후, 자신의 사악한

비리로 처벌받을 것이 두려워 장군이 독단으로 포로를 잡아 보내도록 경솔히 허락하였다는 유언비어를 퍼뜨리고 그 외에도 여러 근거 없는 사실들을 거짓으로 꾸며 모함하였다. 조정에서는 '우리 백성을 잡아 보내는 것은 차마 있을 수 없는 일인데 혹 허락한 것이 아닌가?' 하고 추정(推定)하여 사헌부에서 논죄(論罪)를 청하였으나 인조는 윤허하지 않고 오히려 춘신사(春信使) 이란과 부사 박난영이 진충갈력(盡忠竭力)하여 전란 수습에 공헌하였으니 논상(論賞)하라 하교하니 장군을 시기하는 반대파 무리들이 제거할 기회만을 노리고 있었다.

때맞추어 용호가 후금의 사신으로 우리나라에 오게 되었는데 그때 경룡과 대질하여 다른 일은 모두 무고로 밝혀졌으나 포로를 잡아 보내겠다고 하는 사항에 대해서는 용호가 자기나라에 유리한 주장을 내세운 대다가 사대당파들의 농간으로 없었던 일이 있었던 것처럼 의혹을 사게 되었고 당시 판의금부사 이서(李曙)는 마침내 간사한 통역의 터무니없는 거짓 증언과 장군을 시기하는 반정중신들의 논죄를 수용하여 장군은 1628년 7월 47세의 일기로 옥사 당하였다. 이 소식을 들은 후금의 칸은 조선의 뛰어난 장수의 죽음에 크게 기뻐하였다고 한다.

그 후 재상의 지위에 있는 신하들이 심양(沈陽)을 왕래하며 들은 바로는 장군이 사신 임무를 봉행함에 조금도 불의에 굴하지 않고 한 점 부끄러움이 없었다고 칭송하는 자가 많았다 하며, 병자호란 때 심양에 끌려갔다 돌아온 청음(淸陰) 김상헌(金尙憲)은 크게 부르

짖어 말하기를

"난세에 장군 같은 훌륭한 인물이 어찌 흉악한 무리들의 무고로 억울한 죽음을 당하였단 말인가?"

하고 개탄하였다. 볼모로 잡혀간 소현세자를 모시고 심양에서 돌아온 유헌(儒軒) 박황(朴潢) 또한 분개하여

"이 절도사의 죽음은 저들(금나라 벼슬아치)도 원통한 일이라고 말하더라."

하고 눈물을 흘리며 탄식하였다.

그 후 인조 17년(1639년)에 장군의 아들 한성판관 상연(尙淵)의 상소와 대신들의 논의로 돌아가신지 11년 후에 장군은 관작이 복작(復爵)되고 명예를 회복하였으며 왕의 특명으로 왕릉을 잡는 지관으로 하여금 묘 자리를 잡게 하였다. 능소지관 이석우(李錫祐)가 장군의 고향인 영광으로 내려와 묘 자리를 물색하던 중 법성포 뒷산인 인의산(仁義山)에 올라 지세를 살펴보니 동서로 긴 반도인 이곳의 남북 해변이 훗날 육지가 되어 큰 농사를 짓게 될 것이라고 예언하여 명명한데서 홍농(弘農)이라는 지명을 얻게 되었던 것이다. 그 뒤 270여년이 지난 후 일본인 삼기가 메물곶이(법성포 쪽의 곳과 홍농읍 쪽 곳 사이의 협소한 부분을 메운 곳)를 막아 바다가 황금물결 넘실대는 평야로 변해 큰 농사를 짓는 땅 홍농이 되었으니 풍수지리에 정통한 능소지관의 예견이 들어맞은 것이다.

능소지관 이석우는 홍농읍 성산리 죽동에 장군을 모실 자리를

정했다. 풍수설에 의하면 그 묘 자리를 황계포란(黃鷄抱卵) 즉 『누런 닭이 알을 품고 있는 형국』이라 하는데, 우연히도 영광 원자력 발전소가 서게 되자 발전소 자리에 있던 홍농서초등학교가 장군의 묘소 앞으로 이전되어 묘소에서 보면 황토 빛깔 운동장에서 어린 새싹들이 자라는 모습을 품에 안고 있는 듯하다.

숙종31년(1710년)에 세운 묘비는 영의정을 여덟 번을 지낸 당대의 문장가 명곡(明谷) 최석정(崔錫鼎)이 찬(撰)하고 역시 영의정을 지낸 당대의 명필이요 문장가인 약천(藥泉) 남구만(南九萬)이 서(書)한 비(碑)가 현존되어 전라남도 문화재로 지정되었다. 그 한 구절에

皓天莫問 寃孰傷也 (호천막문 원숙상야)
밝은 하늘이여 더는 묻지마라
이 원통한 일을 뉘라서 슬퍼하지 않으랴!

有枉必伸 古之常也 (유왕필신 고지상야)
이 억울한 죽음 반드시 밝혀지게 되는 것은
고래의 떳떳한 이치이거늘

我銘以貞 天不芒也 (아명이정 천불망야)
나 이제 시 한 구절을 옥돌에 새기노니
하늘도 무심치 않으리라.

라고 기록되어 있다. 인조는 나라에 큰 공을 세우고도 억울한 죽음을 당한 장군의 장남 상연(尙淵)에게 장군의 묘소를 중심으로 외전(外田) 사읍(四邑)을 식읍(食邑)으로 하사하였는데 정확한 영역은 알 수 없으나 홍농읍과 법성면, 공음면, 상하면 일부가 이에 해당하는 땅으로 장군의 종손인 필자가 그 공전(功田)문서를 소장하고 있다.

곧은 선비 芝士

  필자는 향수에 젖은 마음을 달래고 조상의 묘소에 참배
도 드릴 겸 매년 봄, 가을 두 차례 고향을 찾는다. 고향땅에 들어
설 때마다 어릴 적 기억과는 너무나도 급속히 달라져가고 있는 모
습들이 곳곳에서 불쑥불쑥 튀어나와 필자를 당황하게 한다. 고구
마 속살처럼 보드랍고 불그스름한 황토가 어머니의 풍성한 젖 무
덤이듯 포근한 야산 기슭에 노랗게 익어가는 보리밭, 이마를 맞대
고 옹기종기 들어앉아 소곤소곤 따뜻한 정을 나누던 초가집들, 마
을 앞 정자나무 아래서 신나게 뛰놀던 아이들의 때 소리, 모두 어
릴 적의 정겨운 추억들이 머물고 있는 모습들이었다.

  그런데 이 평온한 고장에 원자력 발전소가 들어서고, 하늘 높이
솟은 고층아파트가 푸른 하늘을 향하여 피어오르는 뭉게구름 위
에 숨어있던 신비롭고 아름다운 동화 속의 꿈들을 모두 지워버렸
다. 황토 보리밭에 고압선 철탑이 야차처럼 흉물스런 모습으로 치
솟아 으스스 한기를 느끼게 한다. 금매강 나루터 털보사공의 흥겨

운 노랫가락이 자취도 없이 사라진 다리위로는 자동차가 신나게 달리는 모습들이 과거를 돌이켜 보는 필자로 하여금 아쉽고 허전한 감회에 젖어 허기마저 들게 한다.

근세(近世)에 이르기까지 조변석개(朝變夕改)하는 인간의 역사에 비해 山川은 변함이 없다는 생각이 지배적이었다. 허나 현금(現今)에 이르러 자연의 변화는 인류 역사의 변화에 버금갈 정도로 급변하고 있다. 그 까닭이 자연 스스로에 의해서건 문명의 발달로 인한 인간의 자연 침해에 의한 것이든 빠른 속도로 자연이 변화하고 있는 것만은 사실이다. 새만금 방조제를 건설하여 바다를 육지로 만들었다든지, 고속도로의 건설로 육지의 모양이 변하는가 하면, 지하자원을 채굴하여 산이 허물어지는 일련의 공사들이 인간이 자연을 변화시키는 모습이요, 폭우가 쏟아져 산이 무너져 호수를 이루고, 강한 지진이 흔들어 땅이 갈라지고, 지하 깊숙이 뜨겁게 꿈틀거리던 용암이 폭발하여 화산이 새로 생겨나는 것들이 자연 스스로가 그 모습을 바꾸는 예이다.

필자가 중학교에 다니던 1960년대 초에 밀물이 들면 법성포 앞은 파도 넘실거리는 바다였다. 그 시절만 해도 오뉴월 조기 파시철만 되면 조깃배마다 만선을 나부끼는 깃발을 펄럭이며 선창에 울긋불긋 풍어를 자랑하고, 법성포 다랑가지 굴비덕장에 두름두름 걸린 누렇게 알을 품은 칠산 바다의 조기들이 따가운 땡볕에 황금빛 비늘을 반짝이며 눈부신 무지개를 빚어내고 있었다. 목냉기 청루에는 서울기생들의 노랫가락이 파도소리와 어울려 봉대산

봉우리 위로 날아오르고, 마당에 어슬렁대는 똥개들도 시퍼런 지전을 물고 다닐 정도로 흥청거렸다.

그러나 50여년이 넘는 오늘에 와서 법성포 앞바다는 밀물이 밀려와도 100t 급 미만의 작은 배가 겨우 드나들 수 있는 수로에 바닷물이 들어올 뿐 개펄은 육지로 변한 지 오래다. 비린내 진하게 풍기던 다랑가지 선착장엔 폐선 몇 척이 흥청거리던 과거를 되씹으며 을씨년스런 모습으로 누워있어 안타깝기 그지없다. 원래 필자의 고향 홍농읍은 법성포 숲쟁이 고개를 넘어 나루를 건너야만 왕래할 수 있는 반도였다. 그러나 일제 초에 법성포 돌머리와 홍농 목냉기를 잇는 메물곶이를 막은 후 바닷물이 들어오지 못하고 벼농사를 짓는 들녘으로 변했다.

필자의 선조께서 홍농에 터를 닦으신 사적을 더듬어 보면, 병사공 이란장군(李灤將軍)을 홍농읍 성산리 죽동 소재 황계포란(黃鷄抱卵)에 모신 후, 단지동에 정착하였으니 이곳에 터를 잡은 지 300여년이 넘는다.

일찍이 단지동은 앞바다의 지형이 연꽃모양이여서 월성국(月城國)이라 불리었다. 판서공은 단지동 동쪽 바닷가 모롱곶이 안쪽에 새로운 터를 잡고 「절개와 상서로움」을 나타내는 丹(붉을 단) 芝(지초지)자를 써서 마을 이름을 단지(丹芝)로 명명했으며 그 후손들은 芝園, 芝士, 丹波, 後芝, 芝山, 芝波, 芝堂 등 지(芝)자나 단(丹)자의 호(號)를 이어받아 선조들의 선비정신과 덕을 본받아 오고 있다.

보름달이 떠오르면 단지동 앞바다 한 가운데 위치한 돈섬(錢島; 동전의 모양처럼 동그랗게 생긴 섬)과 둥근 달이 물에 잠겨 은은한 달빛에 어린 모습이 마치 거대한 연꽃이 하얗게 피어난 듯 그 정경이 매우 아름답게 보였다고 한다. 그래서 그 모습이 가장 잘 보이는 등성이의 지명이 망월(望月)이다. 병사공의 9세손인 지사공〈李龍純(이용순) 자 景輝(경휘) 호 芝士(지사) 필자의 6대조〉이 진사과에 급제하였으나 백성들의 고달픈 삶을 외면한 세도가들의 극심한 횡포가 사리사욕만을 채우는 정치판에서 자신의 영달에 눈이 어두운 소인배들이 권력에 빌붙어 매관매직만을 일삼는 한양을 등지고 낙향 하였다고 한다. 자신의 이익을 위해 상대방의 흠집 찾기에만 혈안이 되어 설쳐대는 탐관오리들과 어울리고 싶지 않은 곧은 선비정신이 어려서부터 지녀온 꿈을 접게 하였을 것이다. 이는 혼탁한 무리들 속에서 하루라도 빨리 빠져나오는 것이 자신을 위한 길이라는 것을 깨달았기 때문일 것이다. 이를 혹자는 현실 도피로 볼 수도 있을 것이나 그 시절의 선비들이 정계를 등지고 낙향한 예를 가끔 볼 수 있는데 그 까닭을 더듬어 보면 그 당시의 실정이 지조 높은 선비 한 두 사람의 힘으로는 도저히 뒤집을 수 없는 상황이었다는 흔적을 곳곳에서 발견할 수 있다.

지사공은 당쟁으로 어지러운 혼탁한 정계를 등지고 향리에 머물면서 이곳 망월 잔등 위에 정자를 짓고 음풍망월(飮風望月)에 시(詩), 서(書)를 벗 삼으며 곧은 선비의 삶을 사셨다고 한다. 필자가 어릴 적 단지동 앞바다는 경지정리가 잘 된 들판으로 변하여 바다의 모습은 볼 수 없었으나 맑은 가을날이면 황금 파도 넘실대는 들녘이 눈부시게 열려 황홀경을 자아내곤 하였다. 망월의 정자 터 주변에는 아름드리 소나무 십여 그루가 운치를 더해주고 노송가지에 둥지를 틀고 날아들던 백학의 모습은 지금도 기억 속에 생생하게 살아있다.

지사정(志士亭)의 창건년도는 지사공의 탄생이 정조 기해년(1779년)에 태어나 생원진사과에 합격하시고 헌종 15년 기유년(1849년)에 작고 하셨으니 지사정운 말미에 임진(壬辰) 중추(仲秋) 지사(芝士)라 쓰여 있는 것으로 보아 1832년에 창건 하였으며 지사공의 동생 단파공〈鳳純(봉순) 자 聖儀(성의) 호 丹坡(단파)〉이 대과 급제하여 중앙의 여러 벼슬을 거쳐 진주목사를 하였으니 형제가 모두 과거 급제하고 교류하는 벗도 많았으리라 여겨진다.

지사정운은 한 줄에 아홉 자씩 쓰여 있으나, 칠언시 8행과 오언시 8행으로 되어있어 분리하여 보면 어느 정도의 한자실력을 가진 사람이라면 곧 그 뜻을 이해할 수 있을 것이다. 지사공의 청빈(淸貧)한 생활과 지조 높은 선비정신은 지사정운에 담겨있는 시만 보고서도 능히 가늠할 수 있다.

지금은 정자 터만 남아 그 흔적을 짐작할 수 있을 뿐, 지사정 창건당시의 모습을 볼 수 없고 지사정운 현판만 필자가 보관하고 있어 안타깝기 그지없다. 선조의 사적을 온전히 보존치 못한 후손의 분루(憤淚)를 훔치며 아래에 지사정운(芝士亭韻)을 소개한다.

先公楸下　卽遺基　草以爲廬　我愛時

(선공추하　즉유기　초이위려　아애시)

선공(선조)의 묘소아래 남기신 터전에 풀로 오두막집을 짓고 때때로 아끼노라.

僻海共群　惟白鷺　蕪園何有　是丹芝

(벽해공군　유백로　무원하유　시단지)

후미진 바다에는 백로만 무리를 이루고 황폐한 동산에 어찌 붉은 영지가 있는가.

茅簷暢豁　看山好　竹檻淸冷　落子宜

(모첨창활　간산호　죽함청령　낙자의)

초가처마 화창이 트여 먼 산이 보이고 대나무 난간은 청령하여 바둑 두기 좋구나.

莫笑斯翁　非取侈　鷦鷯剩得　借捿枝

(막소사옹　비취치　초요잉득　차서지)

이 늙은이 많이 갖지 않았다고 비웃지 말게 뱁새가 사는 가지에도 여유가 있다네.

상기의 칠언시에 이어 오언시가 음각되어있다.

一帶 滄江上　　居然 起小樓

(일대 창강상　거연 기소루)

한줄기 창강위에 거연히 작은 누대 세워졌네.

詩仙 蓮社會　　花鳥 杜陵愁

(시선 연사회　화조 두릉수)

시선들이 연사로 모이고 꽃과 새들은 두보의 시름거리라

放有 湖山目　　徙倚 几案頭

(방유 호산목　사의 궤안두)

눈(目)이 호산에 다다르니 책상머리를 배회 하노라

挑源 知底處　　不欲 向人求

(도원 지저처　불욕 향인구)

도원이 어느 곳에 있는가. 사람을 향하여 구하지 않는다네.

　　　　　　壬辰 仲秋 芝士 [낙관] 完山 李龍純 景輝 之印

한말 의병의 슬픈 역사

오는 8월 15일은 67년 째 맞이하는 광복절이다. 우리나라가 국민소득 2만 불 인구 5천만의 일곱 번째 나라로 오른 시대에 살고 있는 오늘의 젊은이들이 「광복」이나 「해방」의 진정한 의미를 이해할 수 있을까?

신라가 당나라를 끌어들여 삼국을 통일한 이후부터 우리민족은 약소민족으로 추락하고 말았다. 좋게 말해 삼국통일이지 실제로는 옛 백제영토도 제대로 차지하지 못하고 한강 이북의 반도 땅과 광활한 만주를 중국에 빼앗기고 한반도의 반도막에 갇힌 신세가 되고 말았으니 우리 민족으로서는 통탄하지 않을 수 없는 참담한 상황에 처한 것이다. 그러니까 통일신라 때부터 우리 민족은 대륙의 호령에 쩔쩔매며 허리를 굽히는 약소민족으로 전락하여 민족성이 은근과 끈기가 되었던 것이다.

필자는 우리의 민족성으로 일컫는 은근과 끈기라는 말을 가장 싫어한다. 타 민족이 짓밟았을 때 우리에게 힘이 있었다면 은근과 끈기로 참아 내야만 했을까? 힘이 없기 때문에 억누르면 누르는 대로 밟으면 밟히는 대로 이를 깨물고 참아낼 수밖에 없었을 것이다. 한 가정의 사소한 원한을 풀기위해 당나라 군대를 끌어들여 우리 민족을 약소민족으로 추락시켜버린 가슴 아픈 역사! 우리는 이로 인해 천년이 넘는 세월을 타 민족의 침략에 무릎을 꿇고 짓밟히며 원한에 사무쳐 피눈물을 짜내야만 했다. 이처럼 슬픔으로 점철된 우리 민족의 역사는 오늘날까지도 계속되고 있는 것이다.

한반도 남단에 갇힌 꼴이 된 우리민족은 굳이 대륙에서 일어난 강대국의 침입으로 양순한 백성들이 무참히 살육되어 피로 물들여 온 역사를 돌이켜보지 않더라도 우리가 왜구라 일컬으며 업신여기던 섬나라 왜적의 침입으로 선조들의 목숨이 희생된 수가 얼마인가? 임진왜란 때 호남을 사수하기 위한 조헌과 영규대사를 중심으로 결사 항전하던 의병들이 묻힌 「칠백의 총」이나 정유재란 때 순절한 접반사 정기원 등의 8충신과 이름 없는 병사들, 그리고 남녀노소를 막론하고 온 주민이 함께 힘을 모아 왜적과 싸우다 전멸한 만 명의 시체를 묻은 남원의 「만인의 총」을 보면 피가 거꾸로 솟아오른다. 가깝게는 한말과 을사늑약 이후에 각처에서 봉기한 의병들의 피눈물 흘린 항전의 역사는 불과 100여년 밖에 되지 않았다.

그러나 한 가족의 안녕보다는 나라를 되찾기 위한 의병을 선택한 수많은 애국지사들의 충성심이 묻혀버린 채 그 자손들은 자기의 선조가 어디서 어떻게 일제에 항거하다 목숨을 잃었는지 조차도 알지 못했을 뿐만 아니라 그 자손마저도 무해버린 사례가 다반사다. 설사 우국지사들의 자식이나 손자가 있었다할지라도 오히려 36년 동안 자기 선대가 의병이나 독립군이라는 사실이 일제에 탄로 나서 압박에 시달릴까봐 쉬쉬하며 선조의 의병활동을 감추기 위해 자료를 불태워 없애는 가슴 아픈 현실이 계속되었던 것이다.

그뿐인가? 그토록 학수고대하던 해방 후에는 조국광복을 위해 목숨을 바친 수많은 의병과 독립투사들의 공훈은 남아있는 기록이 없다는 이유로 외면당한 사례는 헤아릴 수 없이 많다. 까닭에 목숨과 재산을 다 바쳐 나라에 충성한 애국지사들의 후손들은 대부분이 비참하게 생활고에 허덕이며 세상을 원망하고 살아야만 하는 한 맺힌 밑바닥 신세를 지금까지도 벗어나지 못하고 있는 예가 허다하다.

필자는 며칠 전 모 사학재단의 이사장 실에 방문할 기회를 갖게 되었다. 이런저런 얘기 중에 이 재단의 이사장님이 가까운 일가라는 사실이 밝혀지고 서가를 둘러보다가 「호남삼강록」이라는 책을 발견하였다. 필자의 가슴은 방망이질을 하는 것처럼 마구 뛰었다. 이 책은 언젠가는 대학도서관에 들러 열람코자 벼르고 있었으나 아직 실천에 옮기지 못하고 마음속에서만 간직하고 있던 서책이다. 눈을 비비고 충의(忠義)편을 한참 더듬어보는 순간 숨이 멎고 말았다. 아! 있다. 자랑스러운 나의 증조부 그 이름 이강복!

〔李康福 全州人 字 德壽 号 後芝 孝寧大君 補后 起斗 子
天性慷慨 島夷荐食之日念 然曰 凡爲臣民者 義不可偃息於私家
遊省齋 奇參衍 義旅協贊軍事 累得勝捷而 竟殉於秋月山城〕

(이강복 전주인 자는 덕수 호는 후지 효령대군 보의 후손 기두의 자, 천
성이 강한 그는 을사보호조약으로 나라가 망하자 의기가 북받쳐 탄식하며
분개하여 일본 오랑캐 놈들을 날마다 갈아 마시고자 하는 마음을 가슴에
품고 있었다. 그리하여 무릇 나라를 섬기는 백성으로 사가에서 할일 없이
드러누워 지내는 것은 의로운 일이 아니라고 여기고 성제 기삼연선생이 이
끄는 의병에 나아가 합류하여 수차례 왜적을 처서 이기고 담양 추월산성
전투에서 순절하였다.)

그리고 다음 장을 넘기는 순간, 온 몸의 피가 거꾸로 오르는 듯
흥분에 휩싸이고 말았다. 필자의 할아버지의 이완재라는 이름이
빛나고 있었다.

〔李完宰 全州人 字 浩俊 號 芝山 孝寧大君 補后 康福 子
天稟正直 綩弱冠 父循於秋月山城 憂憤不己曰 君父之讐不恭
天遂從 義旅轉東西以 老母在堂未 遂所志歸而 侍養自靖而終
世積父子忠義〕

(이완재 전주인 자는 호준 호는 지산 효령대군 보의 후손 이강복의 아들
이다. 타고난 천성이 곧고 정직한 그는 약관의 나이에 아버지께서 추월산성
전투에서 순절하시자 분기가 끓어올라 나라와 아버지의 원수를 갚기 위해
아버지 뒤를 이어 의병이 되어 동서로 의병전투에 참여하여 분전하였다. 그
러나 늙으신 어머님이 너의 아버지께서 나라를 위해 순절하셨는데 아들인

너마저 목숨을 잃는다면 자손이 끊기고 말 것이니 그만 돌아오라고 소원하여 어머니의 뜻을 거스르지 못하고 집으로 돌아왔으나 세상에서는 부자가 나라에 충의를 다하였노라고 일컫는다.)

　사실 필자는 고등학교에 다닐 때 선친으로부터
　"너의 증조부께서는 나라를 되찾기 위해 1907년 9월에 의병들이 이웃고을 무장공격을 앞두고 장성의 기삼연의병장과 이기백의 병장이 찾아와 나라를 구하는데 함께 하지 않겠느냐고 권유하여 왜놈들을 무찌르는 의병으로 활약하시다가 담양 추월산 전투에서 전사하셨단다. 그리고 할아버지께서는 의분을 참을 수 없어 의병에 자원하여 여러 전투에서 왜놈들을 무찌르시다가 어머니의 간곡한 만류로 집으로 돌아오셨는데 두 분의 행적이〔호남 삼강록〕에 기록되어 있단다."라는 말씀을 듣고 그때는 그저 그런 일이 있었구나 하고 무심 하였었다.
　필자 나이가 회갑이 넘자 아버님의 말씀이 늘 뇌에서 떠나지 않았지만 40여 년 전 초임발령을 받은 해에 아버님은 이미 작고하셨다. 그리고 족보에는 짤막한 의병활동소개와 그 내용이 〔호남 삼강록〕에 등재되어 있다는 것만 언급되어 있어 언제 큰맘 먹고 대학도서관이나 국립도서관에 가서〔호남 삼강록〕을 열람해 사실을 확인해 보리라고 벼르고 있던 참이다. 그러던 차에 뜻밖에도 집안의 어른을 만나고 증조할아버지와 할아버지의 의병활동이 기록된 서책을 발견하였으니 어찌 숨통이 막히지 않을 수 있겠는가.

필자가 흥분하여 어쩔 줄 모르고 허둥대는 모습을 보신 이사장님께서는

"자랑스럽네. 자네 증조부의 의병동참을 권유한 이기백장군은 나의 할아버지네. 뜻밖에도 손항인 종친을 만나고 더구나 의병을 권유하여 나라를 위해 함께 싸우시다 목숨을 바친 동지의 후예를 만나니 반갑기 그지없네."

하시면서 내 손을 꼭 잡는 것이었다.

"그래도 자네는 할아버지들의 의병활약상이 기록에 남아있으니 얼마나 다행인가? 우리가 민족의 스승으로 존경하고 우러르는 단재 신채호 선생의 자손마저도 기록 확인이 미흡하다는 이유로 최근에서야 호적에 올렸다니 나라를 위해 목숨을 바친 이름 없는 의병들의 자손들은 얼마나 많겠는가? 그나마 이제라도 밝혀진 분들은 다행스러운 일이지만 자손들의 억울함은 얼마나 뼈에 사무치겠는가?"

하고 장탄식을 하시는 것이었다. 나중에 알고 보니 이사장님도 이기백장군이 의병장으로 활약하신 기록을 찾지 못해 국립도서관이나 대학도서관에서 많은 자료를 열람하여 겨우 찾아냈다고 한다. 그러나 의병으로 왜적에게 맞서 싸우다 전사한 수많은 병졸들은 그가 누구인지 그의 자손은 어디서 어떻게 살고 있는지 아무도 모른다는 것이다. 광복절을 맞이하여 특히 젊은이들은 이름 없는 수많은 애국지사들의 피의 바탕위에 맞이한 해방의 참뜻을 이해하고 나라 사랑의 길을 진지하게 생각해 보아야 할 것이다.

스승 없는 자기완성

-노사 기정진 선생-

　　광주에서 담양 대전면을 경유하여 장성읍으로 넘어가는
고개에 고산서원이 자리하고 있다. 필자가 광주에서 생활하며 고향
에 내왕할 때 쉬어가는 쉼터였다. 고산서원은 장성군 진원면 고산
마을에 위치해 있으며 조선의 유학을 대표하는 서경덕(徐敬德), 이
황(李滉), 이이(李珥), 이진상(李震相), 임성주(任聖周)와 함께 성리학
(性理學)의 6대가(六大家)로 일컫는 노사(蘆沙) 기정진(奇正鎭)선생
을 모신 곳이다.

　　고산마을은 병풍산 줄기에서 흘러내린 물이 진원제로 모였다가
마을을 지나 남쪽의 연동에서 합수하여 극락강으로 흘러든다. 담
양 용소에서 시작한 물이 광주의 극락강을 경유해 광산 송정에서
장성 황룡강과 만나 영산강을 이루는데 고산서원에서 바라보면 극
락강변의 드넓은 벌판에 지금은 광주 첨단산업단지가 들어서 있다.
필자는 배산전야(背山前野)의 가슴이 확 트이는 이곳 고산서원에서

노사선생을 생각하며 그의 가르침을 되씹곤 하였다.

處世柔爲貴 (처세유위귀); 세상을 사는 데는 부드러움을 귀히 여기라

剛强是禍基 (강강시화기); 강하고 뻣센 것이 오히려 화근이 되느니라.

發言常欲訥 (발언상욕눌); 말을 할 때는 언제나 명확하게 천천히 하고

臨事當如癡 (임사당여치); 매사에 임할 때는 어리석은 것처럼 행하라.

急地常思緩 (급지상사완); 위급한 때는 당황치 말고 천천히 생각하며

安時不忘危 (안시불망위); 편안할 때도 위급했던 일을 잊지 말지어다.

一生從此計 (일생종차계); 한평생 이러한 계를 쫓아 실행한다면

眞個好男兒 (진개호남아); 진실로 그를 일러 호남아라 부르리라.

고산서원은 후학들이 노사 기정진선생을 봉향키 위해 1924년에 세웠으며 선생이 평소에 강학하였던 담대헌 자리에 강당인 고산서원을 중건하고 사우인 고산사를 창건한 것을 비롯하여 차례로 동재인 거경재와 서재인 집의재 등을 건립하여 1927년 완공하였다.

노사선생은 전북 순창군 구수동(지금의 순창군 복흥면 대방리) 출신으로 5세 때(1803년) 4월에 천자문, 5월에 동몽선습, 8월에 격몽요결을 마치고 12월에 홍역을 앓기 시작하여 다음해 6월에 천연두에 전염되어 왼쪽 눈을 실명하였다. 부친의 유언에 따라 1831년(34세) 사마시에 응시하여 장원하였고 65세(1862년) 진주민란이 삼남

으로 파급되자 그 대책으로 임술의책을 초하고 70세인 1866년에 병인양요가 일어나자 두 차례의 병인소(6조소)를 올려 이것이 위정 척사의 기본논리가 되었다. 1851년 부인상을 당한 후 1853년 유언에 따라 장성군 황룡면 하사마을로 이거한 후 많은 문인들을 양성 배출하였다. 1875년 겨울에 서석산에 있는 조상의 묘소가 잘 보이는 진원면 창리(지금의 고산)로 옮겨 효를 다하였으며 1879년 정월에 타계하였다. 저서로는 태극도설 중에 정자에 대한 정자설, 4단7정을 논한 우기, 이기 및 율곡의 이통기국에 관한 이통설, 철학의 핵심을 이루는 납량사의, 외필, 답문유취 6권과 노사문집 15권이 있으며, 면암 최익현이 신도비명을 찬(撰)하였다. 특히 선생이 저술한 납량사의, 외필, 답문유취 등은 미국의 예일대, 하버드대, 중국의 북경대의 철학과에서 교재로 이용 될 만큼 귀중한 동양철학의 자료로 활용되고 있다.

그는 불과 150여 년 전 사람으로 근세 후기의 인물이지만 그에 대한 전설 같은 일화는 수없이 많다. 7세 때 맷돌로 곡식을 가는 모습을 보고 「땅이 제자리에 있고 하늘이 움직이는 이치를 나는 이 맷돌에서 본다.」고 하였다. 이는 학문을 스승으로부터 배우지 아니하고 책을 읽으며 사물을 보고 스스로 깨우치는 모습을 보여주는 일화다.

노사는 조부가 조모를 황앵탁목혈(黃鶯啄木穴)에 모신 후 노사를 얻었다고 한다. 황앵탁목혈이란 노란 꾀꼬리가 나무를 쪼는 형국의 명당으로 꾀꼬리가 나무에 붙어 있듯 혈이 산 중턱에 매달려 있으며 주산 현무봉은 꾀꼬리 모양의 바위로 되어 있다. 앞산은 나무가 옆으로 누운 것처럼 보이는 와목(臥木)형으로 가운데는 꾀꼬리가 나무를 쪼아 생긴 구멍이 나있다. 묘소 정면의 문필봉은 노사 선생 같은 대학자를 낳게 한 산답다.

이 혈은 노사의 조부가 직접 잡은 자리라고 한다. 보름이 넘게 마을 산을 돌아다니다 이 혈을 찾은 조부는 일찍 돌아가신 노사의 조모를 이곳에 이장하고 한쪽 눈이 없는 아이가 태어나기만을 기다렸다. 꾀꼬리가 나무를 계속 쪼아대기 때문에 나무에 구멍이 뚫리듯 한쪽 눈이 먼 손자(3대)가 나와야 발복이 제대로 된다고 믿었기 때문이다. 조부는 며느리들이 출산 하면 가장 먼저 묻는 것이 한쪽 눈이 없는가 여부였다. 그러나 태어나는 손자마다 두 눈이 멀쩡하였다. 노사도 처음 태어났을 때는 두 눈이 정상이었다. 그런데 노사가 어린 시절 동네 아이들과 활로 전쟁놀이를 하다가 상대편 아이가 쏜 화살에 맞아 그만 눈 하나를 잃었다.(애꾸눈의 원인이 두 가지로 전해오는데 상처 난 눈이 천연두로 인해 덧나서 실명한 것으로 사료됨) 집안 식구들 모두 슬퍼하였지만 조부만 무릎을 치며 기뻐하였다고 한다.

노사는 기인이며 천재였다. 네 살 때 말을 배우면서 글자를 알아보고는 공부를 시켜달라고 아버지를 졸랐다. 허약하고 병치레를 많이 해 허락지 않았더니 마을의 글방에 자주 갔다. 한 번은 한 학동이 「류공공(流共工)」이라는 구절을 읽다가 훈장에게 물었다. '류(流)란 무슨 뜻입니까?' 훈장이 '방(放), 찬(竄)과 같은 뜻이지.'하고 대답하자 어린 노사가 옆에 있다가 '물이 흘러서 돌아오지 못한다는 뜻과 같지 않겠어?'하는 게 아닌가. 훈장은 이 말을 듣고 크게 놀라 '천재로다'하고 감탄했다한다. 스승 없이 혼자 공부할 수밖에 없었던 이유를 짐작할 수 있다.

　그의 말년에 학문의 깊이를 알려주는 다음의 일화가 유명하다. 중국은 우리나라를 깔보고 애매한 문제를 내서 조선의 학자들을 우롱하며 업신여겼다. 청나라 사신이 우리나라에 와 조선의 학문을 시험하기 위해 〈용단호장 오경루하 석양홍(龍短虎長 五更樓下 夕陽紅)〉이라는 글귀를 내놓고 이에 대구(對句)를 맞추라고 하였다. '용단호장'은 직역하면 '용은 짧고 호랑이는 길다.'라는 뜻이고 '오경루하 석양홍'은 '깊은 밤중 누각 아래 석양빛이 붉다'라는 뜻으로 이치에 맞지 않는 내용인지라 대신들은 대구를 하지 못하고 쩔쩔맸다. 하는 수 없이 사람을 보내 장성의 노사에게 뜻을 물으니 노사는 두 글은 모두 해(日)를 표현한 것임을 알아냈다. 즉 겨울철에는 해가 진시(辰(용)時; 아침 7시 정도)에 떠오르므로 낮의 길이가 짧고, 여름철에는 해가 인시(寅(호랑이)時; 아침 5시 정도)에 떠오르므로 낮의 길이가 길다는 뜻이며, 오경루는 중국에 있는 누각으로 석양의 경치를 노래한 것으로 해석했다. 그리고 〈동해유어 무두무미무척 화원서방 구월산중 춘초록(東海有魚 無頭無尾無脊 畫圓書方 九月山中 春草綠)〉이라고 대구했다. 즉 '동해의 고기는 머리도 없고 꼬리도 없고 지느러미도 없다. 그림으로 그리면 둥글고 글씨로 쓰면 모 났다.(日자의 암시) 중국은 오경루에 지는 석양이지만 조선은 구월산에 새로 돋아나는 봄풀이다.'라고 명쾌하게 답했다. 이에 청의 사신은 천재적인 해석과 답에 감탄했고, 철종도 탄복하여 '장안만목 불여 장성일목(長安萬目 不如 長城一目; 서울의 만개의 눈이 장성의 눈 하나만 못하다)'라고 칭송을 아끼지 않았다고 한다.

우리는 이 일화의 뒷얘기에 주목할 필요가 있다. 조정에서 파견한 대신이 마을에 당도하여 논에서 옷을 걷어 부치고 물길을 보는 노인에게 노사 선생 댁이 어디냐고 묻자 어디어디라고 알려 주었다. 그가 일러 준대로 그 집에 들어서니 아까 논에서 보았던 노인이 어느새 의관을 정제하고 앉아있지 않은가. 깜짝 놀란 대신이 학문을 하는 학자가 논에서 일도 하느냐고 물으니 반상의 구분이 어디 있으며 학자 농부가 따로 있을 수 없다고 하였다.

노사가 79세에 지은 시조 한 수는 그의 이름 기정진(奇正鎭)이 말해주듯 말년의 인생이 얼마나 바르고 명쾌했는지를 입증해주고 있다.

공명도 너 하여라. 호걸도 나는 싫다.
문 닫으니 심산이요 책을 펴니 사우로다.
오라는 곳 없건만 흥 다하면 갈까 하노라.

사마시에 장원급제하여 조정에서 여러 벼슬을 내려주어 불러도 임하지 않고 오직 학문에만 전념하던 그는 영면하기 1년 전인 81세에 생애의 대표작인 〔외필〕이라는 유리론의 이기철학을 완성하였다.

필자는 이제 겨우 60대 중반이다. 노사선생이 학문을 완성한 연세에 비하면 아직 세월이 많이 남았다. 80세의 노령에도 학문에 정진하는 선생의 곧고 근면한 삶을 거울삼아 남은 세월을 촌음도 허송하지 않고 뜻을 이루어야겠다고 다짐해 본다.

일본 주자학의 대부

-수은 강항 선생-

장마가 끝나면 필자는 어김없이 벽장에 보관하고 있는 고서를 꺼내서 살펴본다. 소장하고 있는 고서중에서도 필자의 10대조의 문집인 사춘헌집(四春軒集), 서애집(西厓集), 우암집(尤庵集), 하서집(河西集), 간양록(看羊錄) 등이 그중 가장 아끼는 책이다. 간양록은 강항선생의 일본 기행문으로 수은집(睡隱集)과 함께 소장하고 있다. 특히 필자가 소장하고 있는 간양록은 필사본으로 목판본이나 활자본에 비해 필사한 이의 유일본이기 때문에 그 가치가 매우 크다고 한다.

강항선생(1567~1618)은 전남 영광군 불갑면 유봉에서 태어나 유년기에 운제부락으로 이주하여 거주하였다. 본관은 진주, 자는 태초(太初), 호는 수은(睡隱), 사숙재(私淑齋) 좌찬성 희맹(希孟)의 5대손이며 극검(克儉)의 아들이다. 성혼(成渾)의 문인으로 1593년(선조 26) 전주 별시 문과에 급제하여 정자, 박사, 전적을 거쳐 공조, 형조 좌랑을 지냈다.

정유재란이 일어나자 남원에서 이광정(李光庭)의 종사관으로 군량미 수송을 맡았다. 전세는 불리해 7월에는 한산섬의 관문이 무너지고 8월에는 호남의 중심인 남원이 함락되자 고향에 돌아와 김상준과 더불어 여러 읍에 격문을 띄워 의병을 모집했다. 그러나 조총으로 무장한 왜군에 비하면 의병은 오합지졸에 불과했다. 1597년 9월 14일 왜군에 의해 영광이 불바다가 되자 수은은 염산의 염수당머리에서 바다로 탈출하여 수군통제사 이순신의 진영으로 합류하려다 왜적에게 붙들렸다. 온 가족이 왜적의 포로가 되자 형제 자매들과 물에 뛰어들어 자결하려 했으나 뜻을 이루지 못했다. 왜의 군선에 옮겨진 수은은 장인이 결박을 풀어주어 밤중에 투신자살을 기도했으나 왜병들이 날쌔게 건져내 밧줄에 꽁꽁 묶이는 신세가 되었다. 포로들은 무자비하게 죽어갔다. 강항의 여덟 살 난 어린 조카가 배 멀미로 구토와 설사를 하자 왜군은 바다에 산채로 던져 버렸다. 바다에 던져진 아이가 종형인 아버지를 부르는 소리가 오래 끊이지 않고 수은의 가슴을 후벼 팠다. 생포된 지 9일 만에 왜선은 순천 좌수영에 이르러 큰 군선에 옮겨 일본으로 압송되었다. 왜적들은 닥치는 대로 죽이는 판국에서도 벼슬아치나 기술자만은 어떻게든 살려서 본국으로 데려갔다.

정유재란 당시 일본엔 아직 주자학이 보급되지 않았다. 원래 일본은 문(文)보다는 무(武)를 중시하였으며 도요토미 히데요시가 집권하던 전국시대는 글을 아는 사람이 거의 없었다. 일본의 유일한 지식층이었던 승려들만이 불경과 함께 유교를 공부했다. 강항이 시도한 탈출은 매번 실패하고 새로운 도시 후시미성 즉 지금의 교토로 압송된다. 바로 이곳에서 강항과 후지와라 세이카의 운명적인 만남이 이루어진다. 당시 승려였던 후지와라는 일본에 온 조선통신사를 만나 한시와 유교경전을 접하게 되면서 주자학에 매료되었다. 그러던 차에 후지와라는 교토에 이송된 강항의 소식을 듣게 되고 수은을 직접 찾아 왔다. 말이 통하지 않던 두 사람은 필담으로 대화를 나눴다. 일본 교토의 천리대학에는 강항과 후지와라가 나눈 대화내용이 남아있다. 강항의 학문적 깊이에 탄복한 후지와라는 그 길로 승복을 벗고 강항의 제자가 된다. 이렇게 후지와라에게 전해진 주자학은 에도의 막부시대에 접어들면서 일본의 정치이념으로 자리 잡게 된다. 강항과 후지와라는 사서오경에 누구나 접할 수 있도록 내용을 쉽게 풀어서 책을 만들었다. 일본에 주자학이 보급된 데에는 후지와라라는 일본 승려가 있었고 그 뒤엔 수은 강항선생이 있었다. 강항은 이렇게 일본 주자학의 아버지로 불리게 된 것이다.

수은선생은 어릴 때 매우 총명한 아이로 맹자정 이야기가 전해 내려오고 있다. 한 소년이 서당에 가는 길에 느티나무 아래서 책장수를 만나 책 구경 좀 할 수 있을까요? 물으니 네가 책을 살 수 있겠느냐? 되물었다. 소년은 스스럼없이 살 만하면 사지요. 한다. 허락을 얻은 소년은 그 자리에서 맹자 일곱 권을 뒤적여 본 뒤 잘 보았습니다. 하고 책을 돌려주는 것이었다. 책장수가 아니, 살 생각이 없단 말이냐? 물으니 이미 보고 다 알았으니 책이 소용없습니다. 한다. 괘씸한 생각이 든 책장수는 소년을 골려 줄 양으로 네가 정말 다 알았다면 나와 내기를 하자. 네가 맹자 한 권을 다 외우면 내가 이 책을 너에게 줄 것이고 네가 만일 한 곳이라도 틀리면 이 책을 사야한다. 고 말하니 고개를 끄덕인 소년은 잠간 살펴 본 맹자 한권을 글자 한자 틀리지 않고 줄줄 외우는 것이 아닌가! 내기에서 진 책장수가 책을 주려 하자 소년은 받지 않겠다며 돌아갔다. 그러나 책장수는 이 신동과의 신의를 저버릴 수 없어 느티나무 가지에 책을 매달아놓고 떠나갔는데 이 나무가 맹자나무요, 그 곁에 세운 정자가 맹자정이다. 이는 영광군 불갑면 안맹리에 전하는 설화로 수은(睡隱)선생의 일곱 살 때 일이라 한다.

　1600년 마침내 수은은 일본 류우노 성주 아카마쓰의 도움으로 포로생활을 마치고 귀국길에 오른다. 정유재란 발발 4년 후, 4월에 다른 포로 38명을 데리고 5월에 고국 땅을 밟았다. 고향에 돌아와 곧바로 순천 교수직에 임명되었으나 죄를 지은 몸이라고 극구사양하고 여생을 영광군 불갑면 운제에서 밭갈이와 독서와 글을 쓰는 일로 여생을 보내다가 1618년 52세를 일기로 세상을 떠났다. 수은이 살던 시대는 조선의 전후기 분수령으로 조정이 모순된 정치를 드러내면서 왜란을 당한 어려운 때였다. 세계사적으로 보면 서양이 강해지고 동양이 기우는 단계로 중국에서는 명, 청의 교체기며 일본은 막부시대가 개막되는 대전환기였다. 이처럼 급변하는 시대에 누구보다도 특별한 체험을 뼈저리게 한 그가 일본의 실체를 갈파하고 4년 만에 고국에 돌아온 해는 17세기가 시작되는 해였다.

그의 기행문〔간양록〕은 본래 제목이〔건차록〕이었다. 건차(巾車; 죄인을 태우는 수레)는 적군에 사로잡혀 끌려가 생명을 부지한 자신은 죄인이라는 의미가 담겨 있다. 그러나 강항이 세상을 떠난 뒤인 1654년에 그의 제자들이 책을 펴내면서 스승을 소무에 견주어 제목을 간양록으로 바꿨다. 간양(看羊)이란 '양을 돌본다.'는 뜻으로 중국 한나라 무제 때 흉노에 사신으로 갔다가 억류되어 흉노왕의 회유를 거부하고 양을 치는 노역을 하다가 19년 만에 돌아온 소무(蘇武)의 충절을 의미한다. 강항이 간양록에 수록한 시 중에도 자신을 소무의 처지에 빗대는 대목이 몇 곳 나온다.

이〔간양록〕은 적국 일본의 다양한 사정과 현실을 기록하고 장차 조선의 국방을 비롯한 국가 정책에 관한 견해도 피력하고 있다.

"전하께서는 장수 하나를 내실 때에도 신중히 생각하셔서 문관과 무관을 가리지 마시고, 품계와 격식으로 예를 삼지도 마시고, 고루한 신의와 사소한 덕행도 묻지 마시고, 이름난 가문을 택하지도 마소서."

라고 인재 기용에 대한 절절한 안타까움과 소망을 토로한다. 또한 통상을 중시하여 대외교역이 활발한 일본의 사정을 다음과 같이 전한다.

"왜인들은 새로운 것과 다른 나라와 통교하는 것을 좋아하여 멀리 떨어진 외국과 통상하는 것을 자랑스럽게 여깁니다. 외국 상선이 와도 사신 행차라고 합니다. 교토에서는 남만 사신이 왔다고 왁자하게 떠드는 소리를 거의 날마다 들을 수 있습니다. 먼 데서 온 외국인을 왜졸이 해치기라도 하면 그들과의 통교가 끊어질까 염려하여 가해자의 삼족을 멸한다 합니다. 천축 같은 나라는 매우 멀지만 왜인들의 내왕이 끊이지 않습니다."

그러나 당시 조선의 편협하고 고지식한 집권층은 전 국토가 왜적의 발굽에 짓밟히는 시련을 겪고도 전혀 반성하지 않고 국가의 정치, 경제, 군사제도를 개혁하려는 의지를 보이지 않았다. 이에 회의를 품은 수은은 정계로 나가는 것을 포기하고 초야에 묻혀 생을 마감할 때까지 자신의 정신적 갈등을 시와 산문으로 그려내면서 후학 양성에 전념했다.

필자는 수은의 〔간양록〕을 무릎위에 놓고 오늘의 정치판을 생각해 본다. 대통령의 친인척들이 권력을 동반한 비리에 연루 되어 줄줄이 묶여나가고 측근 또한 권력의 남용으로 더러운 뇌물을 뒤집어쓰고 법의 심판대에 오르는가 하면 애국가를 거부하는 좌파들이 국회에 입성하여 설쳐대는 바람에 한 달이 넘도록 국회는 문조차 열지 못했던 적도 있었다. 더욱이 정부는 서민들이 금싸라기 같이 모아 맡긴 돈을 횡령하여 외국으로 도망치는 무리들을 강 건너 불

구경 하듯 두 손 놓고 구경만 하고 있었다. 나라를 이끌어가는 소위 지도층들이 모인 어느 한 곳도 오염되어 썩지 않은 곳이 없다.

오늘의 현실이 과연 누구의 책임이란 말인가? 이는 한 두 사람의 힘으로 바로잡을 수 있는 상황이 아니다. 우리 국민 모두가 나서야할 일이다. 국민의 힘은 손가락에 있다. 여 야 구분 말고, 네 편 내편 가리지 말고, 지역감정을 떨쳐버리고, 나라를 위해 혼신을 다할 깨끗하고 능력 있는 후보에게 귀중한 한 표를 행사하는 유권자가 되어야 한다. 유권자의 힘만이 혼탁한 정국을 타개해 나갈 수 있는 외길임을 명심하고 앞으로 어떤 투표에도 기권하는 사람이 나와서는 안 된다.

청렴(淸廉)과 오욕(汚辱)

　　　　　오욕이 물들어 혼탁한 요즈음 세상에 이처럼 청렴한 분도 계시는가? 하고 의문스러울 정도로 선비정신의 표본을 삼을 만한 분이 모 신문 2면에 소개되었다. 이분이 바로 김능환 전 선거관리위원장이다. 그는 대법관 퇴임 후에도 고액 연봉을 주는 로펌 등에 취업하지 않고 개인 변호사 사무실도 내지 않았다. 그가 법원 간부일 때에는 직원들이 참여하는 행사가 있으면 자신의 월급을 쪼개서 〈찬조〉를 했었다고 한다.

　그가 대법관이던 시절 재산 공개 때에 등록재산은 그가 살고 있는 아파트 한 채 뿐으로 대법관 13명 중에서 꼴찌에서 세 번째였다고 한다. 그는 중앙 선거관리위원장 청문회 때에는 "퇴임 후에는 자신이 살고 있는 동네에 책방이나 하나 내고 이웃사람들에게 무료 법률상담을 해 주면서 살고 싶다."고 했다한다. 지금 공무원 연금생활자인 그의 부인은 그동안 공직자 아내여서 못했던 구멍가게를 내고 생활해 나가고 있다는 것이다.

그런데 같은 신문 5면에 모 기관장 후보에 오른 대법관은 오욕을 뒤집어 쓴 소인배의 행위가 적나라하게 소개되어 있었다. 그 내용을 몇 조목 살펴보면 대법관 임기 중에 부인과 딸을 동반한 외유성 출장, 특정업무 경비의 업무와는 관련 없는 지출, 아파트 입주권분양을 위한 전입, 항공좌석권을 올려서 타고 차액 받기 등 이 외에도 열거하기조차 낯부끄러운 사항들이 나열되어 있었으나 신문에 칼라로 실린 사진은 웃는 표정이었다. 하지만 필자에게 주는 인상은 그래서 그런지 사악한 눈매와 입가에 짓고 있는 웃음조차도 음흉스런 욕심으로 가득 찬 소인배로 보였다.

그런데 문제는 그러한 비리들이 정작 자신의 부하직원들에게서 나왔다는데 있다. 설령 신문의 내용이 변명의 여지가 있으며 오해의 소지가 있다고 할지라도 그런 비리가 자신이 부리던 측근들에게서 나왔다는 사실에 대해서는 변명의 여지가 없다. 내용이나 사실 여부를 불문하고 자신의 주변사람들이 그의 비리를 외부에 공개하였다는 것은 그는 한마디로 주변 사람들에게 옳지 못한 사람으로 보였다는 것을 의미한다.

필자는 그날 낮 KBS에서 이 사람의 인사 청문회를 지켜보았다. 그러면서 사람의 욕심이란 저처럼 추한 것인가? 하고 분노 뒤에 불쌍한 생각마저 들었다. 그는 청문회에 나오기 전에 이미 자신에 대한 비리들이 언론에 공개되었다는 사실을 몰랐을 리 없다. 당일 아침 각종 신문에 낱낱이 열거되었기 때문이다. 그렇다면 자신을 위해서도 후보자로 임명한 당선자를 위해서도 즉각 사퇴 했어야 옳았다. 하기야 신문보도로 욕심을 놓을 결심을 할 인물이라면 그와 같은 비리는 저지르지 않았겠지만.

명심보감에 〈瓜田에 不納履 하고 李下에 不正冠 이니라.〉 하였다. 뜻은 〈참외밭에서 신 끈을 매지 말고 배나무 아래서 관을 고쳐 쓰지 말라.〉는 의미다. 이는 남에게 의심받을 짓을 아예 하지 말라는 말이다. 법조계 최고의 지위인 대법관 자리에 있는 사람이 무엇이 부족하여 남에게 의심받고 지탄받을 짓을 저질렀단 말인가? 고위 관직을 맡기에 합당한 인물인가를 가늠하기 위한 청문회에서 오염을 둘러쓰고 추궁 받는 사람이나 그런 모습을 보는 국민들이나 모두 가슴 아픈 일이다.

다음날 신문에 〈대법관 출신 청빈 3인방〉이 총리 후보에 거론되고 있다는 보도기사를 보니 골목 책방을 하겠다는 아저씨와 재산 꼴찌인 두 분이 거론되고 있었다. 한 분은 청빈한 〈딸깍발이〉로 93년도 첫 공직자 재산공개당시 공개대상 고위법관 103명중 꼴찌를 차지하여 〈꼴찌판사〉라는 별명을 얻은 조무제님 이시다. 대법관시절 때에도 법원 앞에 보증금 2천만 원짜리 원룸을 얻어 생활 했고 이분 또한 "대법관을 한 사람이 변호사를 할 수는 없다."며 로펌의 거액 연봉을 거절했다고 한다. 장관급 대우를 받는 대법관을 6년이나 지내고 퇴임할 때의 재산은 아파트 한 채를 포함해 2억 원이 전부였다는 것이다. 안대희 전 대법관도 이분들과 다를 바 없는 분으로 역시 〈꼴찌검사〉란 명예를 달고 사신 분이며 퇴임 후 변호사 개업을 하지 않은 진정한 선비다. 필자의 눈에는 이분들의 꼴찌라는 레텔(letter)이 다이아몬드(diamond)보다도 더 찬란한 광채를 내뿜고 있었다.

'아! 이런 경우에는 꼴찌의 가난이 더 장하고 아름다운 것이로구나!'
하고 새삼스러운 감탄사가 절로 터져 나왔다.

우리나라 역사상 청백리는 많다. 그 중에서도 상징적인 인물이 황희정승이나 고불 맹사성, 백비의 주인공 박수량 선생 등이다. 이분들은 우리에게 정신적 가르침을 주는 인물들로 유교를 인간 도리의 근본으로 삼았던 조선시대의 지조 높은 선비의 모습을 보여주신 분들이다. 훌륭한 업적을 남기신 이면에 가난한 선비의 삶이 깔려 있기에 그분들이 더 찬란하게 역사의 한 페이지를 장식하고 수백 년 동안 백성들이 우러러 보는 것이다.

그러나 황금만능시대인 오늘날 위에 언급한 분들처럼 곧게 살아가기는 참으로 어려운 일이다. 돈이 무소불위의 능력으로 온 세상을 마음대로 요리하는 세상! 대통령의 친인척들까지도 재물의 유혹을 뿌리치지 못하고 돈의 올가미에 묶여 오욕을 뒤집어쓰고 이름에 먹칠을 하는 세상에 엄청난 권력을 쥐고도 황금에 초연한 이분들의 청렴은 조선시대의 그것보다 더 빛나는 청렴이라 아니할 수 없다. 이분들이야말로 온 국민이 본받고 존경해야 할 이시대의 진정한 청백리가 아니겠는가.

시인과 공감 시

시(詩)는 정(情)이 불러낸 창(窓)이다. 건물의 유리창 밖에는 현존하는 사물들만 보이지만 시인이 보는 시의 창에는 사물 이외에도 생각하는 모든 것들이 존재한다. 현재는 물론 시공을 초월한 과거와 미래, 그리고 환상세계까지도 들어있다. 그러나 시의 창은 아무 때나 열리지 않는다. 마음의 준비를 바탕에 깔아야만 열 수 있다.

시의 창을 열려면 먼저 본다.(見) 그저 그냥 의미를 두지 않고 별생각 없이 보는 것이다. 이때 보이는 것은 마치 운행 중인 열차 안에서 보듯 차창밖에 스쳐 지나가는 사물에 불과하다. 그중에서 시선을 끌어 보는 이가 놓치고 싶지 않은 것이 있다. 그것이 생각이든 사물이든 이 시점에서 물건을 손에 올려놓고 보듯 살펴본다. 이 단계가 하나의 사물의 개별적인 인식이다.(看) 그런데 살펴보는 도중에 강렬하게 호기심을 불러일으키는 그 무엇이 있다. 이 순간부터 작은 부분도 놓치지 않고 자세히 관찰한다. 사물의 각 부분의 모양과 특징은 물론 감촉, 냄새까지 빠짐없이 살펴보는 것이다.(觀) 이 단계까지는 보는 이의 능력에 따라 시각의 차이나 깊이의 차이는 있겠지만 모든 사람들이 공통으로 보는 것들이다.

이 관(觀)의 단계를 넘어서면 그만이 누릴 수 있는 생각의 세계가 열린다.(覺) 각(覺)에서 접하는 것들은 무수히 존재한다. 그 수나 영역은 보는 이의 생각의 넓이와 깊이에 따라 수용하는 양(量)의 차이가 크게 나타난다. 또한 같은 사람이라 할지라도 마음의 준비 정도에 따라 각(覺)의 세계는 크게 달라지기도 한다. 수많은 생각들 속에 몰입하여 헤매는 각의 세계에서 시인으로 하여금 시(詩)를 쓰지 않고는 견딜 수 없게 매료시키는 그 무엇이 있다. 그게 바로 느낌이다.(感) 이 감(感)은 반드시 정(情)을 동반한다. 나는 이 정 때문에 시를 쓴다. 시는 곧 정의 산물이다. 그리고 시의 창에서 정을 누리는 것 보다 더 행복한 시간은 없다. 혹자는 시는 고통의 산물이라 하지만 나는 시의 창을 열고 정 속에 묻혀 시를 빚어내는 순간은 고통마저도 행복이다. 그래서 고통의 세계에서 허우적거리는 시 속에 묻힌 삶을 생의 보람으로 여긴다.

그런데 요즘 시단에서는 시를 「공유하지 말라」고 한다. 어찌 생각하면 옳은 말이다. 왜냐하면 각(覺)에서 감(感)으로 감(感)에서 정(情)으로 이동하는 정신세계는 어느 누구와도 공유할 수 없는 나만의 세계이기 때문이다. 그러나 어느 한 시인이 시를 빚어 자기 혼자 간직하지 않고 세상에 내 놓는 것은 이미 자신을 떠난 것이며 이는 독자들의 것이 되었다는 것을 의미한다. 따라서 기 발표한 시는 독자들이 공유한 것이나 마찬가지다. 공유하지 말란다고 해서 공유가 안 되는 것이 아니라 독자가 읽고 공감했다면 그자체로 공유가 되어버린 것이다.

또한 일상생활 속에서 접하기 어려운 「낯설고 새로운 언어로 창작하여 형상화 한 시」여야만 권위 있다는 비평가들의 평에 언급되며 좋은 시로 평가 받는다. 흔히 비평가들이 말하는 「좋은 시」는 시인자신만이 가질 수 있는 신조어로 꾸며 일반인들이 이해하기 어려운 낯선 언어들로 빚은 시를 말한다. 즉 언어의 낯설게 하기다. 그러나 이처럼 낯선 언어로 형상화 한 시는 시를 쓰는 시인들조차도 수차례 되풀이 하여 통독하며 '과연 이 시가 담고 있는 이미지가 무엇인가?' 하고 의문을 품고 캐내기에 골몰하고 난 후라야 그 의미를 짐작할 수 있다.

이 바쁜 세상에 굴속에 황금 박쥐가 있다 한들 일반대중들이 자기 할 일을 제쳐두고 찾으러 나설 사람이 누구인가? 이는 조류학자들이나 찾아보고 연구할 일이다. 담뱃갑만 한 손전화기 속에 상상을 초월하는 수많은 정보가 들어있어 일상생활의 모든 정보를 제공해 주는 요즘 세상에 시를 쓰는 시인들도 비평가도 한편의 시에 담긴 이미지를 정확히 분석해 내지 못하고 오류를 범하는 경우가 흔한 난해한 시를 일반 독자들이 가까이 할 수 있겠는가?

시인이 자신이 쓴 시를 발표하거나 시집을 출판 하는 것 자체가 독자들에게 내어주는 것이며 독자가 접한 시는 곧 독자들의 것이 되고 만다. 그런데 감정을 노출시켜 쉽게 쓰지 말란다. 시인이나 비평가가 아닌 일반인들이 가질 수 없는 시라면 자기 혼자만의 뒤주 속에 꼭꼭 숨겨두고 볼 일이지 무엇 때문에 발표하고 출판은 한단 말인가? 비록 자신만의 세계 속에서 느낀 감정으로 빚어낸 시라 할지라도 그 시를 읽고 공감할 수 있는 독자가 많아야만 「좋은 시」라 할 수 있을 것이다.

　요즈음 서점에 가 보면 시집을 진열해 놓은 코너에는 일반인들이 얼씬도 하지 않는다. 시집을 출판한 시인들이나 논문을 쓰기위한 연구원들 정도가 시집코너를 기웃거리는 게 고작이다. 어찌하여 문학 마당이 이리 되었는가? 여러 원인이 있겠지만 대중이 시를 멀리 하게 된 까닭은 문단에서 인정하는 비평가들과 이름 높은 시인들, 소위 권위 있다고 일컫는 문예지들이 일반 독자들은 시에 접근할 수 없도록 철벽을 쳐 놓은 결과라고 주장할 때 누구도 부인하지는 못하리라.
　인간의 정서가 메말라가고 컴퓨터나 핸드폰이 젊은이들을 꼭꼭 묶어놓고 있는 이 시대에 일반대중이 서너 번 읽고도 시에 담겨 있는 감정을 느낄 수 없는 시라면 그러한 시들을 묶어 출판된 시집이 먼지나 쌓였다가 폐휴지로 버려지는 현실은 문단관계자들 스스로가 만들어낸 결과라 할 것이다. 이미 발표된 한편의 시는 시인 자신의 감정을 독자들에게 공개하는 것을 의미하며 독자들의 소유가 된 시는 그가 누구든 공감 하고 감동을 받은 이가 있다면 그 시는 시로서의 역할을 다한 것이라고 믿는다.

시는 서정이 우선이다. 지난 토요일(8.11) 모일간지에 평론가 75명이 선정한 한국대표시집 톱 10을 발표했는데 1위가 63명이 지지한 소월의 「진달래꽃」이었다고 한다. (2위 미당의 「화사집」 60명, 3위 백석의 「사슴」 59명) 서정은 이별, 고독, 그리움, 눈물, 향수, 슬픔, 기쁨, 환희, 사랑 등에 더 많이 담겨있다고 생각하며 이러한 감정을 아름답게 형상화하여 시로 표현하였을 때 많은 사람들의 가슴속에 숨어있는 정감을 흔들어 깨워 애송하는 독자가 많아질 것이다. 아직도 소월의 시를 일반대중들이 가장 많이 사랑하는 것도 바로 이러한 까닭이리라.

시를 외면한 독자들을 시 마당으로 모여들게 하기 위해서는 일반인 누구나 가까이 접근하여 쉽게 이해할 수 있는 시라야 한다. 그렇다고 시의 품위를 저하시키는 유행가 가사에 가까운 미사여구로 꾸민 시답잖은 시를 말함이 아니다. 현대인들의 삶 속에 녹아있는 다양한 소재를 캐내어 사회의 오염을 정화시킬 수 있는 청정(淸淨)한 주제를 담아 새로운 이미지로 빚어 형상화한 시라면 일반대중들이 서점의 시집코너에 모여들지 않겠는가?

그러나 현대시는 일반 독자들에게는 어려울 수밖에 없다. 이 어려운 시를 어떻게 접근해야 할 것인가가 과제다. 독자는 시를 접하면 처음부터 파고들어 분석하여 이해하려 하지 말고 가볍게 읽어야 한다. 그 의미나 이미지의 분석 이전에 그저 가볍게 읽다보면 뭔가 모르지만 「어쩐지 좋다.」거나 「가슴에 와 닿는다.」는 느낌을 얻을 때가 있다.

이 어쩐지 좋다는 느낌은 이미 이 시가 지니고 있는 시적 정황에 빠져든 상태다. 되풀이 하여 읽어서 차차 지적인 이해가 더해진다면 좋은 일이겠지만 하나의 시어가 지닌 이미지의 깊이까지 들어가지 못했을지라도 비평가가 아닌 이상 잘 풀리지 않는 부분을 분석하기 위해 애를 쓸 필요는 없다. 어쩐지 그냥 좋아서 되풀이하여 읽게 되고 그러다보면 자신도 모르는 사이에 시의 분위기에 젖게 되어 시인이 시를 빚었던 경지에 이르게 되는 것이다. 이처럼 자신도 몰래 가슴에 와 닿는 시, 시가 뭔지는 모르지만 자꾸만 읽고 싶은 시가 있다면 이 시야말로 「좋은 시」가 아니겠는가?

독자의 입장에서 좀 더 진지하게 시를 이해하고자 한다면 비평가의 평을 읽을 일이다. 좋아하는 시에 대해 다른 사람이 분석한 평을 읽으면 자신이 미처 몰랐던 내용이나 깊은 의미를 터득하게 되고 시가 지닌 참맛을 느끼게 되기도 한다. 시의 비평은 그 방면의 웬만한 지식이나 분석력을 지닌 식자가 아니고 서는 쓰지 못했을 터이다. 그러나 이름 있는 비평가의 해설이나 분석이라 할지라도 그의 생각이나 분석이 완벽하다고 볼 수는 없다. 다만 객관적인 입장에서 타당성이 높은 이론일 것이라는 생각을 염두에 두고 자신의 생각과 견주어 볼 일이다.

세상인심이 날로 각박해져가고 청소년이나 젊은이들의 심성이 삭막해지고 있는 오늘의 세태는 정신세계를 이끄는 시인들에게도 일말의 책임이 있다고 본다. 사람과 사람 사이에 애정의 강물이 흐르는 세계로 이끌어가기 위해서는 젊은이들로 하여금 순수서정이 담긴 시를 쉽게 접할 수 있는 여건을 마련해 주어야 한다. 이는 마땅히 시인들이 담당해야 할 일이다.

작가의 문학적 토양(土壤)

　　모처럼 문학회의 문학기행에 동참하였다. 어제가 24절기의 곡우다. 매년 곡우에는 비가 피해가는 법이 없다. 종합운동장역 3번 출구를 나오니 일기예보가 틀리지 않아 이른 아침부터 빗방울이 떨어진다. 수석 부회장이 먼저 나와 반가워한다. 오늘 동참하겠다고 통보해 온 회원이 40여명이라는데 많은 비가 온다고 하니 걱정이란다. 사실 나도 어제 일기예보를 듣고 동참해야하나 어쩌나 갈등을 했었다. 모처럼 밖으로 나가는데 날씨가 맑고 따뜻했으면 하는 바램이었으나 그렇지 못해 아쉬웠지만 약속을 어기고 싶지 않아 나선 것이다. 그러나 이 봄비가 우리나라 온 산천에 어머니의 젖 같은 단물을 골고루 뿌려주어 땅 위의 생명들에게 생기를 북돋아 주리라 생각하니 차에서 내리며 우산을 펴고 접는 불편을 귀찮게만 여길 일이 아니다.

　　약속시간까지 차에 오른 회원이 25명으로 좌석이 넉넉했다. 내 옆 좌석에 안면만 몇 번 있는 회원이 앉았다. 제주도에서 참석한 시인 양태영씨 부부다. 하루 문학기행을 위해 왕복 비행기 삯에 서울에서 2박을 해야만 하는 형편이라 그 비용이 만만찮을 텐데 참여의욕이 대단하다. 그가 하고자 하는 매사에 이러한 의욕과 성의로 임한다면 어떤 어려운 일도 이루어 낼 수 있으리라 여겨진다. 주어진 일에 이해타산만을 따지는 요즈음 일부 젊은이들이 본받아야 할 태도다.

봄비가 하염없이 퍼붓는 차안에서 김밥과 떡으로 아침을 때우고 원주에 도착했다. 한국 문단의 여성 거목 박경리 소설가를 만나기 위해서다. 삼년 전에 어느 문학회의 기행에 참여하여 답사 한 기억이 새롭다. 그런데 그때는 날씨가 맑은데다가 원주시에서 벌인 행사와 겹쳐 답사 팀들이 많이 몰려들어 안내자가 진땀을 흘리고 있었다. 그 때문에 답사가 제대로 이루어 질 수 없어 알맹이 없는 수박 겉핥기식의 답사였다. 그런데 봄비가 제법 많이 내리는 오늘은 답사팀이 두 팀밖에 없어 진지한 답사가 이루어졌다. 오히려 인솔자가 일정에 쫓겨 서둘러대고 안내자는 박경리 선생의 일생이나 문학에 대해 빠뜨리지 않고 하나라도 더 소개해 주려고 애를 쓴다. 아름다운 경치를 따라 유원지에 놀러온 여행이 아닌 문학기행은 이처럼 비오는 날이 더 차분하고 알맹이 있는 답사를 할 수 있다는 새로운 인식이 자리 잡는다.

안내자의 얘기 속에 토지 제 3부에서 간도와 만주의 망명객들의 생활을 묘사한 부분에서 용정에 살고 있는 사람들이 한 번도 만주

용정에 다녀간 적이 없는 분이 어떻게 만주의 용정지역과 그 시절 이주민들의 생활상을 실제로 보고 체험한 것처럼 적나라하게 묘사하였는지 놀랐다는 말이 가슴에 와 닿는다. 나는 이 부분에서 작가는 꼭 자신이 실제로 보고 체험한 사실이 아닌 간접체험으로도 얼마든지 직접체험한 사람 이상으로 실제 사실에 가깝게 묘사할 수 있는 능력을 지녀야만 「토지」처럼 방대한 대하소설을 쓸 수 있다고 여겨진다.

생전의 박경리 선생은 여인으로서는 가장 불행한 사람이었다. 예로부터 '청상과부'란 말은 가장 박복한 여인을 두고 일컫는 말이다. 아버지에게 버림받은 것이나 다름없는 어머니의 불행, 선생 자신이 25세의 젊은 나이에 남편과의 이별, 오로지 희망이던 어린 아들의 죽음은 젊은 여인으로서는 참아내기 힘든 아픔이었을 것이다. 사람을 멀리하고 혼자만의 질곡 속에서 고뇌하는 그녀가 삶과 죽음의 갈림길에서 얼마나 많은 번민을 하였을까. 만약 그녀가 평생 불행했던 어머니와 어린 딸, 그리고 문학의 길이 아니었다면 온 세상의 불행이 자신에게만 쏟아 붓는 듯 엄습해 오는 고통을 이겨낼 수 있었을까. 어쩌면 작가로의 길은 선생을 구원해 준 외길이었는지도 모른다. 때문에 박경리 소설의 주제는 대체로 여성의 비극적인 운명이 주를 이룬다. 대표작 「토지」에서 최씨 집안의 중심인물이 두 여성인 것과 마찬가지로 장편 「김약국의 딸들」·「시장과 전장」·「파시(波市)」의 주요인물도 여성이다. 「김약국의 딸들」에는 한 가정에서 운명과 성격이 다른 딸들이 나오는 반면에 「파시」에는 6·25전쟁 직후에 부산과 통영을 무대로 살아가는 여성들을 그리고 있다. 이 악몽과도 같은 전쟁으로 강박관념에 시달리는 모습을 그린 초기의 작품들을 대체로 작가 자신의 경험을 바탕으로 한 자전적 소설로 평가하기도 한다.

그에 비해 가산 이효석 선생은 당시의 복을 온몸으로 누린 사람이다. 필자는 여기서 말하는 행복은 결코 경제적인 부를 누리는 것을 의미하지 않는다. 1907년생이며 강원도 평창 산골마을에서 태어난 그가 경기고등보통학교와 경성제국대학을 다닐 수 있었던 것만으로도 그 시대의 인구 중에서 선택된 소수에 해당된다. 더욱이 그의 부친은 원서를 번역할 정도의 영어실력을 지닌 선각자이었으니 그가 행복을 누리는 소수의 한 사람이었다는 것은 더 언급할 필요가 없다. 이러한 사실은 가산선생을 박경리 선생과는 전혀 다른 관점에서 고려해 볼 필요성을 느낀다.

〈1907년 이시후(李始厚)의 맏아들로 태어나 가정 사숙(私塾)에서 한학을 배웠다. 1920년 경성제일고등보통학교에 입학, 1925년 졸업하고 경성제국대학 법문학부 영문학과에 입학했다. 재학시절 조선인학생회 문우회에 참가하여 기관지〈문우〉에 시를 발표했고, K. 맨스필드, A. 체호프, H. J. 입센, T. 만 등의 작품을 즐겨 읽으며 문학관의 정립에 힘썼다. 당시 조선 프롤레타리아 예술가동맹(KAPF)에 직접 참여하지는 않았지만 그들과 비슷한 경향의 소설을 써서 유진오 등과 동반자 작가로 불렸다. 1930년 경성제대를 졸업하고 이듬해 조선총독부 경무국 검열계에 보름 정도 근무하다 경성(鏡城)으로 내려가 경성농업학교 영어교사로 근무했다. 이때부터 작품활동에 전념하여 1940년까지 해마다 10여 편의 소설을 발표했다. 1933년 구인회에 가입했고, 1934년 평양숭실전문학교 교수가 되었다. 1940년 아내를 잃은 시름을 잊고자 중국 등지를 여행하고 이듬해 귀국했으며, 1942년 뇌막염으로 언어불능과 의식불명 상태에서 죽었다.〉- 인터넷 인물사전에서

상기에서 보는 바와 같이 그 당시 그는 외관상으로 인간이 누릴 수 있는 행복의 정점에 서 있었다. 가산은 일반적으로 사람들이 생각할 때 단순한 낭만주의적인 경향의 작가로 인식해 버리기 쉽다. 그 까닭은 그의 대표작 「메밀꽃 필 무렵」의 그림자에 가려져 그 외의 이미지는 떠올리기 어렵기 때문이다. 그러나 그의 내면세계는 당시에 만연한 프롤레타리아 사상에서 오는 갈등과 일제에 짓밟혀 고통 속에서 살아야만 하는 민족의 아픔에 대한 연민, 사랑하는 아내와의 사별, 그리고 자신이 조선총독부 경무국 검열계에 잠시 몸담아 사회로부터 지탄을 받는 질곡 속에서 뼈를 깎는 아픔을 느껴야만 했을 것이다. 고도의 지성을 가진 그가 그러한 상황에 처해 있을 때 탈출구는 어머니 품처럼 아늑한 고향에 대한 그리움이었

을 것이다. 아마도 그는 자신도 몰래 어릴 때 뛰놀던 고향 평창에 대한 그리움이 싹텄으리라 짐작된다. 사람은 누구나 시련과 고뇌에 시달릴수록 그리움이 솟는다. 고향에 대한 그리움은 마침내 「메밀꽃 필 무렵」으로 승화되고 이 작품은 곧 그의 대표작이 되었을 것이란 얘기다.

이러한 견지에서 두 분은 자신이 머무른 시대적 아픔과 자신만이 겪는 환경, 그리고 그들이 받은 고통의 질이 확연히 다르지만 읽는 이 모두에게 감동을 주는 명작은 궁극적으로 인간의 삶에 대한 고뇌와 번민, 그리고 뼈를 깎는 아픔 속에서 탄생된다는 공통점을 지니고 있다.

만약 박경리 선생이 남편과 이별하지 않고 아들딸 건강하게 키우며 경제적으로도 풍요로운 행복한 여인이었다면 토지 같은 대작을 남겼을까? 아마 그저 평범한 한 여인으로 살았으리라. 가산 이효석 선생 또한 아내를 사별하지 않고 해방을 맞아 존경 받는 대학교수로 강단에 서 있었다면 어떠했을까? 그 역시 학자로서 학문적 업적은 남겼을지 모르나 불후의 명작을 남기지는 못했으리라 여겨지는 것은 무슨 까닭일까?

이는 곧 삶에 대한 처절한 번뇌와 고통을 겪어야만 하는 아픔의 산고 끝에 모든 사람이 공감할 수 있는 명작이 탄생된다는 것을 의미한다. 현존 원로 작가들 역시 그들이 인생의 밑바닥을 헤매던 젊은 시절에 그들의 명성을 얻게 한 작품들을 썼지만 젊었을 적보다 더 많은 체험과 경륜을 지닌 노년기에 명작 또는 대작을 탄생시키지 못하는 까닭도 여기에 있다 할 것이다.

제 3 부

깊은 생각

불교 도래지에 대한 地理的 考察

　　사람이 신앙을 바꾸기는 참으로 어려운 일이다. 이미 가슴속에 깊이 뿌리박고 있는 신앙을 밀어내고 새로운 신앙을 들여앉힌다는 것은 자신의 혼을 빼내고 새 혼을 담는 것과 다름없기 때문이다. 인생역정의 새로운 전기를 맞았다거나 혼자 힘으로는 도저히 이겨내기 힘든 어려움에 봉착하여 신에게 기댈 수밖에 없는 급박한 상황에 처한 사람의 경우에나 가능한 일이다.

　하물며 문명이 발달하지 못한 고대사회에서 인간의 정신적 근간으로 모든 생활을 지배하고 있는 기존신앙이 수천 년 동안 전통적으로 뿌리박고 있는 어느 지역에 새로운 종교가 정착하기가 어디 쉬운 일이겠는가. 이를 위해서는 오랜 세월과 수많은 순교자들의 희생이 따르기 마련일 것이다.

　이런 까닭에 타 종교가 끝내 한발도 내딛지 못하고 수천 년 동안 종교분쟁이 끊이지 않는 지역이 많다. 오늘날에도 인간의 수많은 생명을 앗아가는 전쟁의 원인은 비록 종교전쟁이 아니라 할지라도 내면 깊이 종교가 숨어 있는 것이 사실이며 이 이 전쟁은 지구상의 모든 나라들의 정치, 경제, 외교, 문화에 크나큰 영향을 끼치기도 한다.

우리나라의 종교역사를 살펴보더라도 신라에 불교가 정착하기까지는 이차돈의 순교가 있고난 후에야 뿌리내릴 수 있었으며 기독교의 역사 또한 마찬가지로 서양 오랑캐의 신앙으로 배척하여 수많은 순교자들의 희생 위에 비로소 새로운 신앙의 성단이 지어질 수 있었다.

이 땅에 불교가 들어오기 이전에 우리민족의 생활 속에 뿌리박고 있던 신앙은 천신숭배사상이었다. 즉 우리 민족은 하느님의 자손이라는 홍익인간(弘益人間)의 이념이 한민족(韓民族)의 가슴속에 긍지로 자리 잡고 있었다. 그래서 불교가 이 땅에 들어오기 전까지 각 부족국가마다 추수가 끝나면 국중대회(國中大會)를 열고 하늘에 제사지내며 주야음주가무(晝夜飮酒歌舞)를 즐겼던 예맥(濊貊)의 무천(舞天)제, 부여의 영고(迎鼓)제, 고구려의 동맹(東盟)제 등의 축제는 환인천제, 환웅천왕, 단군왕검을 숭배하는 천손사상에서 비롯된 것이다.

우리는 여기서 우리민족의 조상으로 여기는 단군왕검에 대하여 주목할 필요가 있다. 단군은 하늘에 제사를 지내는 제사장이며 왕검은 나라를 다스리는 왕을 일컫는다. 즉 왕보다도 제사장이 우위임을 의미한다. 우리민족은 하느님의 자손이며 인간의 모든 길흉화

복을 하느님이 점지해 주시는 것으로 믿는 천신숭배사상이 무려 3천여 년 동안이나 이 땅을 지배해 온 것이다. 이처럼 수천 년 동안 하느님(天神)을 믿어온 사람들의 가슴 속에 뿌리박혀 단단히 굳어있는 신앙심을 걷어내고 부처님이 들어앉기 위해서는 엄청난 갈등과 순교의 희생이 따를 수밖에 없었을 터인데도 고구려나 백제에 그러한 순교의 기록이나 전설이 전해오지 않는 이유는 무슨 까닭일까? 그 까닭은 불교의 도래지를 더듬어 살펴보면 짐작할 수 있다.

우리나라에 불교가 들어온 길은 고구려를 통해서 들어 온 북방불교와 백제로 들어온 남방불교 두 갈래다.

먼저 북방불교의 도래지를 찾아가보자.

북방불교를 전파한 사람은 아도(阿道)로 알려져 있으며 묵호자라고도 한다. 묵호자 보다 2년 앞서 오호십육국시대의 전진(前秦)사람 순도(順道)가 서기 372년(소수림왕 2년)에 전진의 왕 부견(符堅)의 명으로 사신을 따라 불상과 경문을 가지고 와 귀화하였으나 이를 불교의 전파나 도래의 시초로 보기는 어려우며, 불교를 전파하려는 의도로 잠입한 아도를 최초의 불교 전래자로 보는 것이 타당하다.

아도가 서기 374년(소수림왕4년)에 잠입하여 숨어살면서 불교를 전파한 곳은 일선현(一善縣)으로 지금의 경상북도 선산의 낙동강가에 위치한 마을이며, 도리사, 모례장자샘 등에 그의 행적이 전설로 남아있다. 아도화상은 낙동강이 건너다보이는 금오산 자락에 위치한 양지바른 마을에 이르러 모례라는 사람의 집에 머물면서 불법을 전하고 있었다. 그러던 어느 날 추운 겨울철인데도 복숭아꽃과 오얏꽃이 활짝 피어있는 것을 보고 그곳에 절을 짓고 이름을 도리사(桃李寺)라 명명하였다 한다. 그래서 이곳을 북방불교의 도래지로 본다.

그렇다면 아도는 위나라에서 만주를 거처 들어오면서 요동성 또는 국내성이나 평양성 등을 지나왔을 터인데 왜 사람들이 많이 모여 살고 있는 정치, 경제의 중심지에서 불교를 전파하지 않고 고구려, 백제, 신라, 삼국이 각축전을 벌이는 국경지대인 이곳을 포교장소로 택했을까?

그 까닭은 단순하고도 명백하다. 사람들이 많이 모여 사는 고구려의 중심지에서는 천신숭배사상이 뿌리박고 있어 감히 부처님을 입에 올리지도 못했을 것이다. 그리고 하느님을 믿으며 등 따시고 배부르게 행복한 생활을 누리는 사람들에게 부처님의 가르침을 따라 깨달음을 얻어야만 극락왕생할 수 있다는 말은 궤변으로밖엔 들리지 않았으리라. 오히려 수천 년 동안 믿어온 천신숭배사상의 이단자로 몰려 목숨을 잃었거나 아니면 갖은 박해를 받고 쫓겨났을 것으로 여겨진다.

그러나 삼국이 서로 차지하려고 각축을 벌이는 낙동강 유역의 선산 땅은 자고나면 나라가 바뀌는 격전지로 전쟁이 끊일 날이 없었을 것이며 이곳에 사는 사람들은 온갖 불안과 번민으로 하루하루의 삶이 고통스러웠을 것이다. 신앙은 춥고 배고프고 삶이 불안한 사람에게 파고들기 마련이며 고통과 번민으로 시달리는 사람들이 종교에 의지할 수밖에 없다. 이러한 관점에서 볼 때 그 당시 이곳 선산은 불교 도래지로 최적지였을 것이다. 아도화상이 이곳에서부터 불교전파를 시작한 이유가 바로 여기에 있다.

남방불교의 도래지는 이와는 전혀 다르다. 남방불교는 북방불교의 전래 보다는 10년 늦은 서기 384년(백제 침류왕 원년)에 호승(胡僧) 마라난타(摩羅難陀)가 전래하였다는 것이 정설이다. 이는 기록으로 남아있는 근거를 찾기 어려워 그가 거쳐 간 지명이나 흔적을 더듬어보고 추측할 수밖에 없다. 마라난타는 동진(東晋)에서 배를 타고 동쪽으로 항해하던 중에 칠산 바다에서 풍랑을 만난다. 풍랑에 밀려 온 그는 몽냉기의 목을 넘어 구사일생으로 법성포의 숲쟁이 뒤편 바닷가에 닻을 내린다. 목냉기는 홍농읍 칠곡리의 아늑한 해변마을로 법성포항에서 칠산바다로 통하는 길목에 돌출한 곳 안쪽에 자리 잡은 마을이다. 이 지명의 어원은 「목 넘기기」인데 바다에서 풍랑을 만났을 때 「이 목만 넘기면 산다.」는 지형적 특수성 때문에 생긴 이름이다. 이 목냉기에서 내륙으로 오백여 미터 안쪽이 불교 도래지이다.

원래 불가에서는 불(佛), 법(法), 승(僧)을 삼보(三寶)라고 하는데 불은 부처요, 법은 불경이요, 승은 성인을 말한다. 마라난타가 닻을 내린 이곳의 지명 법성(法聖)은 법(불경)을 가지고 성자(마라난타)가 도래한 곳이라는 의미로 해석할 수 있다. 이 법성포는 아미타불(阿彌陀佛)에 돌아가 구원을 받는다는 아무포(阿無浦)라 불렸다가 서기992년부터는 부용포(芙蓉浦)라는 이름에 밀려 사라졌다. 부용이란 연꽃의 별칭으로 불교에서는 이 연꽃을 신성과 순결의 표상으로 여기며 불상을 연꽃 위에 모시고 불교의 모든 행사에 연화등(蓮花燈)을 켠다.

이 도래지에서 내륙으로 들어가려면 동쪽을 향해 갈 수밖에 없는데 맨 처음 만나는 곳이 화천리다. 화천리는 화선동(化仙洞)과 천년동(千年洞), 만년동(萬年洞)을 묶어 얻은 이름이다. 화선동의 뜻은 부처님을 믿고 마음의 평화를 얻어 신선처럼 되라는 가르침이며, 천년동 뒷마을이 만년동인데 이 지명들 또한 부처님을 믿으면 천년만년 복을 누리고 살 수 있다는 의미로 얻은 지명이다. 만년동 뒷산을 넘으면 삼당리(당집이 셋이 있었던 까닭에 얻은 지명)이며 계속 내륙으로 들어가려면 새미내(새의 꼬리)에서 나룻배를 타고 새목(새의 목 나루; 乙津)에서 내려야 한다. 이 나루터 새목이 법성포에서 약 4km쯤 떨어진 곳으로 바로 옆 마을이 홍농읍 단덕리 관음당(觀音堂), 월성국(月城國), 염주고개 너머 염주동(念珠洞)이란 이름의 마을들로 이어진다.

관음당은 부처님의 자비심으로 중생을 구제한다는 관세음보살님께 어부들의 안녕을 비는 당제를 지내던 당집이 있어 얻은 이름으로 부처님과 하느님의 공덕을 함께 비는 특이한 이름이다. 이는 단군신앙과 불교신앙이 어우러진 이름으로 깊이 연구해 볼만한 지명이다.

월성국은 숙종 때 전주이씨가 정착하면서 지조 높은 선비가 사는 마을이라 하여 단지동(丹芝洞)라 개명 되었지만 월성국의 모롱곳이에서 바라보면 마을 앞바다가 마치 연꽃처럼 보이고 전도(前島; 월성국 앞바다 가운데 있는 섬)가 마치 연꽃가운데 앉아계신 부처님처럼 보여 생긴 이름이라고 한다. 염주고개는 염주를 손에 들고 불경을 외우며 넘는 고개이며 염주동은 이 고개 넘어 덕림산의 능선이 마치 소쿠리 모양으로 에워싼 안쪽에 집들이 들어앉은 아늑한 마을로 명지동(明地洞) 이라고도 부른다. 이처럼 이 지역에는 관련이 있는 지명이 산재해 있어 불교의 법성포 도래지 설을 뒷받침 불교와 해 주고 있다.

마라난타가 방향을 남으로 돌려 영광 불갑면에 자리 잡고 불교를 전파하며 지은 절이 백제 최초의 절인 불갑사(佛甲寺)다. 불갑사의 〈갑〉이란 처음 또는 으뜸을 나타내며 이 땅에서 부처님을 모신 최초의 절이란 의미를 지닌 이름이다. 더불어 불갑사 뒷산의 이름도 불갑산이 되었던 것이다. 원래 영광은 백제 때 무시이군(武尸伊君)이었는데 무시이(武尸伊)를 이두로 표시하면 「물」이라고 한다. 이는 이고장의 자연조건이 만과 개펄과 강으로 이루어진데다가 주민들 대부분이 조기, 소금, 조개류 등 바다에서 나는 생산물에 의지해 생활해 나갔기 까닭에 얻은 이름이다. 남방불교가 들어 온 뒤에 이 무시이군이 무령군(武靈君)으로 다시 940년(고려태조23년)에 영광군(靈光君)으로 바뀐다. 무령의 령(靈)자는 「신령」을 뜻하며 영광(靈光) 역시 「신령스런 빛」이다. 즉 영광은 신령스런 빛이 내린 곳이란 의미를 가진 지명이다.

고려 말 고승 뇌옹화상(瀨翁和尙)이 1350년 6월 중국의 정자선
사(淨慈禪寺)에 이르렀을 때 그 절의 몽당노숙(蒙堂老宿)이
"그대의 나라에도 선법이 있는가?" 하고 물으니

日出扶桑國 江南海嶽紅 莫間同與別 靈光宣古通
일출부여국 강남해악홍 막간동여별 영광선고통

〈해가 부상국에서 떠서 강남 해악이 붉었으니 같고 다른 것
을 묻지 마오. 영광은 예로부터 뻗쳐 통하였도다.〉

라 답 하였다 한다. 이는 영광이 불교와 관련 있는 지명이라는 것
을 증명해 주는 고사다. 마라난타는 그 후 내륙지방으로 더 들어
가 나주시 다도면 덕룡산에 불회사(佛會寺)를 짓고 신도들을 모아
불교를 설파하였다.

이와 같이 마라난타존자가 이곳에 불교를 전파함에 있어서는 어
떠한 저항이나 제지를 받지 않고 오히려 성인으로 받들며 법을 받
아들였던 것으로 추측할 수 있다. 이는 비록 근초고왕(?~375년)이
부족국가였던 마한 지역을 통일하였다 하나 이 지역에는 아직 중
앙의 통치권이 제대로 미치지 않던 곳으로 백제의 무력에 굴복하
여 자치를 빼앗겼던 사람들이 불법을 자연스럽게 받아들였던 것으
로 여겨진다. 또한 이곳은 리아스식 해안으로 바다에 의존하고 살

던 사람들에게 불교는 어부들의 안녕과 무사함을 기원하는 신앙심으로 자리 잡았을 것으로 사료되며 이러한 추측을 가능케 하는 것은 위에서 언급한 화선동, 천년동, 만년동, 월성국, 관음당, 염주동 등의 이곳 지명들이 뒷받침해 주고 있다.

위에서 알아본 바와 같이 북방불교와 남방불교 도래의 흔적은 지역적 특성과 주민의 생활모습 그리고 이를 받아들이는 시대적 상황이 매우 다르지만 고구려와 백제가 불교를 받아들인 과정에서는 배척하거나 탄압으로 인한 순교자의 흔적을 찾아보기가 어렵다. 그러나 이들보다 약 150여 년 뒤에서야 불교를 받아들인 신라는 이와는 확연히 다르다. 신라 불교는 이차돈(異次頓)〔503년(지증왕4년)~527년(법흥왕14년)〕의 순교 후에야 비로소 불교를 공인한다. 이는 신라는 국토가 협소하여 중앙의 통치력이 지방에까지 미쳐 있었으며 백제나 고구려보다는 폐쇄적인 지역적 특성으로 기존 신앙을 밀어내고 불교가 쉽게 자리 잡기는 어려웠을 것이다. 그래서 고구려와 백제의 이웃이면서도 불교를 받아들이는 데는 무려 150여년의 세월이 필요하였고 순교의 희생이 따를 수밖에 없었다. 그리고 그 값을 톡톡히 치른 만큼 불교신앙의 꽃도 화려하게 피울 수 있었던 것이다.

혹자는 이 땅에 불교가 정착하게 된 과정을 통치자들이 신앙심을 이용하여 백성들의 뜻과 힘을 모으고 나라를 다스리기 위한 통치수단으로 삼기위해 불교를 먼저 받아들였다고 주장하는 이가 있으나 이는 불교 도래지에 대해 깊이 연구해보지 않은 까닭의 오판이거나 연구해 보았다고 할지라도 당시 불교 도래지 백성들의 생활상을 이해하지 못한데서 비롯된 오류일 것이다. 불교는 분명 살기힘든 서민들이 먼저 받아들여 널리 퍼진 후에 나라에서도 호국불교를 내세우며 국교로 삼게 되었던 것이다.

그 후 불교는 1700여 년 동안 우리민족의 정신세계에 뿌리내려 우리의 삶을 이끌어오고 있다. 조선 개국을 기점으로 유교의 선비정신이 불교를 배척하여 조선시대의 600여 년간 어짊(仁)을 근본으로 삼은 공자사상이 우리민족의 정신적 근간을 이루고 있었지만 유교사상은 지도자급인 선비들의 사상으로 일반 백성들에게는 생활의 길잡이 역할을 했을 뿐, 정작 서민들의 가슴속에 신앙심으로 존재해온 것은 불교였다.

유교를 국가통치의 근본으로 삼았던 왕가에서마저도 원찰을 두어 왕가의 안녕을 기원하였으며 대궐 앞에 원각사(세조11년)를 짓고 10층 석탑을 세웠다든지 보신각종을 주조하여 종소리에 맞추어 성문을 여닫는가하면 나라가 위기에 봉착한 임진왜란 때는 살생을 가장 금기로 여기는 승려들이 목탁이나 염주대신 무기를 들고 나서서 호국불교의 면모를 보이기도 하였다. 또한 전란의 재해로 죽은 원혼들의 명복을 비는 대규모 법회를 여는 등의 행사에서 보여주듯 신앙으로서의 불교는 끊임없이 지속되어 왔다.

우주시대인 오늘날 타 종교 신자들의 생활 속에서마저도 불교신앙에서 비롯된 생활습관이나 언어들이 부지불식간에 튀어나오고 있다는 사실은 그만큼 불교가 우리 생활 속에 깊이 뿌리박고 있으며 어떤 의미에서는 아직도 국민 누구나 불교의 정신적 카테고리 (catgegory)에서 벗어나지 못하고 있다는 사실을 증명해 주고 있는 것이다.

술과 곡차(穀茶)의 차이

　　　자신도 모르게 콧노래가 흘러나오는 것을 흥얼거린다고
한다. 흥이란 즐거울 때 나온다. 우리 민족은 흥이 많은 민족이다.
정착생활을 시작하면서부터 함포고복(含哺鼓腹)하고 노래하며 춤
추는 흥겨움을 누렸다. 흥에는 반드시 술이 따른다. 아니, 술이 흥
을 일으킨다. 부족국가시대에는 추수가 끝나면 하늘에 제사지내며
사흘 낮밤을 술 마시고 노래하고 춤추는 〈주야음주가무(晝夜飮酒
歌舞)〉의 축제를 벌었다. 이러한 전통은 절기마다 명절을 두고 이어
져 왔으며 지역별로 각종 민속놀이가 성행했다. 사가(私家)의 잔칫
날역시 마을사람들 모두가 내일처럼 함께 즐기는 풍습으로 정착되
어 왔다.

　　농자천하지대본(農者天下之大本)시절에 구슬땀이 비 오듯 흐르는
한여름 논두렁에서 마시는 막걸리 한 사발은 갈증을 해소하는 꿀
맛이었을 것이다. 그래서 일손을 놓고 잠시 한숨 돌리는 참을 술을

마시는 〈술참〉이라 한다. 술은 노동을 이겨내는 촉매제 역할을 했던 것이다. 유두날(유월 보름)에는 동쪽으로 흐르는 시원한 시냇가에서 술을 마셨는데 이를 〈유두음〉이라 한다. 무더운 여름날 고된 일손을 놓고 물가에서 술을 마시며 피로를 푸는 즐거움은 비길 데 없는 살맛이었으리라. 모내기 후에는 세 차례 김 메기를 하는데 마지막 세벌메기를 〈만두리〉라 하며 이날에는 머슴들에게 새 옷을 한 벌씩 지어 입히고 안주인이 손수 막걸리 한 잔을 따라주었다. 또한 농사일이 거의 끝나가는 백중날(칠월 보름)을 〈머슴날〉이라고도 한다. 머슴날의 풍속으로 주인집에서 술과 음식을 장만하여 대접하고 머슴들이 노래하고 춤추며 하루를 즐겁게 보내도록 배려하였는데 이를 〈호미씻기〉라고 한다. 이처럼 술은 농경과 제사와 놀이에 필수 음식이었다.

술은 모든 사람들이 즐겼다. 왕과 대신들은 궁중연회에서, 선비들은 벗과 더불어 기방이나 정자에서, 무장들은 승전 축배를 높이 들고 저마다 격에 맞는 술을 마셨다. 조선시대 벼슬아치들의 애주의 일화는 수 없이 많다.

성종 때 재상 손순효는 잘 알려진 주당으로 취하면 호언장담을 하는 술버릇이 있었다. 그의 집은 남산 밑에 있어 경복궁에서 훤히 내려다보였는데 어느 날 저녁 손순효가 자기 집 뜰에서 술을 마시는 모습이 성종의 눈에 띄었다. 왕은 즉시 시종을 보내 술과 안주를 하사하며 하루에 석 잔씩만 마시라고 일렀다. 며칠 후 승문원에서 급히 표문을 써야할 일이 생겨 그를 불렀으나 저녁때가 되어서야 대궐로 들어왔는데 술이 만취상태였다. 왕이 대노하여 어찌 왕명을 어겼느냐고 책하자 그는 큰 주발로 석 잔밖에 안 마셨다고 고했다. 왕이 만취상태인 그에게 표문을 쓰라고 명하니 즉석에서 막힘없이 명문장을 지어 올리는 게 아닌가. 성종은 감탄하며 어주를 내렸다고 한다.

세조 때 신숙주는 술에 취해 왕의 팔을 세게 잡아당겨 아프다는 소리까지 나오게 했다. 취중에 안하무인의 불경스런 행위를 저지른 것이다. 만인지상인 임금의 입에서 신음소리가 나올 정도로 무엄한 짓을 했으니 함께 있던 재상들의 낯빛이 흙빛으로 변한 것은 당연지사였다. 특히 세자가 더 그랬다. 그러나 세조는 껄껄 웃으며 괘념치 않았다 한다. 왕도 취한 자에 대해서만은 관대한 배려를 베풀었던 사례다.

선조 때 정철 역시 엄청난 주당이었다. 선조가 아끼는 신하의 건강을 염려하여 은잔 하나를 내리고 이 잔으로 석 잔 이상은 마시지 말라고 명하였다. 정철은 잔을 얇게 두드려 크게 만들어 지니고 다니면서 술을 마셨다고 한다. 가사문학의 대가인 송강다운 일화다.

그러면 속세와는 인연을 끊고 깊은 산속 암자에 들어 앉아 수도에 정진해야하는 불가에서는 어떠하였을까?

이름 없는 승려들은 술을 피하며 멀리하려고 애를 썼을 터이나 득도하여 중생들과 희로애락을 함께 한 고승들은 정신을 혼미하게 만드는 술을 피하지 않고 오히려 즐겼다는 일화가 심심찮게 전한다. 그중에서도 서산 대사와 쌍벽을 이룰 만큼 뛰어난 고승 진묵 대사는 평소에 술을 좋아하며 풍류를 즐겼다. 진묵대사(1562~1633)는 조선의 선조와 인조 때의 고승으로 속명은 일옥이고 법호는 진묵이다. 그는 김제 만경 화포리에서 태어났다. 화포리는 옛날 불거촌을 한자로 표기한 것으로 불거(佛居)가 불개(火浦)로 변한 것으로 부처님이 사는 마을이란 뜻이다. 그는 불도에만 집념한 까닭에 역사에 크게 드러나지 않아 전설상의 인물처럼 민간인들 사이에 회자되었으나 불가에서는 석가모니의 소화신(小化身)으로 추앙을 받을 정도로 법력이 출중한 스님이었다. 그가 주로 머문 사찰로는 변산 월명암, 전주 원등사, 대원사 등이다. 그는 사람들이 술이라고 하면 먹지 않고 꼭 〈곡차(穀茶)〉라고 해야만 마셨다고 한다. 그의 법력이나 술에 대한 일화는 수없이 많다.

어느 날, 득남백일기도를 올리려고 찾아온 한 여인에게 곡차를 가져오면 아들을 낳도록 기도를 해 주겠노라고 하여 술을 가져다 드렸으나 술만 마실 뿐 한 번도 법당에 들어와 기도염불을 해주지 않았다. 그 소식을 들은 그녀의 남편이 백일기도가 거의 끝나갈 무렵 대사를 찾아가

"스님께서는 곡차를 가져오면 아들을 낳게 기도를 해 주겠다고 약속 하고 매일 곡차만 마시고 기도는 안 해 주시니 너무 하십니다."
하고 원망하자

"그래? 그러면 내가 나한들에게 득남을 부탁해보겠소."

하고는 대뜸 나한전에 들어가더니

"이 마을에 한 보살이 아들 낳기가 소원인데 한 번만 들어주지."

다짜고짜 나한들의 뺨을 후려치는 게 아닌가! 그날 밤 여인의 꿈에 나한들이 나타나

"진묵 대사가 어찌나 뺨을 세게 때렸는지 몹시 아프구나. 득남의 소원은 들어줄 테니 제발 다시는 그런 부탁은 하지 말라."

하고 사라졌다. 그 후 여인은 아들을 낳게 되었고 많은 사람들이 그 절에서 기도를 올린 후 영험을 보았다고 전한다.

하루는 유학자 봉곡선생이 대사를 초대하여 술과 고기를 가득 차려놓고

"스님께서는 곡차를 좋아하시니 도끼나물을 곁들여 한 잔 하시지요."

하고 권하니

"고맙습니다. 소승은 술은 아니 마시지만 곡차는 잘 마십니다."

그는 전혀 사양치 않고 술을 옹이 채 마시고 취하여 시 한수를 읊는데

天衾地席 山爲枕 (천금지석 산위침)

月燭雲屛 海作樽 (월촉운병 해작준)

大醉居然 仍起無 (대취거연 잉기무)

却嫌長袖 掛崑崙 (각혐장수 괘곤륜)

하늘을 이불삼고 땅을 자리삼고 산을 베개 삼으니

달은 등불이요 구름은 병풍이요 바다는 술통이로다.

크게 취해 거연히 일어나서 흥겹게 춤을 추노라니

행여 긴 소맷자락이 곤륜산에 걸릴까 염려되는구나.

가히 불도를 통달한 법력 높은 대사의 호걸스런 풍모라 아니할 수 없다.

〈한국 선불교의 중흥조〉로 일컫는 대 선승 경허(鏡虛)선사(1849~1912) 역시 주색을 가까이 한 스님이었다. 그는 수행, 득도, 법력에 있어서 조선 중기 이후의 불가의 인물로는 그를 따를만한 자가 없는 선승이었다. 그처럼 깨달음이 높은 그가 고기를 먹고, 술을 마시고, 부녀자를 희롱하는 기행은 불가의 계율에 어긋나는 행동으로 지탄을 받을 만 한 파계임이 분명했다. 그러나 그는 개의치 않았다. 불가에서는 경허의 그러한 행실을 선승의 무애행(無碍行; 얽매임 없는 행동)으로 여겨 언급을 피했다.

이와 같이 법력이 높은 스님들은 술을 술로 마시지 않고 곡차라 여기며 마셨다. 그들이 술에 취했음에도 필부의 행위로 보이지 않은 것은 높은 법력으로 술을 이길 수 있었기 때문이다. 설령 그들의 만취한 행태가 중생들의 그것과 다름없었을지라도 이는 비몽사몽간에 저지른 행위가 아니라 곡차를 마시고 맑은 정신으로 행한 선승의 무애행이었던 것이다.

이처럼 진묵대사나 경허선사는 고결한 정신세계에서만 찾았던 기존의 불교에 도전이라도 하듯 모든 이념적 불교사상을 행동화함으로써 불교입신의 새로운 경지를 일깨웠다. 그래서 절이란 어디까지나 중생을 위해 존재하는 것이지 불도를 닦는 중들을 위한 것이 아니라고 설파하고 사찰에서 불법을 펴지 않고 주로 사람들이 많이 모이는 마을의 정자나 길거리를 택했다. 포교(布敎)를 법당에서 행하지 않고 직접 군중 속에 뛰어들어 전개해 나갔던 것이다. 그들의 이러한 행태는 기존 불도에 대한 이단으로 보일 수밖에 없어 시련을 겪기도 했으나 중생을 위하는 것이 불도의 정법(正法)이라 강조하면서 거리낌 없이 실행에 옮겼다. 사실 그들이 사바세계에 뛰어들어 중생들과 통교하기 위해서는 술을 곡차로 여기고 함께 어울려 마시는 것이 가장 현실적인 접근방법이 아니었겠는가? 그러나 실존사상으로 무장한 고승들이 술을 술로 보지 않고 곡차로 여기고 마셨다는 사실은 술을 마시기 전에 이미 술이 가져오는 광기를 스스로 능히 다스릴 수 있는 마음의 준비가 마련되어 있었다는 것을 의미한다. 이점이 바로 술과 곡차의 차이다.

　우리민족은 술에 관한 한 관대한 문화가 뿌리 깊게 이어져 내려왔다. 웬만한 실수는 너그럽게 용서해주고 술을 기피하는 상대에게는 억지가 통하는 음주문화다. 특히 친구들이나 직장 동료들의 회합에는 일체감을 핑계로 폭탄주가 기본이다. 그러나 우리는 사람이 술을 마시는 정도에서 멈추어야 한다. 술이란 무작정 취하기 위해 마시기보다는 대작하는 상대와 소통하고 즐거운 만남의 자리 마련을 위하여 음미하는 것이 올바른 주도이기 때문이다. 앞으로 우리는 술이 체질에 맞지 않는 사람이나 아예 술을 입에 대지 않는 이의 처지를 고려하여 강권하는 음주문화를 지양해 나가야 할 것이다.

차(茶) 한 잔의 청경(淸境)

어젯밤 뜬 보름달은 참으로 빛났네.

그 달을 떠서 찻잔에 담고

은하수 국자로 찻물을 떠 차 한 잔에 명상하네.

뉘라서 참다운 차(茶)맛을 알리요.

달콤한 잎 우박과 싸우고

삼동(三冬)에 청정한 흰 꽃은 서리를 맞아도

늦가을 경치를 빛나게 하나니

선경(仙境)에 사는 신선의 살빛같이 깨끗하고

염부단금(閻浮檀金)같이 향기롭고도 아름다워라.

초의선사는 그가 지은 〈동다송〉에서 「차는 물의 신이요 물은 차의 몸이다. 진수(眞水)가 아니면 그 신기(神氣)가 나타나지 않고 꽃다운 차가 아니면 그 실체를 엿 볼 수 없다.」고 기록하고 있다.

또한 추사의 아우 김명희(金命喜)가 보낸 편지에 답하여 「예로부터 성현들은 모두 차를 사랑하였나니 차는 군자(君子)와 같아서 그 성품이 사악하지 않음이라. 인간들이 차를 마시게 된 것은 멀리 설령(雪嶺)으로부터 차를 들여 온 때로 차를 옥병에 담아 여러 가지 비단으로 감싸서 황하수(黃河水)의 근원지를 찾았느니 그 물은 여덟까지 덕(德)이 있어 아름답기 그지없고 물을 길어다가 가볍고 부드러움을 한번 시험해 보니 진수와 정차(精茶)가 적당히 어울려 신과 체가 열리었도다.」라고 하였다.

여기에서 물의 여덟 가지 덕(德)이란 ①가볍고(經) ②맑고(淸) ③시원하고(冷) ④부드럽고(軟) ⑤아름답고(美) ⑥냄새가 나지 않고(不臭) ⑦비위에 맞고(調適) ⑧먹어서 탈이 없는(無患) 것을 말한다.

일찍이 추사 선생은 「화개차는 중국제일의 용정이나 두강보다 질이 좋고 인도의 유마거사의 주방에도 없다」며 화개차의 우수함을 극찬하였고 다성(茶聖) 초의선사는 「어떤 사람은 우리나라 차의 효능이 중국 월산차만 못하다고 하나 나 초의가 보기에는 색(色), 향(香), 기(氣), 미(味)에서 조금도 차이가 없다. 다서에 육안차는 맛이 뛰어났고 몽산차는 약효가 높다했으나 우리나라의 차는 이 두 가지를 모두 갖추고 있다. 만약 중국의 유명한 다인 이찬황이나 육우가 함께 있다면 반드시 나의 말이 옳다고 긍정할 것이다」고 말했다.

우리나라의 녹차 역사를 더듬어 보면 〈삼국사기〉에 신라 흥덕왕 3년(828년) 12월 당나라에 조공사신으로 김대렴을 보냈는데 당의 문종이 그를 불러 잔치를 벌이고 차나무 씨를 선물하였다. 흥덕

왕은 그것을 지리산에 심어 기른 뒤 진상하라고 하였다고 기록되어 있다. 그래서 지리산 차를 '왕의 녹차'라고도 한다. 하지만 그보다 170여년이 앞선 시대에 진덕여왕의 넷째아들인 지장은 지리산의 녹차 종자와 볍씨, 그리고 흰 개 한 마리를 데리고 당나라에 가서 구화산에 화성사라는 절을 짓고 제자들에게 차 재배법과 달이는 법을 가르쳤다. 지장이 99세로 입적하자 제자들은 돌함에 안치했는데 3년이 지나도 육신이 썩지 않고 뼈마디에서 쟁반을 흔드는 듯 한 소리가 났다한다. 그 후 100년이 넘은 뒤인 760년께 당나라 육우가 〈다경(茶經)〉을 펴낸 것을 감안하면 신라차가 중국차보다 앞섰다고 볼 수도 있다.

백제의 차 재배역사는 그보다도 300여년이 빨라 서기 369년(근초고왕24년)에 복홀군(보성)이 마한에서 백제로 통합되면서 차를 이용했다는 기록이 보성군사 등에 전해진 것으로 보아 보성군의 차 재배는 1600여 년 전으로 부족국가시대에 이미 차를 이용한 흔적이 보인다.

전라도는 차나무를 재배하기 좋은 지리적 여건을 갖추었고, 차 문화가 발달한 중국 화남지역의 나라들과 교역이 많아 중국제 자기(瓷器)가 많이 출토되고 있다. 그 가운데 주전자(注子)와 주발(碗)은 차를 마시는 용기로 볼 수 있다. 당시 차는 찻잎을 분말로 간 다음 쌀가루로 쑨 풀과 섞어 덩어리 차를 만들어 말린 후, 차를 마실 때에 이것을 찧고 빻아 뜨거운 물을 부어 국으로 만든 후 파, 생강, 소금 등을 타서 마셨다고 한다. 이때 필요한 것이 차를 빻는 돌절

구인데, 풍납토성과 몽촌토성에서 출토되었다. 이는 백제는 공주 천도 이전에 차를 마셨다는 것을 증명해주고 있는 것이다. 차를 담아두는 주전자, 특히 닭 머리 모양의 도자기 주전자(鷄首壺注子)는 백제의 수도뿐 아니라 지방 수장의 무덤에서도 출토되고 있다.

그러나 이러한 역사도 기록이나 출토된 유물에 의한 것일 뿐 실제로 우리 민족의 차 역사는 7000여 년 전으로 거슬러 올라간다. 우리 동이족이 정착생활을 시작한 역사는 염제 신농씨(神農氏)가 농사짓는 방법을 가르쳐준 이후부터로 추측할 수 있다. 전설에 의하면 염제가 태어나기 전 사람들은 수렵채집으로 떠돌이 생활을 하고 있었다. 염제는 '뇌사'(耒耜: 쟁기의 일종)라고 하는 농기구를 발명하여 사람들에게 사용법을 가르쳐주었다. 이때부터 사람들은 땅을 파 일구어 농사를 짓기 시작하였다고 한다. 염제를 신농씨라 칭하는 이유가 바로 그 때문이다. 신농씨는 삼황오제의 한사람으로 중국의 전설에 나오는 인물이지만 실은 우리 동이족(東夷族)이다. 단군조선 시대까지도 황하 이북의 화북평원과 산동 반도와 만주는 우리민족의 생활무대였다. 황허문명도 중국의 한(漢)족이 일으킨 문명이라 하지만 실제로는 우리 한(韓)족이 경쟁관계에서 함께 일으킨 문명으로 보는 것이 타당하다. 황하 이북의 광활한 대륙에서 고구려 때 요동으로 통일신라시대에 반도로 밀려 약소민족으로 전락하고 만 것은 안타까운 일이다. 염제 신농씨는 우리의 조상으로 백성들에게 농경법을 가르치고 산천을 돌아다니면서 풀과 나무를 맛보고 식용과 약용의 가부를 판단하는 의약과 농사의 신으로 숭상하던 인물이다.

염제 신농씨가 차를 마시게 된 전설은 두 얘기가 전해지고 있다. 먹을 것이 부족하고 음식에 대한 지식이 거의 없었던 당시에 산천을 돌며 초목을 직접 입에 넣고 씹어봄으로써 식용 또는 약용의 가부를 가리던 신농씨가 하루는 100여 가지의 풀을 먹고 그 중 72가지의 독초에 중독되어 쓰러져 있었는데 바람에 날려 떨어진 차나무 잎을 먹고 해독되어 살아났다는 얘기다. 신농씨는 그 나무를 풀(草)과 나무(木)사이에 사람(人)이 있는 차(茶)나무라 이름 짓고 으뜸가는 해독(解毒)제로 전하였다 한다.

또 하나의 설은 그 시대의 병자들은 약효가 있는 풀이나 나뭇잎을 구해 끓여 마시곤 하였는데 신농씨가 병자들을 치료하기 위해 불을 지펴 물을 끓이고 있을 때 웬 나뭇잎이 솥 안으로 떨어지면서 연한황색을 띠었다. 그 물을 마셔보니 맛이 쓰고 떫었으나 뒷맛이 달고 해갈과 더불어 정신을 맑게 하여 그 뒤부터 음용하게 되었다는 전설이다. 위 전설로 추측해 볼 때 우리 민족은 정착생활을 시작하면서부터 이미 차를 마셨다고 할 수 있다.

다도(茶道)란 차를 마시는 방법이나 태도, 몸가짐만을 말하는 것은 아니다. 차 마시는 사람이 지녀야할 정신적 자세의 상징적 의미다. 그래서 다인은 고매한 품격을 지녀야 한다. 차를 마실 때는 상대의 이야기에 수긍하는 예(禮)를 갖추고 서로 정감(情感)을 나눌 일이다. 사발에 물을 따르고 손길로 온도를 식히며 사람의 체온과 비슷하게 되었을 때, 마주하는 상대의 찻잔에 차를 따르며 그 은은한 향과 소리는 맑은 시냇물의 흐름과 흡사하다. 정(情)을 나누며 마시는 찻잔에서 스미는 향기와 빛깔이 자연과 더불어 천수를 누리는 고매한 삶일 것이다. 선(禪)의 맛을 모르면 차(茶)의 맛도 모른다고 한다. 중도(中道), 중정(中情), 호사(好事)나 흉사(凶事)에도 평상심(平常心)을 지닌다는 의미는 다인(茶人)이 아니더라도 한 번쯤 되새겨 볼만한 일이다.

최근 들어 녹차에 대한 효능이 전문가들의 연구와 실험 결과를 통해 밝혀지면서 차를 마시는 사람들이 늘고 있다. 고혈압과 발암 물질 억제, 다이어트 등을 위한 녹차 음용은 기본이고 악취제거와 피부진정, 불면증 예방을 위한 다양한 상품으로 등장하기도 한다. 또한 전염성 세균이나 장 속의 세균들의 생육을 억제하는 항균성이 뛰어난 식품으로 밝혀지면서 인체의 여러 분야에 긍정적인 영향을 주는 녹차를 즐겨 마신다. 하루 평균 녹차 네댓 잔 마시는 습관으로 체내 유독 성분을 배출시키고 발암 물질을 억제할 수 있다면 녹차 마시기를 게을리 할 까닭이 있겠는가?

오늘도 녹차 한잔으로 상큼한 하루를 시작해야겠다.

술과 안주의 궁합(宮合)

-막걸리와 홍어회-

       술과 안주의 궁합을 말하기란 쉬운 일이 아니다. 아마 지구상에 살고 있는 모든 사람들의 성격이나 기호(嗜好), 음식의 맛에 대한 취향(趣向)을 구별하여 논하기만큼이나 어려운 일일 것이다. 이는 사람마다 좋아하는 입맛이 다르고 어떤 한 개인일지라도 그가 처해있는 현재의 상황이나 장소 또는 때에 따라 식욕이나 맛이 같을 수 없기 때문이다.

  가령 같은 막걸리라 하더라도 일터에서 땀을 뻘뻘 흘리며 심한 갈증을 느낄 때라면 막걸리 한 사발과 배추김치 한쪽이 입안에 감도는 맛은 꿀맛일 터이나 배부른 선비가 주지육림의 안주를 앞에 놓고 따라주는 막걸리는 입에 대지도 않고 고개 돌려버릴 공산이 크다. 같은 사람이라 할지라도 얼음 속에 담가놓은 시원한 생맥주 한 컵이 당길 때가 있는가 하면 맑은 소주 한잔에 나무젓가락에 꿰어 꾸물거리는 세발낙지 안주가 술맛을 한층 더해줄 때도 있을 것이다. 또한 소주병을 놓고 네댓 명이 둘러앉은 원탁의 술자리에서도 어떤 이는 배추김치로만 손이 가는가 하면 어떤 이는 풋나물로만 손이 가고 어떤 이의 젓가락은 꽁치구이로만 향하는 경우도 허다하다. 이처럼 맛과 음식에 대한 취향이 각양각색인 술꾼들의 술과 안주의 궁합을 논하기란 결코 쉬운 일이 아닐 것이다.

그러므로 굳이 술과 안주의 궁합을 얘기 하려고 한다면 어느 한 사람이 특이한 시간에 특수한 장소나 주어진 상황 속에서 우연히 어떤 술과 안주를 마주했을 경우 별미로 느꼈을 때의 맛을 기술할 수밖에 없을 것이다.

술과 안주에 대한 기억을 되살리다 보니 필자가 처음으로 술잔을 입에 댄 그날의 일들이 생생하게 떠오른다. 필자는 고등학교 3학년 때까지 술은 아예 입에 대지도 않았었다. 그 까닭은 아래 사연 때문이었다.

국민학교 2학년 때의 7월 초 어느 날이었다. 다음날 우리 집에서 만도리를 하는 날이다. 대개 마을에서 웬만큼 사는 집에서 만도리를 하는 날에는 온 동네 사람들이 모여들어 잔치를 열기 때문에 삼사일 전에 담가놓은 술을 전날 거른다. 그런데 눈만 뜨면 우리 집으로 달음박질치던 한마을 동무 근시째가 어머니께서 거른 술 찌개미를 몰래 한 움큼 집어다가 아래채 모퉁이 헛청에서 아주 맛있게 먹는 것이었다. 그러면서 나에게도 먹어보라고 권하였다. 근시째네는 형편이 어려워 우리 집에만 오면 뭔가 먹을거리가 있어

나를 따라다녔었다. 6·25후에 웬만한 집이면 굶기를 밥 먹듯 하던 때인지라 고시랑, 송키, 칡순, 삐비 등 먹을 것이면 뭐든지 남아나지 않던 어려운 시절이다. 나는 시금털털하고 까슬까슬 한 술 찌개미가 입에 썩 당기지는 않았지만 가장 친한 동무 근시째가 맛있게 먹으니까 나도 한편이 되어 어머니 몰래 놋대접에 가득 퍼 담아 와서 정신없이 먹어치웠다. 처음에는 시큼하고 깔깔하던 술 찌개미가 씹으면 씹을수록 얼얼하고 달짝지근하여 얼마나 먹었는지 둘이는 그만 술에 취해 헛청 모퉁이 짚더미 속에서 잠이 들고 말았다.

날이 저물었는데도 귀한 손자가 나타나지 않자 우리 집에서는 온통 난리가 났다. 어머니는 만도리 음식준비로 바쁘게 장만하느라 겨를이 없었지만 할머니의 성화가 이만저만이 아니었다. 누나들과 막내고모, 일꾼들이 온 동네를 뒤지고 다녀도 본 사람이 아무도 없었다. 그러던 차에 큰일만 치르면 우리 집에 와서 하인처럼 집안일을 돕는 아랫집 기철어매가 쇠죽을 끓이려고 헛청에서 짚뭇을 빼내다가 그만 근시째 허벅지를 밟아버렸다. 근시째의 '으아악!' 내지르는 괴성이 허청의 지붕을 뚫고 기철어매는 '워메!' 하고 놀라 뒤로네 벌떡! 나자빠졌다. 사람들은 뭔 소린가? 하고 모여들었다. 짚더미 속에서는 아직도 얼굴이 벌건 두 녀석이 비틀거리며 눈을 비비고 나오는 게 아닌가. 종당에 까닭을 알게 된 상머슴 길동아범은

"엄목떡네 근시째 너 붕알깨지면 어쩔뻔 했냐? 천만다행이다."

하고 껄껄 웃어댔다. 할머니는

"에릴 때 술 먹으면 바보 께 다 클 때 꺼정 술은 입에 대지도 말

어라."

하고 신신 당부를 하셨다. 할머니 말씀이 아니라도 이튿날 오전까지 정신이 어질어질하고 얼마나 골치가 아프던지 내가 꼭 공부도 못하는 점복이처럼 바보가 될 것만 같았다. 그 후로는 술을 입에 대지도 않았다.

고등학교 3학년 여름방학 때였다. 8월 중순경이면 벼가 배동이 서고 피가 벼 위로 우뚝 고개를 쳐들어 피사리를 해 주는 때다. 아버지는 평소에 일을 하시지 않지만 삽을 매고 논 물꼬를 살피거나 피사리처럼 가벼운 일을 하셨다. 그날도 아버지께서 피사리를 나가셔서 나도 따라 나섰다. 한 여름 뙤약볕에 다 자란 벼 잎은 마치 억새처럼 팔다리를 긁어댔다. 비 오듯 땀을 흘리며 질퍽이는 논에서 벼 포기 사이를 조심스럽게 옮겨 다니며 피만 뽑는 일도 쉬운 일이 아니었다. 정자배미 논에서 한참을 헤맨 뒤 참 때가 되어 정자나무 아래에서 땀을 훔치고 어머니가 가져오신 막걸리를 아버지께 따라 드렸다. 다 마신 후 아버지께서는 손수 술을 따라 주시면서

"아나, 너도 한잔 먹어라! 예로부터 술은 어른들 앞에서 배우라고 했느니라. 그리고 땀 흘리고 출출할 때 마시는 막걸리는 보약이다."

하시는 것이었다. 나는 아버지께서 주신 술잔을 두 손으로 받들어 고개를 돌리고 단숨에 벌컥벌컥 마셨다. 술을 마실 때 그 맛이 어떤지는 가늠하기 어려웠지만 목마름을 해소하는 시큼 달큼하면서도 쌉싸름한 맛이 입안에 가득 찼다. 어머니께서 집어주시는 노랑

가오리 미나리무침을 한입 털어 넣자 막걸리 뒷맛과 어우러진 시큼하고 달콤하면서도 얼얼한 안주의 감미로움은 지금 생각만 해도 군침이 감감 돈다. 바로 이 맛이 술과 안주의 찰떡궁합이 아닌가 한다. 그 후 나는 술맛도 제대로 모를 때 겪은 맛이지만 막걸리를 대할 때마다 그때 그 맛이 그립곤 하였다. 부모님과의 사연이 깃든 맨 처음 마셔본 술맛과 안주 맛이었기 때문일 듯도 하다.

오년 전 재경향우산악회에서 고향산악회와 합동으로 등산을 한 적이 있었다. 서울과 고향 영광에서 각각 대절 버스로 출발하여 중간지점인 대둔산 정상에서 만났다. 서로 얼굴을 보자마자 어릴 적 아이들처럼 달려가 고향 선후배가 얼싸안고 기쁨을 나누며 도시락을 함께 먹고 마냥 즐거운 산행을 하였다. 정작 즐거움은 하산하여 주차장에서 벌어졌다. 고향 홍농읍산악회에서 맛 좋기로 소문난 영광 대마막걸리와 칠산 홍어회무침을 백 명 분이나 펼쳐놓았다. 온통 땀으로 멱 감으며 힘겹게 산행을 마치고 허기진 일행들에게 막걸리와 홍어회무침은 그 얼마나 달콤한 꿀맛이었겠는가.

여자고 남자, 젊은이고 늙은이 가릴 것 없이 오고가는 술잔 속에 함빡 웃음꽃 얘기꽃들을 피우며 따뜻한 정이 담긴 얘기들을 쏟아냈다. 그리고 막걸리와 홍어회의 별난 궁합을 이구동성으로 칭송하며 술잔들을 사양 없이 받는 것이었다. 필자는 20여 년 전 교통사고 후 술을 거의 끊다시피 해오던 터이지만 그날만은 제자들이 따르는 잔을 사양치 않고 받는 통에 술에 대취하고 말았다. 막걸리와 홍어회는 아무리 먹어도 감칠맛 나는 별미였다.

　일반적으로 막걸리 안주는 상기한 홍어회 외에도 돼지고기와 묶은 배추김치와 새우젓의 삼합을 으뜸으로 친다. 막걸리는 식이섬유가 들어있는 걸쭉한 술이기 때문에 이러한 안주를 곁들이면 식사대용이 되기도 한다. 때문에 막걸리는 힘든 노동을 할 때 마시기에 알맞은 술이다. 막걸리의 성분을 분석해 보면 물 80%, 알코올 6~7%, 단백질 2%, 탄수화물 0.8%, 지방 0.1% 정도이고, 나머지는 식이섬유, 비타민B·C, 유산균, 효모 등이라고 한다. 어느 의학자는 〈막걸리를 마실 때는 콩으로 만든 안주를 곁들이는 것이 좋다. 막걸리에 상대적으로 부족한 단백질과 칼슘 등 미네랄을 콩을 통해 보충할 수 있기 때문이다.〉 라고 말했다 한다. 콩 음식 중에도 두부를 데쳐서 김치와 함께 먹으면 포만감이 높아져 과음을 막을 수 있다.

　막걸리 안주로 흔히 곁들이는 녹두 빈대떡에는 지방이 많다. 생양파를 썰어 넣은 빈대떡을 간장 찍어 먹으면 양파의 칼륨 인산 등의 무기질 성분이 지방이 산화되는 것을 막는다고 한다. 또한 도토리묵과 파전 역시 어울리는 안주다. 그러나 위와 같이 막걸리에 어울리는 안주도 대중을 상대로 하는 주점에서 가장 손쉽게 만들어 즉석에서 따뜻하게 먹을 수 있기 때문에 평소에 애주하는 술꾼들의 일반적인 상식일 뿐, 어떤 경우에도 마시는 사람의 취향이나 미감, 마실 때의 분위기에 따라 가장 어울리는 술과 안주의 궁합은 수시로 달라질 수밖에 없을 것이다.

술과 안주의 궁합(宮合)
-소주와 떡갈비-

　　오늘 모 일간지의 1면에 〈고급 위스키 판매 11년째 세계
1위〉라는 제목의 톱기사가 실렸다. 그래프에는 1위 한국 69만 8천
상자, 2위 미국 47만 8천 상자, 3위 중국 23만 4천 상자, 4,5,6위
는 대만, 일본, 프랑스 순위였다. 이는 영국의 국제주류시장연구소
(International Wine and Spirit Research• IWSR)에서 집계한 신뢰
도가 매우 높은 정보다. 조사대상은 17년산 이상의 슈퍼프리미엄
급 고급위스키만을 대상으로 집계한 내용이라는 것이다.

　위스키는 본래 서양의 술인데도 우리나라 인구의 6배가 넘는 미
국 국민들의 소비량이 겨우 우리나라의 68%밖에 되지 않는다고 하
니 놀라운 일이다. 더욱이 13억 인구의 중국 소비량이 5천만 인구
인 우리나라의 3분의1밖에 되지 않아 인구 1인당 평균으로 따져본
다면 중국인이 1병 마실 때 우리는 80병을 마신다는 얘기가 된다.

그러면 그 많은 비싼 술을 누가 마셨다는 말인가. 17년산 이상의 고급 위스키를 서민들이 마셨을 리 없고 경제적으로 상류층에서 소비했을 테니 결국 우리나라 인구의 5%에 해당하는 사람들이 세계의 주류시장을 지배하고 설쳐댄 셈이다. 마시는 장소도 문제다. 서양인들처럼 가정에서 반주로? 술집에서 잔으로? 천만의 말씀, 우리나라는 80%가 고급 요정이나 레스토랑에서 병술로 마셨다니 술값은 또 몇 곱절이나 뿌려댔을까?

같은 신문 10면에는 〈생활고에 시달려 세 모녀 동반자살〉이라는 제하에 30대의 두 딸과 60대 초반의 어머니가 아들에게 유서를 남기고 승용차 뒷좌석에서 연탄불을 피워 자살했다는 기사를 보고 한숨이 저절로 나왔다. 오늘밤에도 4천명이 넘는 노숙자가 지하도에서 종이박스나 신문지를 깔고 오들오들 떨고 있을 것이다. 고급 요정에서 하룻밤 술값이면 서민들 1년 생활비걱정이 사라질 것이다. 언제부터 우리나라 음주풍토가 이처럼 바뀌었단 말인가. 옛날에는 기방출입이 잦은 부자들도 얼마 못가서 재산을 탕진하고 알거지가 되었다는 일화는 많았으나 오늘날 우리사회는 룸살롱에서 고급위스키를 마시는 사람들이 술값으로 살림이 거덜이 났다는 얘기는 들어보지 못했다. 그만큼 부는 부를 키우고 빈은 빈으로 쪼그라들어 국민경제는 빈부 격차가 날로 심해져가는 현상이다.

우리나라 부자들의 인생관이 바뀌어야 한다. 가진 돈을 옳게 쓸 줄 알아야 참다운 부자다. 사람들이 많이 왕래하는 거리마다 경제적으로 고통 받는 사람들의 구호가 나불거리는 우리 사회! 가진 자들은 패자의 천격스런 불평으로 보일지 모르나 부자들이 가진 돈이 자신들의 노동으로써만 얻은 것은 아니지 않는가. 가진 자들이 남을 배려하는 마음을 갖지 않고서는 평화로운 사회가 유지될 수 없다.

술 문화만 해도 그렇다. 80년대 초까지도 서양 위스키가 주점에서 권좌를 누리지 못했다. 그것은 수입이 엄격하여 구할 수 없었을 뿐 아니라 값이 비쌌기 때문에 웬만한 갑부가 아니고서는 마실 엄두도 못 냈었다. 암암리에 미군부대에서 흘러나온 양주가 고작이었다. 그러다가 서양과 경제 교류가 급속히 늘어나면서 그들과 상대하기 위해서 위스키가 술자리의 주연으로 등장 한 것이다. 외국 업체 오너들의 비위를 맞추기 위해서는 어쩔 수 없이 최선의 방법을 택했으리라. 이러한 과정에서 정착된 음주 풍토가 고급 룸살롱에서 비싼 양주를 마시고 이튿날 보대끼는 것을 자랑으로 여기는 음주문화로 비약한 것이다.

그러나 이제는 새로운 음주문화가 요청되는 시기다. 고급 룸살롱에서 비싼 서양위스키를 마시지 않고도 얼마든지 상대방과 소통하고 사업상의 교류가 이루어지는 문화로 바뀌어야 한다. 우리나라 토속주 얼마나 좋은가. 외국인들에게 우리나라의 술을 맛보이고 자랑해야할 때다. 그리하여 서양의 술 위스키 소비량을 적어도 10분의1로 줄여야 한다.

원래 술맛이란 술 자체가 지니고 있는 맛보다는 마시는 사람의 마음가짐이나 분위기에 따라 달라지는 법이다. 고급 술병이나 비싼 술 종류를 보고 마시기도 전에 미리 흥을 돋우는 사람들은 술의 참맛을 모르는 사람들이다. 언제어디서나 술값 걱정 없이 마주할 수 있는 흔한 술 소주! 값 싼 소주 한 병에 묵은 김치 한 접시 놓고도 따뜻한 우정을 나누며 밤이 깊어가는 줄을 모르는 술자리! 이러한 분위기야말로 인생을 얘기하고 자신을 거리낌 없이 다 드러내 보이는 정겨운 술자리요, 진한 술맛이 아니겠는가.

필자는 3년 전 초여름 가까운 문우들과 강원도 홍천으로 야유를 즐긴 적이 있었다. 정년을 하고 홍천강변 마을의 전망 좋은 집을 구입하여 매실농장을 경영하는 오시인의 초대를 받아 출발부터 일행들은 마음이 들떠있었다. 이틀 전 내린 비로 강물은 한결 여유를 부리며 감돌아 흐르고 우리들의 마음도 짙어가는 녹음처럼 싱싱한 초록빛깔로 젊어지고 있었다. 차 안에서 나는 문득 홍천에서 살고 있는 고향의 어릴 적 깨복쟁이 친구가 생각나 폰의 숫자를 찍었다. 친구는 대뜸

"자네 모임 장소가 어딘가?"

하고 묻는 것이었다. 나는

"홍천에 오니까 문득 자네 생각이 나서 그냥 안부전화 했으니 잘 있다는 소식 들었으면 되었네."

하고 말했으나

"모처럼 자네 얼굴이라도 보고 싶으니 장소나 얼른 대소."

하고 막무가내로 졸라댔다. 우리 일행이 도착하여 채 10분도 못되어 친구가 들이닥쳤다. 친구는 소주 한 박스와 떡갈비 두 짝을 가져왔다. 홍천강변의 매실농원 잔디밭에서 소주 파티가 벌어졌다. 야외에서 숯불로 구운 떡갈비 안주에 잔을 비우는 소주의 상큼한 그 맛! 평소에 금주하다시피 하던 나도 마시면 마실수록 땡기는 그처럼 맛깔스런 소주 맛은 처음이었다. 평소와는 달리 아무리 마셔대도 취하여 정신을 잃지 않았다. 아마도 홍천 떡갈비 안주가 강원도 경월소주와 찰떡궁합인 게 분명하였다.

이 홍천의 떡갈비는 아스파라거스를 숙성시킨 엑기스에 돼지갈비를 재었다고 한다. 아스파라거스는 로마 시대부터 미식가들이 채소로 높이 평가해왔는데 프랑스의 일부지역에서는 엽록체가 만들어지는 것을 막기 위해서 전통적으로 땅속에서 재배하고 있으며 부드럽고 맛이 좋아 고급식품에 속한다는 것이다. 우리나라는 바닷가에서 흔히 자라는 천문동을 비롯하여 3종의 아스파라거스와 외국에서 들어온 아스파라거스를 일부 지역에서 식용으로 재배하며 통조림을 만들거나 샐러드 등 각종 요리재료로 쓰인다고 한다. 이 아스파라거스는 혈압조절에 탁월한 효능이 있어 고혈압 치료제로 이용하기도 하는데 그 까닭은 아스파라거스에 함유되어 있는 루틴이라는 성분이 혈관을 튼튼하게 해주기 때문이란다. 특히 칼륨성분은 한국인이 많이 섭취하는 나트륨 배출에 도움을 주기 때문에 혈압을 조절하고 고혈압을 떨어뜨리는데 좋은 효능을 가지고 있으며 천연 자양강장제라 할 만큼 자양강장에 좋은 효능이 있어 피로회복과 체력증진에 도움을 주기도 한다는 것이다.

그래서 그런지 이 엑기스에 잰 돼지 떡갈비는 연하고 부드러우며 입안에 척척 엉기는 맛이 소주와 아주 잘 어울리는 최상의 안주였다. 소주 한 잔과 갈비 한 점이 어우러진 별미는 아무리 먹고 마셔도 얼큰한 취기만 돌 뿐, 술이 사람을 먹게 만들지 않았다. 일행과 친구 여섯 사람이 하루 낮 동안 무려 삼십 병의 소주를 마시고도 흥겨운 대화로 취중을 즐겼다. 삼년이 지난 지금도 우리 일행 중 주당장이라 할 만큼 애주가인 권회장은 술과 안주 얘기만 나오면 소주안주에 홍천떡갈비를 들먹이며 그때 그 맛을 되씹곤 한다.

안주야 갈비가 되었든 생 두부가 되었든 꼬치구이가 되었든 어떠랴만 모처럼 반가운 친구와 만나 장소야 길거리 포장마차라 할지라도 부담 없이 소주잔을 주고받으며 우정을 나누는 자리라면 들이키는 술맛은 제격이 아니겠는가. 홍천 강변에서의 술맛도 마찬가지다. 밀폐된 도시의 아수라를 벗어나 마음이 통하는 문우들과 상큼한 초록을 마시며 들이키는 소주잔에 금상첨화로 아스파라거스 엑기스로 다진 떡갈비 안주를 곁들였으니 그 술맛은 어떠했겠는가. 이처럼 술과 안주의 찰떡궁합은 마시는 이들의 기분과 분위기가 서로 함께 어우러져야만 비로소 이루어지는 것이며 참다운 술맛을 느낄 수 있는 것이다.

마을에 얽힌 전설들

　　아름다운 우리나라, 나지막한 산 밑에 옹기종기 모여 앉은 우리들의 고향마을, 이 땅의 어디든 마을을 이룬 곳엔 전해 내려오는 재미있는 이야기들이 우리의 생활 터전을 더욱 정겹게 한다. 이 전설들은 이 마을에 사는 사람들로 하여금 애향심을 갖게 하는 바탕이 되고 자긍심이 되고 삶을 엮어나가는 밑거름이 되기도 한다.

　　내가 전라남도 담양의 용면 초등학교에 근무할 때 용면 향지 편찬 위원장으로 위촉된 선배가 찾아와 부탁하여 향지를 엮었었다. 나는 마을의 전설 유래 등을 수집하며 "우리들이 사는 마을에 이처럼 많은 이야기들이 숨어 있었나?" 하고 놀랠 수밖에 없었다. 특히 담양에서도 추월산 밑에 자리 잡은 용면의 마을에는 마을마다 네댓 가지의 전설들이 전해 내려오는데 매월리에 얽힌 전설을 소개해보고자 한다.

매월리는 추월산의 오른쪽 우백호에 해당하는 오장산(五將山) 기슭에 남향으로 자리하고 있는데 왼쪽에 박곡, 가운데가 매월, 오른쪽이 통천이란 세 마을이 조그만 능선 언덕으로 나뉘어져 있다. 이 중에서 가운데 자리 잡고 있는 매월의 전설이 여러 가지여서 흥미롭다. 이 마을은 1686년 옥천 조씨 한진(漢進)이라는 사람이 승주군 주암면 구산리(九山里)에서 살다가 형이 일찍 절명하자 각 지방을 떠돌며 새 터를 잡기 위해 물색하던 중 이곳에 이르러 살펴보니 오장산이 힘차게 솟아 있고 주변에는 매화가 만발한데 뒷산에 우거진 송림의 소나무 가지마다 백학들이 노는 모습이 마치 배꽃[이화(梨花)]처럼 보여 마을 이름을 학유정(鶴遊亭)이라 하였다고 한다.

　　그 후 한학자(명은 전해지지 않음)인 서씨가 만발한 매화꽃이 달빛에 반사되어 아늑한 마을의 운치가 아름다워 매월(梅月)이라 고쳐 불렀다고 한다. 그리고 마을 앞 작은 동산에 매화가 많이 피어 하나의 큰 꽃 덩어리로 보여 동산 이름을 화정산(花亭山)이라 하였다. 지금도 이 동산에 두 가구 살고 있으며 이 작은 동산을 〈꽃쟁이〉라고 부르고 있다.

　　전설 1) 이 마을에 사는 젊은 여인들이 해년마다 몇 명 씩 아무런 까닭 없이 죽어갔다. 마을 사람들은 사인 없이 젊은 여인들이 죽어가자 집집마다 근심으로 마음 편한 날이 없었는데 하루는 지나가던 노승이 한참 마을을 살펴보더니 혀를 끌끌 차며
　　"참 안 되었다. 매화꽃이 피니 저 동산이 마치 상여 모양이군 그

래. 이 마을에 화가 떠날 날이 없겠구나!"

탄식을 하고 지나가는 것이었다. 부랴부랴 마을 사람들은 스님을 모셔와 이러한 액운을 방지 할 방법이 없겠느냐고 사정을 하며 물어보니 스님은 한참 머뭇거리다가

"방법은 간단하오. 마을에 있는 매화꽃이 원인이오. 매화꽃은 아름답기는 하지만 이곳에 너무 많이 심어져 있기 때문이외다. 〈꽃쟁이〉에 피어있는 매화꽃이 마치 상여 모양같이 보이니 젊은 여인들이 제 명대로 살수 없지요. 꽃은 음이니 어여쁜 젊은 여인들을 질투하여 이런 변괴가 일어나니 이 마을에 있는 매화나무를 모두 없애면 이런 재앙이 다시는 오지 않을 것이오."

이 말을 들은 마을 사람들이 매화나무를 모두 베어버리자 그 후부터 젊은 여자가 까닭 없이 죽어가는 변괴가 사라졌다고 한다.

전설 2) 이 마을은 아무 영문도 없이 청소년들에게 괴변이 발생하여 자주 변을 당하는지라 마을 사람들은 혹여 제 자식을 잃을까봐 날마다 불안한 생활을 하고 있었다. 언제 뉘 집 자식이 무슨 병에 걸려 죽을지 걱정이 떠날 날이 없었다.

이처럼 마을 사람들이 불안한 마음으로 노심초사 하던 차에 하루는 노승이 이곳을 지나가다가 혀를 차며 하는 말씀이

"어허! 동네가 다 좋은데 한 가지 흠이 있구나."

하고 장탄식을 하는 것이었다.

이 말을 들은 마을 어른들이 무릎을 꿇고

"스님! 무엇 때문에 마을에 이런 변고가 있습니까? 이 마을에 사는 저희들을 어여삐 봐주시고 변고를 없앨 수 있는 방도를 일러주십시오."하고 사정을 하니 도승이 하는 말이

"뒷산인 오장산은 장군 다섯이 정좌하고 있는 산이여. 그런데 장군들 코앞에 어여쁜 매화꽃이 만발하니 굳건하게 마음 다져야 할 장군들이 주색에 빠져들지 않겠어? 적을 코앞에 둔 장군들이 색에 빠지면 죽은 목숨이나 마찬가지 아닌가. 그리고 저기 저 동산은 장군들의 꽃상여 형국이여. 그러니 매화나무를 없애는 것이 방도여." 하고 휘적휘적 사라지는 것 이였다. 이 말을 들은 마을 사람들이 마을에 있는 매화나무를 모두 베어버리자 변고가 사라졌다고 한다.

위에 두 전설만 들었지만 이 마을의 전설이 깃든 이야기들이 많다. 수구막이 이야기, 약탕골 전설, 서당골 이야기, 통새미 전설, 박(泊)골 이야기 등이 그것이다.

우리는 위의 전설이 주는 재미만 느낄 게 아니라 이러한 이야기들이 주는 교훈을 새겨들어야한다. 이러한 전설과 함께 살아온 이 마을 여인들은 시샘이나 질투를 삼갔을 것이며, 젊은이들은 주색에 빠져 자기 본분을 잃지 않고 늠름한 장군의 기상을 꿈꾸며 자랐을 것이다.

비단 이 마을 뿐 아니라 우리들의 고향 어느 마을에도 이러한 이야기들이 숨어있다. 이처럼 마을에 얽힌 이야기나 전설하나에도 후세들에게 바르게 살아가기를 바라는 조상들의 마음이 담겨 있는

것이다. 그러나 농촌이 폐촌이 되는 마당에 조상들이 심은 전설이
나 이야기들도 사라져가고 있다. 참으로 안타까운 일이다.

생활 속에 존재하는 불

　　지구상의 모든 생명체의 근원은 흙과 물과 불이다. 기름진 토양에서 물과 햇빛을 받아 식물의 싹이 터서 자라고 대부분의 동물들은 그 식물을 먹고 살아가기 때문이다. 언 뜻 생각하기에는 흙과 물만을 생명의 근원으로 생각할 수도 있겠으나 햇빛이 없으면 생물들은 태어날 수도 살아갈 수도 없는 것이 확실하다. 빛이 스며들 수 없는 큰 바위 밑이나 깊은 동굴 속에 흙과 물이 있다고 해서 식물의 씨가 싹트고 자라지 못하는 것을 보면 불은 생명의 필수요건임이 분명하며 땅 위의 모든 생명들이 살아가는데 가장 근본 적인 역할을 하고 있다.

　　지구상에서 불의 근원은 태양이지만 좀 더 좁혀서 인간 생활 속에서의 불의 역할은 생명의 존재 유무를 결정짓는다. 북풍이 휘몰아치는 세찬 겨울날 만약 불이 없다면 어머니 품 속 같은 따뜻한 온돌방이 어디 가당키나 한가. 휘황찬란한 현대 도시의 복잡한 거리에 불이 없는 밤을 상상해 볼 때 캄캄한 어둠에 쌓인 암흑의 아수라장은 생각만 해도 끔찍하게 소름이 돋는다. 또한 어두운 망망대해를 항해하는 배들은 등대불이 없다면 폭풍우 휘몰아치는 무서운 바다에서 수중고혼이 될 수밖에 없을 것이다. 가장 가깝게는 우리들의 일상생활에서 불이 없다면 모든 음식을 날 것으로 먹어야할 것이며, 오늘날과 같은 문화생활은 꿈도 꾸지 못할 것이다. 이처럼 불은 우리 생활에 가장 큰 비중을 차지하며 인간 문명사 자체가 불을 어떻게 이용하느냐에 달려있었다고 해도 과언은 아닐 것이다.

우리 생활과 가장 가까운 불, 우리들의 생활 속에 항상 함께 존재하는 불, 그러나 아쉽게도 불은 우리의 생활 속에서 가장 큰 재앙으로 존재해 온 것 또한 사실이다. 우리 속담에 「불 지나간 자리는 재라도 남지만 물 지나간 자리는 아무 것도 남는 것이 없다.」고 하지만 필자의 생각은 좀 다르다. 우주시대에 접어 든 오늘 날에 있어서 물 지나간 자리는 오염된 강토를 깨끗이 청소하여 우리들의 생활 터전을 맑게 정화사켜주지만 불이 지나가고 나면 남는 게 없음은 물론 오히려 엄청난 매연이 하늘로 올라가 오존층을 파괴하여 우리의 생명을 위협하고 있는 것이다. 지구상의 모든 재앙을 불러일으키는 지구온난화현상도 불 때문이다.

역사적으로 더듬어 보더라도 수천 년 동안 인간의 존재를 찬란하게 빛내며 후세에 가르침을 주던 역사의 유물과 유적들이 큰 홍수로 인해 사라진 경우는 거의 찾아보기 힘들지만 불로 인해 소중한 보물들이 흔적조차 없이 사라진 예는 흔히 볼 수 있다. 몇 백 년 이래의 대홍수라는 지난여름의 홍수피해만 보더라도 낮은 곳에 위치한 마을의 생활터전이나 곡식들의 피해였지 수백 년 동안 절벽위에 새집처럼 앉아 위험천만하게 보이는 사찰이나 역사의 현장은 견고하게 버티어 피해를 입지는 않았다. 실제로 전국방방곡곡에 산재한 문화유산 대부분이 임진왜란, 정유재란, 병자호란, 6·25사변 등 인간이 일으킨 전쟁으로 인해 불타지 않았는가?

그런데 이 불의 재앙은 불 자체의 재앙이 아니라 우리 인간들이 불을 현명하게 다루지 못했거나 불을 이용하여 스스로 재앙을 만들어 낸 것들이다. 그 대표적인 예로 〈네로황제의 로마 불태우기〉, 〈진시황의 분서갱유〉, 우리의 자랑스러운 〈국보 제1호 숭례문의 화재〉, 〈건물 내에서의 분신자살〉 등이 인간 스스로 만든 재앙이며, 광폭한 전쟁 속에서도 물 폭탄을 퍼붓듯 내리쏟는 장마에도 끄떡없이 천 년을 넘게 견디어 온 문화재 〈낙산사의 화재〉, 현재도 수시로 일어나고 있는 각종 공장의 생산 현장이나 아파트, 주택의 〈생활 현장 화재〉등이 사람들의 부주의로 인한 재앙이다. 이처럼 인간이 겪어야하는 불의 피해는 거의 모두가 자의든 타의든 인간에 의해서 저질러 진 것들이다. 우리는 여기서 불을 원망할게 아니라 불을 이용하여 재앙을 만들어 내는 못된 인간들을 원망해야할 것이다.

이제 날씨가 풀려 따뜻해지면 사람들은 산이나 숲을 찾아 자연에 합류하려들 것이다. 아름다운 자연이나 명승고적은 휴일이면 몰려드는 사람들로 인해 북새통을 이룰 것이며 한바탕 몸살을 앓을 것이다. 사람들이 산이나 강, 바다 등 자연 속에 뛰어들어 휴식을 취하고 원기를 회복하여 생활 현장으로 돌아와 활기 넘치게 살아가는 모습은 바람직한 일이다. 그러나 그로 인한 피해는 사람들의 조그만 부주의 때문이다. 불은 조금의 방심도 허용하지 않는다. 무심코 버린 담배꽁초하나가 온 산을 불태워 우리의 자연을 망가뜨리는가하면 손톱자국보다도 더 작은 전선줄 피복의 허물이 수천억의 건물을 송두리째 불태워 소중한 생명과 자산을 앗아가는 것이다.

항상 우리 곁에 있는 불, 날마다 불을 다루어야하는 우리생활, 조금만 방심해도 조금만 잘 못 다루어도 화마로 탈바꿈하는 불, 우리는 이 불을 다루는 습성, 조심성 있게 관리하는 습관이 어릴 때부터 몸에 배어 있어야한다. 그리하여 우리의 귀중한 생명과 재산을 앗아가는 화마를 우리 생활에 유익한 불로 이용하는 불에 대한 상식을 늘 가슴깊이 간직하고 실천해 나가야만 화마의 피해를 줄일 수 있을 것이다.

古書의 書誌的 考察

　　청명이 지나고 나니 날씨가 한결 포근하고 쾌청하여 벽장에 보관하고 있는 고서를 꺼내 보았다. 겨울에는 방안 공기와 바깥 공기의 온도차가 심해 벽장의 내벽에 물기가 서리기 때문에 날씨가 따뜻해진 봄이면 고서를 꺼내 혹여 습기가 차서 곰팡이가 슬지 않았나? 염려되어 점검해 보는 일이 연중행사다. 선친의 말씀으로는 조상 대대로 물려받은 고서가 만 권에 가까웠다는데 6.25때 서고가 불타는 바람에 모두 연기로 사라지고 필자가 지금 보유하고 있는 고서는 삼백여권에 불과하지만 이를 관리하는 일도 보통 신경 쓰이는 일이 아니다. 공기나 습기가 들어가지 않게 비닐로 잘 싸둔 고서들은 다행히 곰팡이가 슬지 않았다.

　지금부터 꼭 31년(1981년)전 전남대학교 대학원에서 전국의 교육청 단위로 선발된 초중고 교사 백 명을 대상으로 교육부에서 주관한 최초의 사서교사 자격연수가 있었는데 필자는 광주시교육청에서 선발되었기에 연수 번호가 1번이었다. 필자는 그때부터 서지학에 관심을 갖게 되었고 고서에 대해 공부할 기회를 얻은 후, 시골집에 보관하고 있는 고서에 애정을 갖게 된 것이다. 이는 우연인지 필연인지 알 수 없지만 어쩌면 조상님께서 고서를 잘 보존해야겠다는 사명감을 심어주기 위해 오만에 가까운 광주의 교사들 중에서 단 한명을 선발하는데 필자가 선정되게 하였으리라 여기며 고서의 보관에 정성을 다하고 있다. 고서의 사료적 가치와 중요성은 굳이 언급하지 않아도 누구나 다 인식하고 있으리라 믿기에 중언하지 않겠다. 다만 웬만한 종갓집 이라면 고서 몇 권은 소장하고 있으리라 사료되어 본고에서 고서 식별의 가장 기초적인 상식을 서지학적 관점에서 살펴보고자 한다.

필자가 굳이 이 논지를 피력하는 까닭은 지식의 전산화시대에 이르러 사람들이 책을 멀리할 뿐만 아니라 대학에서도 도서관학과가 사라지고 있으며 현존하는 도서관학과도 겨우 그 명맥을 유지하고 있어 도서관학이나 서지학이 사라질 위기마저 느끼기 때문이다.

지난 모 일간지에 「세계 1위 인천공항, 서점 없는 공항 되나」란 기사에서

'7년 연속으로 세계 1위 공항에 선정된 인천공항이 공항 내 서점을 운영할 사업자를 찾고 있다. 인천공항 내에 있는 서점은 오랜 기간 많은 승객이 찾기 때문에 어느 정도 수익이 보장되는 '노른자' 서점으로 알려져 있다. 하지만 11년 동안 공항 내 서점을 운영하던

사업자가 수지가 맞지 않아 운영하지 못하겠다며 최근 사업을 접었다.' 로 시작 되는 12면의 3단 기사를 읽고 전자 매체의 발명이 인류 문명에 큰 재앙을 몰고 왔구나 하고 가슴속에 먹구름이 일었다.

인류의 역사는 기록만이 확고하게 과거의 사실들을 증명해 주고 있다. 물론 전자 매체가 앞으로 일어나는 인간사회의 모든 것을 저장하고 후세에 전해줄 수 있을 것이나 결국 그러한 것도 인간이 눈으로 보고 읽어야만 하는 것이기에 기록된 문서의 하나일 수밖에 없다. 더구나 과거에 기록된 문서로 아직 세상에 빛을 보지 못한 자료들이 어딘가에 존재하고 있다면 우리는 그것을 소홀히 넘겨서는 결코 안 될 것이다.

인간이 문자를 창안한 후에 최초의 기록매체는 돌, 쇠붙이, 뼈와 가죽, 조개껍질, 진흙, 나뭇잎, 나무껍질 등으로 여기에 새겨 전달하거나 후세에 남겼으나 서지학에서 다루는 최초의 기록매체는 동양에서는 죽간목독(竹簡木牘)으로 본다. 죽간목독 다음으로 발전한 것이 겸백(縑帛)으로 이를 백서(帛書)라고도 하는데 의복의 재료인 비단을 잘라 사용하였으나 후에 서사용 겸백을 따로 만들어 사용하였다. 이 겸백은 종이(한지)를 발명한 후에도 책의 표지나 표구 등에 오늘날까지 이용하고 있다. 서양에서는 점토판과 파피루스 (papyrus; 이집트 나일강의 비옥한 삼각주에서 많이 자라던 갈대의 일종)를 이용하여 기록매체로 활용하였는데 점토판은 진흙을 빚어 만들었기 까닭에 무겁고 글자를 새기기가 어려운 단점이 있지만 강한 보존성과 쉽게 구할 수 있는 장점이 있었다. 선진시대에 들어 양피지를 사용하였다. 이 양피지는 동양에서 도입된 종이가 사용되던 근세 초기까지 가장 중요한 기록매체였다.

종이의 발명은 기록문화의 획기적인 대 혁명이었다. 죽간목독은 서사하기가 어렵고 너무 무거워 휴대하거나 읽기가 불편하였고 겸백은 휴대하기가 가볍고 길이를 조절할 수 있으며 펼쳐 읽기 간편하였으나 가격이 너무 비쌌다. 가볍고 길이조절이 쉬우며 값이 싸고 보존기능 또한 탁월한 종이의 발명은 지식 정보의 확산에 커다란 영향을 미쳤다. 본고에서 고서라 함은 이 종이 즉 한지로 만든 옛 서책을 말한다.

1. 도서의 장정

1) 권자장(卷子裝); 기록매체의 맨 끝에 가늘고 둥근 축을 붙여 그 축에 두루마리 방식을 사용하였는데 이를 보관할 때 찾아보기 편리하도록 축의 아래쪽 끝에 서명과 권자를 적어 넣은 꼬리표를 매달아 놓았다.

2) 선풍엽(旋風葉); 긴 종이(卷子)를 밑 부분에 깔고 그 위에 엽자(葉子)를 비스듬히 하여 글자가 없는 공백부분을 한 장씩 좌측방향으로 붙여나간 형태로 그 모양이 마치 고기비늘과 같다 하여 용린장 이라고도 하고, 이를 말 때는 회오리바람과 같다 하여 선풍장이라 하며, 권자가 붙어있어 선풍권자라고도 한다.

3) 절첩장(折帖裝); 일정한 크기의 종이를 연이어 붙여 적당한 크기로 접은 다음, 앞뒷면에 두터운 장지를 붙여 만든 장정형태로 책을 읽을 때 간편하게 한 장씩 넘겨가며 볼 수 있다. 이 절첩장은 첩책, 접책, 범협장, 경접장, 경절장 등으로도 일컫는다.

4) 호접장(胡蝶裝); 인쇄 또는 필사한 낱장을 본문이 마주보도록 가운데를 접어 판심 부분의 뒷면에 풀을 발라 하나의 표지를 반으로 꺾어 접은 안쪽에 붙여 만든 장정형식으로 책장을 펼쳤을 때 그 모양이 마치 나비 같다 하여 붙여진 이름이다. 경주 기림사에서 발견 된 고려본 「능엄경」이 가장 오래된 것이다.

5) 포배장(包背裝); 호접장과 반대로 인쇄 또는 필사한 글자가 밖으로 나오도록 한 책의 분량으로 모아 두터운 장지로 책 등을 둘러싸 제책한 형태로 필사나 인쇄면의 양 끝부분에 구멍을 뚫어 종이끈으로 맨 다음 한 장의 두터운 표지를 풀로 붙여 덮어 싼 도서를 말한다. 중국의 원나라에서 시작되었으며 우리나라에서는 고려 말 조선초기의 불경에서 주로 나타난다.

6) 선장(線裝); 문자면의 글자가 밖으로 나오도록 관심부의 중앙을 접어 한 책 분량으로 가지런히 모아서 재단하여 서배부분의 양 끝을 잘라내고 나무망치로 그 부분을 두드려 평평하게 만든 다음 앞뒤로 표지를 놓고 구멍을 뚫어 실로 꿰매는 방식이다. 이 선장은 송나라에서 시작되어 서양 장정이 도입되기까지 줄곧 사용되어 왔다. 우리나라에서는 고려 말기 이후 구한말까지 널리 사용되어왔으며 거의 모든 현존 고서들이 이 선장방식이다.

2. 도서의 형식

1) 표지의 제작방법; 저지를 몇 겹으로 붙여 황백, 치자, 괴자즙(槐子汁)등으로 황염하고 다양한 능화 및 기하문양을 넣었다. 실을 튼튼하게 꼬아 홍색으로 염색하고 서배 부분에 다섯 개의 구멍을 뚫어 꿰맸는데 이를 오침안정법(五針眼訂法)이라 하며 오침안법, 오침철장법, 오공찬정법이라고도 한다.

2) 표지에 기록된 사항; 고서 표지에는 대개 제명, 책차, 목차, 총수 등이 나타나는데 이들 사항의 전부 또는 한두 가지가 표시되기도 한다. 표제는 표지에 바로 붓으로 필사하기도 하고 별도의 비단이나 종이에 적어 붙이기도 한다. 책차는 책의 차례를 말하며 단책 본은 단 이나 완, 2책 본의 경우 상, 하, 또는 건, 곤, 3책 본은 상, 중, 하 또는 천, 지, 인, 4책 본은 원, 형, 이, 정, 5책 본은 인, 의, 예, 지, 신, 6책 본은 예, 악, 사, 어, 서, 수, 등으로 그 숫자를 매겼다. 그리고 총 책 수 표시는 한 질의 책 수가 몇 책인가를 알려주는 요소로 공(共) 글자 표시 아래 그 수를 묵시하여 책의 완질여부를 확인할 수 있게 하였다.

3) 배접지(背摺紙); 표지는 대체로 종이를 덧붙여 두텁고 튼튼하게 만든다. 표지에 덧붙이는 종이를 배접지라 하며 백지와 피지를 쓰는데 이 피지에서 간혹 중요한 사료나 유명인물의 서간, 필적, 미발표저작이 발견되기도 한다.

4) 면지; 앞 뒤 표지 안쪽에 별도의 백지 한 장을 접어서 표지와 함께 제책한 것을 면지라 한다.

① 내사기(內賜記); 왕이 하사한 반사본(頒賜本)의 경우 반사와 관련된 사항을 앞면지에 붓으로 적은 것이 나타나는데 이를 내사기라 한다. 내사기는 개인에게 하사한 것과 관청에 반사한 것으로 나누며 왕의 명을 받들어 반사한 승지 또는 규장각의 각신이 수결하고 날인 하였다.

② 장서기(藏書記); 책을 소장하고 있던 사람이 남긴 기록을 장서기라 한다. 장서기는 앞뒷면 면지의 여백에 쓰는 경우가 많으며 소장자가 저명한 인사일 경우 그 책은 명가수택본(名家手澤本)의 가치가 있다.

5) 표제지(標題紙); 고서에는 표제지가 없는 경우가 대부분으로 임진왜란 이후에 간혹 발견할 수 있으며 제명만 기입했거나 혹은 제명을 비롯한 일부 사항만 기록한 경우가 많다.

6) 권수도(卷首圖); 우리나라 고서에 가끔 나타나는 권수도는 초상화나 묘산도가 그려져 있다. 불전에 들어있는 권수도를 특히 변상도(變相圖)라 한다.

7) 진전문(進箋文); 왕의 명을 받들어 편찬한 봉명서의 경우, 그 책을 편찬하게 된 내력을 적어 책머리에 붙이는데 이를 진전문이라 한다.

8) 서문; 서문은 자서와 타서로 나눌 수 있다. 책의 저작동기와 목적, 저작자의 생애와 사상, 핵심적 내용 등을 간추려 적은 것이다.

3. 도서의 판식

고서를 서지학적 견지에서 고찰하는 가장 중요한 과학적 근거가 이 판식이다. 고서들은 표지나 내용의 일부분이 낙장 되어 식별하기 어려운 경우가 허다하지만 판식을 자세히 관찰해 보면 발간년대나 간행에 관한 제반사항을 파악할 수 있기에 본고를 쓴 까닭도 이 판식을 기술코자 함이다.

1) 광곽(匡郭); 책장의 네 둘레, 즉 인쇄면의 가장자리에 그어진 검은 선을 광곽이라 하는데 그 종류는 사주단변, 사주쌍변, 좌우쌍변으로 구분할 수 있다. 쌍변은 보통 바깥쪽 선은 굵고 안쪽 선은 가늘다. 호접장 이후의 장정에서 광곽의 종류와 크기는 이판(異版)을 가름하는데 중요한 구실을 하며 목판본과 활자본을 구별하는데 중요한 단서가 된다.

2) 계선(界線); 본문의 각 행 사이에 그어진 선이 계선이며 괘선 또는 계격이라고도 한다. 간인본에서 계선이 있는 것은 유계, 없는 것은 무계라고 한다. 사본에서는 본문의 각 줄 사이를 구분하기 위해 그어진 선을 사란이라 하는데 먼저 먹으로 계선을 박아낸 용지에 필사한 책을 오사란초본, 주색을 주사란초본, 홍색을 홍격초본, 남색을 남격초본이라 한다.

3) 행관(行款); 한 장에 수록된 본문의 행수와 한 행에 수록된 글자 수를 말하며 행격이라고도 한다. 행자수의 표시는 동일한 저작의 이판을 식별하는데 중요한 요소가 된다. 특히 활자의 종류가 다양한 우리나라의 활자본의 식별에서는 더욱 중요한 구실을

한다.

4) 판심(版心)과 중봉(中縫); 책장이 접히는 중간부분 즉 앞면의 본문 끝에서 뒷면 본문이 시작되는 사이의 부분을 판심이라 하며 판구라 일컫기도 한다. 판심의 정중 즉 둘로 꺾어서 접은 절선을 중봉이라 하며 판심에는 중봉뿐만 아니라 어미, 흑구, 판심제등 여러 양식이 다양하게 나타난다.

5) 어미(魚尾); 판심에 물고기 꼬리모양으로 된 표시를 어미라 한다. 어미는 위아래 쌍어미가 보통이지만 간혹 위쪽에만 있는 단어미도 보인다. 어미는 모양에 따라 백어미, 흑어미, 화문어미로 나눈다.

백어미란 흰 바탕의 어미이며 흑어미는 검은 바탕의 어미, 백어미 속에 꽃무늬가 들어있는 어미를 화문어미라 한다. 이 화문어미는 꽃무늬의 수에 따라 꽃무늬가 하나일 때는 일엽화문어미, 둘일 때는 이엽화문어미, 셋일 때는 삼엽화문어미라 한다. 이 어미는 시대적 특징을 나타내고 이판을 가름하는 중요한 요소가 된다. 따라서 목록기술에서도 어미의 개수와 위치, 꼬리 부분의 방향, 모양에 따른 종류를 연이어 구체적으로 표시한다.

예를 들어 물고기 꼬리모양의 끝이 판심의 윗부분에서 아래로 향하고 있는 흑어미가 하나만 있으면 상흑어미, 상하 모두 아래로 향하면 상하하향흑어미, 위쪽어미는 아래로 아래쪽 어미는 위로향하고 있으면 상하내향흑어미다. 화문어미 역시 이와 같이 상하내향일엽화문어미, 상하내향이엽화문어미, 또는 상하내향삼엽화문어미 등으로 기술한다.

이 어미는 모양이 다양하고 시대에 따라 다르게 나타나기 때문에 간행 시기를 식별 하는데 중요한 구실을 한다.

6) 흑구(黑口); 판심의 아래위로 어미부터 인쇄면의 양쪽 끝까지 중봉부분에 검은 묵선이 그어진 것을 흑구라 한다. 검은 선이 아주 굵은 것을 대흑구 가늘고 세밀한 것을 소흑구 또는 세흑구라 한다. 고려 말부터 조선전기에 흑어미와 짝을 이루어 나타나며 조선조 중종 이후 선조 때의 간본에서 삼엽화문어미와 짝을 이루어 나타나서 특정시대의 한 요소로 볼 수 있으나 절대적인 것은 아니다.

7) 묵등(墨等); 본문 중에 궐문(闕文)이 생겼을 때 네모나게 검은 먹칠을 해 놓은 것을 말하며, 이는 훗날 그 본문이 밝혀지거나 고증되면 보각하기 위해 마련해 둔 것이라 할 수 있다. 문헌에 따라서는 이를 묵정 또는 등자라 일컫기도 한다. 본문 중 궐문 된 곳을 처리하는 또 다른 방법으로 흰 바탕에 모난 둘레를 먹으로 표시하기도 하는데 이를 백광 또는 백위라 한다.

8) 서미(書眉)와 서각(書脚); 광곽의 위쪽 지면을 서미, 서정, 또는 천두라 한다. 반면 광곽의 아래쪽 여백지는 서각, 서족, 또는 지각이라 한다. 권자본이나 절첩장에서는 위를 천, 아래를 지라 일컫는다. 서미와 서각에는 주(註)가 나타나는 경우가 있는데 서미의 주를 오두 또는 두주, 서각의 주를 각주라 하고 서미에 본문에 대한 비평어가 있다면 이를 미비(眉批)라 한다.

9) 제명(題名); 책의 이름은 현대서와 마찬가지로 고서에서도 다양하게 나타나며 본문 머리의 제명을 권수제 또는 권두제라 하며, 말미의 제명을 권말제, 권미제라 한다. 목차 앞은 목차제, 판심제명은 판심제, 표지는 표제, 제첨은 제첨제, 첨제 등으로 부른다. 간혹 겉장 안쪽에 제명이 표시되기도 하는데 이를 이제라 한다.

위에 기술한 상식만으로 고서를 식별함에는 부족함이 많으며 이외에도 목판본, 활자본, 탁인본 등 인쇄술의 발달과정과 문헌 목록의 발전을 심도 높게 섭렵하여 시대별 판본을 식별하고 간행시기와 간행처 등을 분별해내는 안목을 넓혀서 고서가 지니고 있는 사료로서의 가치를 고찰해야 할 것이나 이는 전문 감정사가 아니고서는 엄두도 낼 수없는 어려운 학문으로 일반인이 그 깊이까지 들여다보기는 쉬운 일이 아니다. 따라서 전문 감정사가 아닌 일반인이 상식선에서 고서를 살펴보는 경우에는 위의 지식만으로도 대충 식별해낼 수 있으리라 여겨진다.

필자가 어렸을 적만 해도 시골 초가집에 고서를 찢어 벽을 바른 모습을 흔히 볼 수 있었다. 이는 문맹인 그들이 고서에 담긴 내용을 알 리 없을 뿐 아니라 그 가치와 중요성 또한 인식하지 못한 어리석음에서 비롯된 행위였을 것이다. 손바닥 안의 핸드폰 속에 현대를 살아가는 모든 정보가 들어있는 오늘날에 이르러 우리의 젊은 지성인들이 어려운 한자로만 가득 찬 곰팡내 나는 고서를 혹여 어렵고 볼품없는 귀찮은 책으로 여기지나 않을까 염려되는바 크다.

현제 각 문중의 종가에서 꼭꼭 숨겨두고 내보이지 않는 역사적 기록물들이 언제 어떤 경로를 통하여 누구의 손에 잡힐지 알 수 없는 일이며, 또 우연히 손에 잡힌다 한들 고서의 사료로서의 가치를 인식하지 못한다면 참으로 안타까운 일이기에 웬만한 지성인도 따분하게 여기는 서지학에 대해서 좁은 상식이나마 피력하였다.

우리는 한권의 고서가 지닌 사료적 가치를 소홀히 여기지 말고 자신이 고서를 접할 기회를 얻는다면 상기의 관점에서 면밀히 살펴보고 우리의 귀중한 역사적 기록물이 손상되는 일이 없도록 소중히 간수해야 할 것이다.

아미산(峨嵋山) 산행의 教訓

　　　　지난 일요일 향우산악회에서 충남 당진의 아미산 산행
을 하였다. 일기예보에서는 일요일 오후에야 비가 갠다고 하였지만
토요일 새벽에 그치고 아침부터 날씨가 쾌청하여 참가한 회원들 모
두가 마음이 들떠 있었다. 그도 그럴 것이 봄이 되어 금년 처음 실
행하는 관광버스 대절 산행인데다가 전날 비가 와서 산천이 목욕
재계하고 우리들을 기다리기라도 했다는 듯 쾌청한 날씨가 어제의
염려를 씻어주었기 때문이다. 사실 집행부에서는 버스를 대절해 놓
고 비가 와 참석회원수가 적으면 어쩌나? 하고 어젯밤 내내 걱정을
많이 했을 것이다. 다행이도 아침부터 비가 개어서 참가회원은 예
상보다 많아 버스를 채우고도 남았다.

　아미산(峨嵋山; 349.5m)은 충남 당진군에 있는 산으로 소이산, 소
미산, 배미산 등으로 불리었으나 멀리서 보면 미인의 눈썹처럼 아
름답게 보이는 산이라는 의미의 아미산으로 바뀌었다. 당진군 면천

면 죽동리 당진 외국어교육센터에서 시작하는 아미산 산행은 제1
봉과 제2봉을 거쳐 정상인 3봉까지 40분 남짓으로 약 1시간 정도
면 주파할 수 있는 낮은 산이다. 원래 집행부의 산행계획은 한 시
간여 동안 산행을 하고 올해로 13회째 맞는 면천 진달래 민속축제
에 참석하기 위해서였다. 면천민속진달래축제는 고려의 개국공신
복지겸(卜智謙)이 병이 들자 그의 딸 영랑이 아미산 진달래와 안샘
물, 그리고 찹쌀로 빚은 진달래술을 마시게 해 병이 나았다는 전
설에서 시작된 축제로 진달래의 고장 면천을 상징하는 전통 민속
행사와 주요무형문화재인 두견주의 맛을 즐기는 축제다. 본래 계획
은 오전 산행 후 이 행사에 참여하고 점심식사 후에는 당진 한나루
로 이동하여 싱싱한 해물파티를 즐긴 뒤 귀경하기로 되어있었으나
축제가 17일부터 열린다하여 날짜를 잘못 파악한 집행부의 의견이
엇갈렸다.

집행부에서는 산행을 늘리기로 하고 백석리 구절산에서 산행을
시작하기로 하였다. 구절산은 산세가 아홉 마디를 이루고 있다하
여 얻은 이름으로 순성면 백석리와 봉오리 성북리에 걸쳐있는 산으
로 봉황이 깃들어있는 형국이라 하여 봉소산(鳳巢山)이라 부르기
도 한다. 옛날부터 봉황과 청룡이 아홉 구비를 구비치는 산세를 띄
고 있어 보령 오소산과 함께 〈만대영화지지(萬代榮華之地)의 명당
터가 있다고 전해 내려오는 산이다.

당초에 계획이 없던 구절산에서 시작한 산행은 등산로가 다듬어
지지 않은 곳이라 야산에 불과한 낮은 산인데도 찔레가시넝굴로

뒤덮여 오르기가 여간 힘들지 않았다. 구절산에서 몽산을 거쳐 아미산을 주행하는데 두 시간 반을 예상했으나 걸음이 빠른 일행은 두 시간에 아미산 정상에 도달했는가하면 한 떼는 몽산과 아미산의 중간 삼거리 벤치에 머물러 쉬고 만개한 진달래와 봄나물에 취한 후미 일행은 몽산 봉우리에 머무르는 사태가 벌어지고 말았다. 집행부에서 마련해 온 점심을 한 시에 먹기로 한 계획이었으나 점심시간에 이르러 이처럼 세 갈래로 흩어져 있으니 어찌해야 할 것인가? 선두의 산행대장이 사태를 파악하고 핸드폰으로 저수지가 보이는가? 하고 물은 다음 저수지 쪽으로 내려오면 모두 만날 수 있다고 하여 일행들은 저수지만 보고 하산 하였다. 그런데 문제는 여기에서 또 발생하고 말았다.

산행대장이 말한 저수지는 죽동리 외국어교육센터 앞의 저수지였는데 몽산에서 보이는 저수지는 성북리 기도원 앞에 있는 저수지였던 것이다. 두 패로 갈라져 산 반대편으로 내려 와버린 것이다. 기도원 쪽으로 내려온 일행들이 시골길 3km를 걸어서 성북삼거리에 도착한 시간은 오후 두시가 넘었으나 관광버스는 죽동리 주차장에 대기하고 이었기에 30분 이상을 전화를 하고 위치를 알려주어도 나타나지 않아 30여명 일행들은 불만으로 가득 찼다. 그도 그럴 것이 서울 관광버스가 산골짜기 시골길을 그나마 지리도 잘 알지 못하는 일행들의 전화설명을 듣고 곧장 달려오리라는 것을 기대하는 것도 무리가 아닐 수 없었던 것이다. 세시가 가까워서야 도착한 버스에 오른 회원들은 목적지에서 합류하였으나 산골짜기의 바람 때문에 식사할 곳이 마땅찮아 헤매다보니 네 시가 가까워서야 점심을 먹었다. 울퉁불퉁 불만들이 터져 나왔으나 늦은 점심이 꿀맛이어서 가져온 점심이 순식간에 바닥나고 한나루로 향했다.

돌아오는 길 차안에서는 이구동성으로 자신들의 잘못을 인정하고 반성하고 사과하는 모습들이 참 보기 좋았다. 회원 모두가 고향의 선후배들이기에 자존심을 버리고 스스럼없이 오늘의 어긋난 일정을 자신의 탓으로 돌리고 용서를 비는 태도에 모두 박수를 보냈다. 사실 원인제공은 집행부의 사전 준비부족으로 일어난 일이지만 처음부터 집행부 산행대장의 지시에 따랐더라면 이런 일은 일어나지 않았을 터였다. 삼백고지의 마을 야산에 불과한 산이라고 얕잡아본 회원들이 자기주장만 내세우는 바람에 계획에 없었던 산행이 첨가되고 마을 뒤 야산이라고 가볍게 여긴 회원들이 제멋대로 쑥이나 산나물 체취에 정신을 빼앗겨 벌어진 일이다. 모두가 반성하고 차후로는 이런 일이 없도록 리더의 지시에 따르기로 다짐하였다.

우리 속담에 [사공이 많으면 배가 산으로 올라간다]는 말이 있다. 이는 여러 사람이 자기주장만 내세우다보면 일이 제대로 되기 어렵다는 말이다. 단체생활에서 잘난 사람이 많으면 다툼이 그칠 날이 없을 것이다. 무리들 중에서 지식이 높다거나 경험이 많은 사람이라 할지라도 리더가 있으면 리더 한사람의 지시에 따라야한다. 다만 지도자의 오판으로 수정이 불가피할 때는 리더가 전체에 공지

하기 전에 자기 의견이 반영되도록 조언할 일이다. 그러나 오늘의 산행에서 어느 집단이든 여럿이 함께 움직여야할 일에는 지휘자는 한 사람 이어야 한다는 원칙을 회원 모두가 깨달은 것은 큰 소득이 아닐 수 없다.

세배와 세뱃돈

　　필자가 어렸을 적에는 설날은 하나인줄만 알았다. 국민학교에 다닐 때에도 신정은 방학 중이여서 신정이 무엇인줄도 언제인줄도 모르고 넘어갔다. 중학생이 되고나서야 양력설과 음력설을 인식하게 되었고, 태양의 둘레를 도는 지구의 자전과 공전을 계산하여 양력을 만들었고 달이 지구의 둘레를 공전하는 날짜를 계산하여 한 달을 계산하고 지구의 자전 공전을 통합적으로 계산하여 만든 것이 음력이라는 사실을 알게 되었다. 어찌 보면 양력은 태양, 지구, 달의 자전공전 중에서 달의 운동을 무시하여 빼버린 계산법이다. 그에 비해 음력은 이 세 별 모두의 운동을 고려하여 계산한 보다 더 과학적인 것이라고 할 수 있다. 특히 어촌과 농촌에서의 삶은 양력보다는 음력의 영향이 훨씬 더 크다. 그 까닭은 조수간만과 날씨변화 등에 미치는 달의 영향이 크기 때문이다. 필자는 양력과 음력의 타당성을 비교하기 위해 붓을 든 것이 아니라 세배와 세뱃돈에 대해 생각해보고자 한 것이기에 이만 접는다.

우리나라의 세배의 유래는 새해 첫날 목욕재개하고 새 옷으로 갈아입고 경건한 마음으로 하늘의 신에게 금년 한 해 동안 무사고를 기원하며 절하던 풍습이 언젠가 어른께 존경심을 나타내는 풍속으로 변한 것이 라고 한다.

새해를 맞이하여 웃어른께 한 해 동안 강건하시라는 뜻으로 올리는 의례적인 문안 인사가 세배다. 뿐만 아니라 세배를 드리는 자신도 새 옷으로 갈아입고 경건한 마음으로 심신을 새롭게 하여 새 출발을 다짐하는 뜻을 보여주는 예절로 축원의 마음이 담겨있다.

그래서 세배를 올리면서 어른들께 "새해에는 더욱 강건하세요." 라든가 "뜻한 바를 꼭 이루시길 빕니다." 등등 축원의 말씀을 올리기도 하며 세배를 받은 웃어른은 아랫사람에게 걸맞은 덕담을 내리며 화답을 한다.

일반적으로 새해의 세배는 조상의 차례를 지내기 전에 먼저 가족 간에 세배를 하고 난 후 차례를 지내며 그 후 친인척 집을 찾아가 친인척의 행사가 끝나 윗분들이 세배를 받을 준비가 되어 있을 때에 세배를 드리는 것이 예의였다. 그리고 세배를 드린 후에는 으레 세배상을 받았다.

필자의 가정의 경우 마을 사람들뿐만 아니라 근동 이웃마을의 어른들까지 정월 초하루부터 보름날까지 세배꾼들이 끊이지 않았다. 그래서 설빔음식들이 삼월까지 광에 있었던 것으로 기억된다. 즉 세배 후에는 세배상과 어른들의 덕담이 그 답례였다. 아이들에게는 과일이나 떡을 복주머니에 넣어주기도 하였는데 언제부턴가 세뱃돈이 오가기 시작했다.

　세뱃돈은 중국에서 새해 아침에 결혼하지 않은 자녀에게 돈을 많이 벌라는 뜻으로 붉은색 봉투에 약간의 돈을 넣어 주면서 시작 되었는데 붉은색은 행운의 색깔로 새해 첫출발에 행운이 가득하길 바라는 마음이 담겨있다고 한다.
　우리는 이 중국의 풍습을 받아들여 자신의 슬기로운 지혜를 키워갈 도구인 책값, 학용품값 등에 사용하라고 세뱃돈을 주었는데 이에 담긴 큰 의미는 자녀들이 돈을 어디에 어떻게 써야 하는지를 가르치고자 하는 교훈과 미래의 꿈을 심어주는 일이라 할 수 있을 것이다.

　그런데 언제부턴가 이 교훈적인 의미는 사라져 버리고 아이들이 받은 세뱃돈이 그 가정의 빈부를 가름하는 상징으로 변해버렸는가 하면 세뱃돈을 받은 아이들은 돈 액수의 크기가 어른들을 평가하는 기준 되어버렸다. 세뱃돈에 담긴 진정한 의미가 사라져버린 것이다.
　그리하여 세뱃돈을 많이 주는 어른을 더 훌륭한 분으로 생각하고 심지어는 아이들이 받은 세뱃돈의 액수로 그 아이의 가정과 친척들의 빈부를 판가름하기에 이른 것이다. 뿐만 아니라 자기들끼리 세뱃돈 액수를 비교하여 부모를 원망하는 아이까지 생겨나게 된 것이다.

우리 모두 이번 설날은 자녀들이나 손자손녀들에게 세뱃돈의 의미를 바르게 일러주어 본래의 뜻에 따르도록 합시다. 새해 아침에 사랑하는 아이들의 세배에 담긴 참 의미와 세뱃돈의 교훈을 가슴에 담아 한 해 동안 거울삼도록 하여 바른길로 지도하시기 바랍니다. 새해 복 많이 받으십시오.

빨간 코트의 소녀

　　늦잠을 자는 바람에 열 시가 넘어서야 잠이 깼다. 어젯밤 새벽 네 시가 넘도록 글을 썼기 때문이다. 한번 이야기에 빠져들면 생각이 바닥나야만 끝내는 버릇 때문에 종종 있는 일이다.

　늦은 식사를 마치고 신문을 뒤적이고 나니 정오가 넘었다. 나는 정오만 되면 밖으로 나가 해를 바라보는 습관이 몸에 배었다. 교직에 몸담고 있을 때는 가장 행복한 시간이 점심시간이었다.

　한여름에도 점심시간만 되면 운동장 느티나무 아래 벤치에 앉아 하늘을 바라보았다. 정오에 남녘 산봉우리 위 하늘에는 항상 뭉게구름이 피어오른다. 하얗게 피어오르는 구름을 바라보고 있으면 상상의 나래 속에서 구름들이 소곤소곤 이야기를 들려주었다. 그러면 나는 그 이야기들을 내 반 아이들에게 전달하곤 했다. 퇴직 후에도 그 버릇은 계속되어 지금도 오전 내내 방안에 있다가도 한낮이면 밖에 나가 하늘을 바라본다.

출입문을 열고 나가 무심코 하늘을 향해 고개를 든 나는 입이 함박만큼 벌어지고 말았다. 한 낮에 함박눈이 온 하늘에 꽉 찼다. 내가 하늘을 보는 순간과 함박눈이 내리기 시작하는 순간이 동시에 일어난 것이다. 나비처럼 천천히 날아 내려오는 눈송이는 아직 땅에 닿지 않았다.

나는 얼른 뛰어나가 금년에 내리는 첫눈, 그것도 내가 가장 좋아하는 함박눈을 온 몸으로 마음껏 받았다. 세상의 모든 기쁨을 한 아름 선물로 받은 것처럼 가슴이 두근거린다.

이렇게 함박눈만 만나면 나는 열두 살 소년이 된다. 소년의 가슴은 마구 설렌다. 콩닥콩닥 심장이 뛴다. 그리고 머릿속을 빨간 코트의 소녀가 꽉 메운다. 함박눈이 펑펑 내리는 날이면 오십년이 훨씬 넘은 지금까지도 그때 느낀 소년의 감정이 살아있기 때문에 시인이 되었는지도 모르겠다.

내 고향 영광은 우리나라에서 가장 눈이 많이 오는 고장이다. 어릴 때는 날씨도 지금보다 훨씬 더 추웠고 눈도 많이 왔었다. 지금 내 기억으로는 해마다 방학 내내 하얀 눈이 쌓여있었던 것 같다. 개학을 하고난 뒤에도 야산 북쪽 골짜기에는 눈이 하얗게 쌓여있었다.

대개 싸락눈이 내리면 날씨가 몹시 춥지만 함박눈이 내리는 날은 포근하고 춥지도 않아 온 동네 아이들이 산소 등으로 모여든다. 산소 등은 우리 마을 뒷산에 이조참판을 지낸 분의 묘소 벌안으로

운동장처럼 넓다. 우리 마을 아이들은 밥숟가락만 빼면 산소 등으로 모였다.

돼지 오줌보 배구나 짚볼차기, 썰매타기, 연날리기, 재기차기, 술래잡기 등의 놀이장소가 바로 이곳이다. 봄, 여름에는 잔디가 망가진다고 놀지 못하게 하지만 시월 초에 시제가 끝나면 우리들의 놀이터가 되었다.

그날은 함박눈이 펑펑 쏟아져 내렸다. 아이들은 비가 오면 집으로 내달리지만 눈이 오면 집에 있는 아이들도 모두 밖으로 뛰쳐나온다. 눈은 아이들에게 뭔지 모를 설렘을 선물로 안겨준다. 첫눈을 맞이한 아이들의 환호소리가 온 마을에 가득 찼다. 한 시간도 채 못 되어 눈은 잔디밭을 덮고 발등위로 차올랐다. 어느새 온 세상이 은세계로 변했다.

아이들은 신이 났다. 눈을 뭉쳐서 아이스케이크 베어 먹듯 아삭아삭 씹어 먹는 아이, 이불위의 강아지처럼 눈밭을 뒹굴 방굴 구르는 아이, 여자아이 저고리 뒤 동정 속에 차가운 눈을 집어넣는 개구쟁이, 나는 또래의 친구들과 눈을 밟아 썰매 장을 만들었다. 소나기 지나가듯 어느새 눈은 그치고 구름사이로 하얀 눈 위에 내리쏟는 햇빛에 반사되어 온 세상은 눈부시게 찬란했다.

그때! 새하얀 은세계를 배경으로 빨간 코트의 소녀가 눈을 비집고 들어왔다. 제실 뒤 산소 등 사이에 이 묘소의 역사를 말해주듯 삼백년쯤 된 동백나무가 있는데 동백나무 곁에서 소녀는 아이들이 노는 모습을 바라보고 서 있었다. 온통 새하얀 눈밭에 새빨간 코트는 더욱더 강렬하게 돋보여 얼마나 아름다운지 눈이 부셔서 바라볼 수조차 없었다. 빨간 코트는 우리들이 처음 보는 차림이었다.

그때까지 우리들은 모두 남자는 바지, 저고리, 조끼, 여자는 저고리에 검정치마의 한복차림이었다. 내가 5학년 때에서야 외삼촌이 면장인 덕에 미국 구호물자로 나온 개사쓰(털실로 짠 셔츠)를 처음 입었었다. 이 개사쓰만 입으면 제아무리 추운 날도 등에서 후끈거리며 땀이 났다. 아이들은 보송보송 노란 내 개사쓰가 부러워 손으로 만져보고 얼굴을 대고 비벼보기도 했다.

그런 우리들에게 빨간 코트는 전혀 생소한 멋쟁이 모습으로 다가왔다. 더욱이 잘 빗어 내린 까만 머리의 이 소녀는 우리 마을 아이들과는 달리 얼굴이 눈빛처럼 희고 고왔다. 나는 새빨간 옷 새하얀 피부의 소녀를 보는 순간 하늘나라 선녀라고 단정 짓고 말았다. 괜히 가슴이 두근거렸다. 모습이 너무 예뻐서 부끄러워 쳐다볼 수조차 없었다.

소녀는 아랫마을 옥순이네 이종언니였다. 나중에 안 일이지만 기침이 심하던 소녀는 일 년 뒤에 하늘나라로 갔다고 한다. 나는 이 소녀와 말 한마디 나눈 일도 없고, 옷깃을 한 번 스친 적도 없다. 함박눈이 첫눈으로 내리던 날 딱 한 번 보았을 뿐인데 소녀는 어느새 내마음속에 들어앉아버렸다. 첫눈에 반해버린다는 말은 아마 이와 같은 경우를 두고 하는 말일 게다.

지금도 내 마음 한구석에 숨어 있는 소녀는 첫눈이 내리기만 하면 나타나 가슴을 설레게 한다. 아마 이 설레는 마음이 내 첫사랑인지도 모르겠다.

제 4 부

정도를 지향하며

모든 국민이 학사인 사회

　　교육과학기술부는 작년 8월 31일 대학 구조개혁위원회를 열고 부실정도가 심한 43개 사립대학을 확정했었다. 상대평가를 통해 하위 15%에 해당하는 이 대학들은 내년도 정부의 재정지원을 받지 못했다. 또한 이 대학들은 학과통폐합과 강도 높은 구조조정을 통한 교육여건개선이 이루어지지 않는 한 퇴출방침이라고 했었다. 이 철퇴를 맞은 대학들은 '갑자기 나쁜 대학 이미지를 뒤집어쓰기 때문에 핵폭탄을 맞은 격'이라며 반발하고 나섰다. 정부는 지난해부터 재정지원 제한 대학을 발표했으며 이 대학들 중에서 몇몇 대학들은 입학정원을 줄이고 학과통폐합을 통해 거듭나기에 노력하여 올해는 양호한 평가를 받았고 다섯 개 대학은 문을 닫거나 그 절차를 밟고 있는 중이라고 했었다. 그러나 옥신각신 다툼이 끊이지 않더니 유야무야 스러지고 말았다. 금년통계로 전국에 산재해 있는 대학의 수가 337개나 된다고 하니 요즈음 대학 안 나온 젊은이가 과연 몇 명이나 될까? 머지않아 우리나라는 국민 모두가 대학을 졸업한 인텔리들로만 구성된 나라가 될 것이다.

한 나라의 문명과 문화적인 수준의 관점에서 볼 때 대학을 나온 국민의 수가 많다는 것은 그 나라 국민의 지적, 경제적 수준이 그만큼 높다는 것을 의미하며 이는 자랑스러운 일이다. 그러나 다른 측면에서 검토해 본다면 결코 바람직한 일만은 아닐 것이라 여겨지는 것은 무슨 까닭일까? 사실, 국민들이 맡아서 해야 하는 일은 수없이 많다. 문명이 급속도로 발달한 오늘날에 이르러 직업의 수는 이천여 개가 넘는다고 하며 앞으로 더욱 세분화되어 나가리라 예상하고 있다. 그러나 이 세상에는 결코 품격 높은 일만 있는 것이 아니다. 대부분의 사람들이 기피하는 격이 낮은 일이 부지기로 산재해 있다. 하지만 어느 수준의 자격을 갖춘 사람은 그에 합당한 격에 맞는 직업을 가져야만 일할 의욕이 생기고 보람도 느낄 수 있을 것이다. 그런데 국민 모두가 학사출신들로만 구성된 나라에서 저마다 격에 맞는 일을 찾는다면 격에 어울리지 않은 일들은 누가 맡아서 할 것인가? 매년 쏟아져 나오는 대학 졸업생들 중에서 취업에 성공한 수가 절반에도 못 미친다는 통계는 학사로서의 품격에 맞는 일이 아니면 꺼려하고 외면하는 고학력을 지닌 자의 자격지심에서 비롯된 결과라고 말할 때 아무도 부인하지 못하리라.
뿐만 아니라 4년제 대학생 한명 졸업시키기 위해서 지불해야만 하는 부모의 노력과 경제적 부담은 노후생활을 위기로 몰아가고 이러한 사정이 힘겨운 교육비 지출로 인해 빚어졌다는 사실을 아는 당사자는 심적인 부담만 늘어갈 것이다. 그렇다고 부모의 기대에 미치지 못하고 자신의 양에도 차지 않은 직업을 일시적으로 위기를 모면하기 위해 꿰어 찰 수도 없는 처지에서 방황하는 젊은이들이 갈 곳은 싸구려 술집이나 저자오락실일 수밖에 없을 것이다. 이러한 젊은이들의 고통은 사회에 대한 불만으로 누적되고 심약한 젊은이는 자포자기로, 강심장의 젊은이는 저항의식으로 분출되어 결국에는 불안감이 만연한 어지러운 사회가 조성되리라는 것은 불을 보듯 뻔하다.

누가 수많은 우리 젊은이들을 절망의 구렁텅이로 몰아넣었는가? 누가 이처럼 불안한 사회를 만들어가고 있는가? 이는 정부에서 실시한 그릇된 교육정책 때문이다. 원래 우리민족의 의식 속에는 교육에 대한 높은 열망과 부모의 자식에 대한 편견과 과욕이 숨어있다. 이러한 전통 위에 국민을 현혹시킨 교육 평준화라는 허울 좋은 개념이 교육의 정도(正道)를 벗어나게 한 결과다. 그리고 이를 등에 업은 일부 재력가들의 야망이 미래의 주인공을 육성하는 교육을 사회에 대한 명예를 얻고 돈벌이도 할 수 있다는 상업적인 수단으로 대학들을 세웠기 때문이다. 교육을 이문을 남기는 일종의 사업으로 보는 교육사업이란 용어도 이에서 비롯된 것이다. 참다운 교육의 의미를 알지 못하는 그들은 학생 한명이라도 더 유치하기 위해 과잉 선전으로 포장하여 너도나도 대학만 나오면 성공할 수 있으리란 기대를 심어주었고 미래사회는 대학을 졸업하지 않으면 국민 한사람으로 사람 축에 낄 수도 없다는 인식이 우리 사회를 지배하고 말았다.

사람의 능력은 천차만별이다. 취미가 다르고, 기능이 다르고, 지능 또한 다르다. 그런데 어찌 교육에 평준화란 용어가 적용될 수 있으며 평준화 교육이 성공할 수 있겠는가. 제아무리 닦고 쓰다듬고 정성을 다해 기름칠을 한다고 나무접시를 쇠 접시 만들 수 있겠는가. 제아무리 정성들여 기른들 성냥개비나 나무젓가락을 만드는 미루나무가 기와집 기둥이나 들보감인 소나무가 되겠는가. 어림없는 기대다. 어리석은 수작이다. 본래 타고난 자질이 나무접시인데도 쇠 접시 다루듯 한다면 나무접시는 결국 곰팡이가 슬고 썩어서 깨지고 말 것이다. 제아무리 크게 잘 자란 미루나무일 지라도 기와집 기둥이나 들보로 사용하여 집을 짓는다면 그 집은 얼마 못가서 무너지고 말 것이다. 이처럼 단순한 순리를 교육부의 전문가들이 몰랐단 말인가?

성인이 아니라도 사춘기가 되면 청소년들은 무리들 속에서 자신의 위치가 어느 정도라는 것을 능히 가늠한다. 자신의 취미나 적성이 무엇이며 지적능력은 어느 위치에 있다는 것을 스스로 안다. 그들로 하여금 스스로 적성에 맞는 학교, 능력에 합당한 학교의 선택을 할 수 있는 여건을 만들어 주어야 한다. 그리하여 자신의 능력에 맞는 학교에서 수준이 비슷한 또래들끼리 공부하도록 해야 한다. 그러기 위해서는 명문이라는 이름의 학교들이 존재해야 한다. 일류, 이류, 삼류라는 개념이 결코 나쁜 것만은 아니다. 사람들은 대부분 자신이 서있는 위치를 알면 먼저 적응해 가려고 노력한다. 그리고 좀 더 도약해야겠다는 희망을 꿈꾸기 마련이다. 오히려 평등이라는 이름으로 자신의 위치를 망각하고 사회에 대한 불평불만을 품는 것보다는 훨씬 바람직한 일이다. 그런데 평준화교육이 이를 없애버렸다. 자신의 능력에 맞는 직업이나 학교의 선택을 막아버렸다. 평준화란 개념으로 펼쳐놓은 교육현장에서 자기 자식의 능력을 알지 못한 부모의 과욕이 자식을 고통으로 몰아넣었다. 이에 더불어 장사수단으로 세운 대학들이 청소년들의 미래를 혼란스럽게 만들어버렸다. 교육평준화가 시작된 이후부터 입시를 앞둔 청소년들의 자살이 늘어난 까닭이 바로 이 때문이다.

청소년들 스스로 자신의 진로를 선택할 수 있는 여건을 만들어주어야 한다. 그들은 대학에 들어가기 전에 이미 인성이나 감성이 정착된 상태이며 인간으로서 지녀야 할 도덕적 판단력 또한 거의 자리 잡힌 상태이다. 그리고 대학교육의 궁극적인 목적은 전문가 양성에 있다. 세상에는 굳이 대학에 들어가서 전문교육을 받지 않아도 되는 일들이 얼마든지 있다. 따라서 그들 세대를 얽어매고 있는 고민을 해결해 줄 수 있는 방법은 측면에서 도와주는 진로교육이다. 진로교육은 청소년 스스로가 자신이 즐거운 마음으로 할 수 있는 일이 무엇인가를 찾는데 도우미 역할이다. 진로의 길잡이 역할이 제대로 이루어진다면 굳이 부실한 사립대학에 철퇴를 가하지 않아도 될 것이다. 왜냐하면 고등학교를 졸업하고 자신의 능력이나 위치를 알아서 스스로 진로를 선택해 나갈 때 자연히 부실대학에 입학하는 학생은 감소할 것이며 이는 부실한 대학 스스로가 장사를 접는 상황으로 나갈 수밖에 없기 때문이다.

박사(博士)와 박사(薄士)

학년이 끝나가는 계절이다. 첫눈이 기다려지는 이즈음 축복이라도 내려주듯 각종 '사'자 돌림의 학위를 둘러 쓴 지식인들이 사회로 쏟아져 나올 것이다. 좁디좁은 이 땅의 지역마다 수많은 대학들이 그럴듯한 간판을 내걸고 해년마다 학사, 석사, 박사들을 배출해 내고 있으며 세계 각 나라에 유학을 한 학도들 또한 그럴듯한 학위들을 장식품처럼 달고 금의 환국(還國)할 것이다. 이처럼 전문가 수준의 지식인들 중에서도 특히 박사(博士)들에 대한 문제는 심각한 수준에 이르렀다. 그들이 박사학위를 취득하기 위해서는 학업에만 진력한 햇수로도 최소한 20년은 넘을 것이다. 초중고 12년을 제하고 적어도 10년 이상을 경제적, 시간적 노력을 투자한 셈이다. 이처럼 긴 세월을 학문에만 전념하여 획득한 박사들이 이 땅에 차고 넘친다. 그런데 더 큰 문제는 자신의 젊음을 모두 투자하여 획득한 박사들이 그에 걸맞은 일자리를 얻지 못하고 실업자로 빈둥거릴 수밖에 없다는데 있다. 필자는 때때로 사람들이 많이 모이는 장소에서 박사학위의 명암을 접하고는 의문을 품을 때가 많다. 이 세상에 존재하는 어느 분야든 박사학위가 존재한다. 굳이 이런 분야까지도 박사학위를 둘 필요가 있을까? 하고 저절로 고개가 갸웃거려진다.

필자의 좁은 소견으로는 본래 박사란 「모든 영역의 학문을 종합적으로 통찰하는 능력을 지닌 분으로 세상을 보는 시야가 넓고 깊은 이에게 사람들이 존경의 의미로 일컫는 칭호」라고 생각해왔다. 그러나 문명이 발달하여 학문의 연구 분야가 세분되면서 박사학위 또한 세분되었다. 따라서 박사란 전문 학술 분야에서 깊이 연구하여 뚜렷한 업적을 이룬 사람에게 대학에서 수여하는 가장 높은 학위로 인정받는다. 다만 어느 전문분야의 박사라 할지라도 세상의 모든 지식을 폭넓고 깊이 있게 터득한 기초 위에 그 전문분야에서 아무도 생각하지 못한 새로운 학술이나 누구도 발을 딛지 못한 방면을 캐내어 현저한 공을 이루고 그에 타당한 논문을 내놓은 사람만이 얻을 수 있는 학위라야 한다는 생각에는 변함이 없다. 그러나 그저 평범한 인간의 능력으로 아무도 생각지 못한 새로운 분야를 개척하여 누구나가 인정할 수 있는 타당한 논리를 창조해 내기가 어디 그리 쉬운 일인가. 그런데 요즈음 박사라는 이름을 지닌 사람들이 너무 많다. 웬만한 모임이나 토론에 참여한 사람이면 무슨 박사, 무슨 박사라는 학위를 장식품처럼 걸고 등장한다. 하지만 그들에게서 본래 박사가 지닌 의미로 가슴에 뿌리박혀있던 존경심이나 신뢰가 느껴지지 않는 까닭은 무엇 때문일까?

　박사라는 말이 우리나라에 등장하는 역사를 더듬어 보면 그 시기는 고조선 때였다. 위만(衛滿)이 연(燕)나라에서 고조선으로 망명하자 준왕(準王)이 그를 박사로 봉하고 서쪽 변방 100리의 땅을 주었다고 한다. 김부식의 〈삼국사기〉에는 서기 600년(영양왕11년)에 고구려의 역사책인 〈유기〉를 고쳐서 〈신집〉을 편찬한 이문진(李文眞)이 태학박사(太學博士)란 이름으로 등장한다. 태학은 372년(소수림왕 2년)에 고구려가 설치한 학교로 박사라는 관직을 두어 귀족자제들을 가르쳤다. 백제에도 일찍부터 박사라는 관직이 있었다. 근초고왕 때 박사 고흥(高興)이 백제의 역사책인 〈서기〉를 편찬하였다는 기록을 볼 수 있으며 백제의 왕인(王仁)박사는 요즈음 초등학생들도 흔히 접하는 인물이다. 신라의 경우 울진 봉평비의 기록을 보면 524년(법흥왕 11년)에 박사라는 관직이 있었다. 이 비문은 520년(법흥왕 7년) 율령을 반포하고 17관등제가 정비되는 시기에 박사라는 관직도 설치했음을 보여주고 있다. 또한 682년(신문왕 2년)에 설치한 최고 교육기관인 국학(國學)에 박사와 조교를 두었으며 박사와 조교는 국학의 학생을 교육하는 책임을 담당했다. 고려는 서기992년(성종11년)에 국자감을 설치하면서 국자·대학·사문(四門)박사를 두었다. 충렬왕(1298년)때 국자감을 성균관으로 고치고 명경학(明經學)을 설치하는 동시에 명경박사(明經博士)를 신설하고, 국자박사는 성균박사, 대학박사는 순유박사(諄諭博士), 사문박사는 진덕박사(進德博士)로 바꾸는 등 수차례 개칭되었다. 조선시대에는 성균관·홍문관·승문원·교서관에 박사를 두었으나 그 의미가 정7품의 관직에 불과하였다. 이처럼 조선으로 내려오면서 박사의 의미는 모든 백성들이 추앙하고 존경하는 학자의 의미보다는 해당 관청의 평범한 관직명으로 인식되어 왔다.

그러나 일제 식민시대를 거처 해방 직후까지 끼니때우기 마저도 어려운 가난한 사람들에게 대학이라는 명칭은 그 단어자체가 꿈같은 이름이었고 더구나 박사라는 말의 의미는 이 세상의 모든 학문에 도통한 초능력의 존재로 인식되어왔던 것이 사실이다. 그래서 60대가 넘은 세대들이 '박사님'이라는 단어를 입에 올릴 때는 자신도 모르게 허리와 고개가 숙여지는 것이 습관처럼 몸에 배어 있었다. 그러나 이처럼 존경의 대상이던 박사 학위를 하찮은 장식품마냥 목에 걸고 다니는 사람들이 많은 요즈음 박사학위에 담겨있던 무겁고 깊은 의미가 모두 날아가 버리고 박사학위는 빈 그릇이라는 인식이 어필해 오는 것은 무엇 때문일까?
박사 학위는 기본적인 지식에서부터 시작해서 어떤 문제를 스스로 해결하고 발전 시켜 나갈 수 있는 능력이 있다고 검증받은 증명이라고 할 수 있다. 따라서 박사학위는 학문의 세계를 지형으로 견주어 볼 때 하나의 큰 산맥의 정점이라는 의미로 인식된다. 그런데 우후죽순으로 난립한 대학들이 산맥에서 갈라져 나온 작은 골짜기마다 박사학위라는 천막을 쳐놓고 골목대장을 내세우는 것과 다름

없는 현실에서 박사학위는 빈 그릇이라는 의식이 사회에 번지고 있으며 정작 참다운 박사님들마저도 한 방죽에 든 피라미가 되고 말았다.

사실 한 나라에 박사학위 소유자가 많다는 것은 그만큼 귀중한 인적자원이 많다는 것을 뜻 하며 이는 환영받아야만 할 일이다. 그러나 박사학위를 얻은 지식인들이 자신의 능력을 사회나 국가의 발전에 기여할 수 있는 기회를 얻지 못하고 있다는 현실은 고급지식과 시간의 낭비가 아니겠는가. 이는 어디까지나 국가적 손실이며 교육 정책의 실패로 밖엔 볼 수 없다. 또한 일반인들이 학위소유자를 보는 눈도 어디다 내놓아도 부끄럽지 않은 당당한 실력의 소유자로 보기보다는 자신의 학력수준을 증명해 보이기 위한 이름표를 달고 있다고 보는 시각이 앞서는 것도 큰 문제다. 지난번 선거에 국회의원 출마자들이 남의 논문을 베껴내서 학위를 취득했다는 기사들이 국민들로 하여금 혀를 차게 한 사건도 그 한 예다.

실제로 우리나라에 엉터리박사가 천명이 넘는다는 것은 공공연한 사실이며 어느 국회의원이 조사해 보니까 이들 엉터리박사 이백 여명이 대학에서 젊은이들을 가르치고 있다고 한다. 요즈음 정부 요직이나 정치판에서도 박사학위의 소유자가 아니면 끼어들 틈이 없다는 것이다. 다 그런 것은 아니겠지만 권력이나 경제력을 소유하고 있는 그들이 각처에 난립한 대학들과 적당히 유착하여 손

쉽게 따낸 학위일 것이라는 추측을 지울 수 없는 것도 박사학위의 신뢰를 추락시킨 원인이다.

　모름지기 박사는 博士여야 한다. 박사가 薄士여서는 안 된다. 정부에서는 얄팍한 제도로 박사를 양산하는 실태를 파악하여 국민 누구나가 박사학위를 지닌 사람들을 존경하고 신뢰하는 사회를 조성해 나갈 수 있는 제도를 수립해야 한다. 그리하여 박사(薄士)들이 박사(博士)학위를 액세서리로 치장하고 설치는 풍토를 하루 속히 지양해 나가야 할 것이다.

당당한 미래의 주인공

       필자는 사십여 년 동안 교단에서 주로 오, 육학년 담임을 하였다. 체구가 큰데다가 한창 혈기왕성한 이십대에는 고학년을 맡겨주었기 때문이다. 그리고 아직 교육에 대한 참 뜻을 깨닫지 못한 풋내기 시절에는 자신도 저학년 보다는 제법 등치가 굵은 고학년을 상대해야 어딘지 든든하고 교사다운 사명감 같은 무거운 느낌이 들기도 했었다. 주임제도가 생긴 뒤부터 체육주임을 맡아 봄, 가을 운동회 계획과 지휘는 물론 4,5,6학년 남학생을 대상으로 한 달 내내 지도해야하는 단체경기 등 고학년 담임이 맡아야 할 일들이어서 나 자신도 저학년 보다는 고학년을 선호하여 지원했었다.

    그러던 내가 1학년을 맡게 되었다. 그 까닭은 그때 마침 새마을 운동이 막바지에 접어들어 학교로 밀려와 학교마다 공원화 사업이 대대적으로 전개 되면서 내가 새마을 주임과 학교경리 두 업무를 맡으면서 1학년을 담임하게 된 것이다. 아무튼 그해에 3년 만에 한

번 씩 있는 경리감사도 아무 이상 없이 통과하고 학교 공원화 사업에는 전라남도 시범학교로 표창을 받았으니 짐이 되는 두 업무를 모두 빈틈없이 잘 치러낸 셈이다. 1학년을 처음으로 지도하면서 지금도 생생하게 기억이 살아있는 한 아이의 이야기는 요즘 아이들에게 본보기가 될 만한 얘기다.

일학년은 대개 3월 5일 입학식이 끝나고 나면 사오일 정도 입실하지 않고 운동장에서 율동과 노래지도를 하고 교실 외각을 돌면서 적응 훈련을 시킨다. "이곳은 교장실이니 이 근처에서 함부로 떠들다가 교장선생님한테 '이놈!' 하고 혼나지 마라. 이곳은 도서실이니 책을 읽고 싶으면 이곳에서 빌려 읽어라." 등등 마치 어미닭이 병아리 떼들을 몰고 다니듯 아이들을 이리저리 데리고 다니면서 일러준다. 특히 화장실 출입 교육을 철저히 시켜야만 하는데 그때만 해도 시골 학교에서는 화장지를 볼 수 없었고 신문지나 종이쪽을 가위로 잘라서 화장실 시멘트벽에 매달아놓고 비벼서 썼다. 그런데 일학년 아이들 중에는 아무리 주의를 기울여 지도하고 요령을 가르쳐주어도 변을 묻힐 수밖에 없는 손이 있다. 변이 묻은 손을 화장실의 벽이나 뒤편 언덕에 자라는 풀, 또는 땅에 아무렇게나 쓱쓱 문질러 비벼버리는 아이, 신짝을 변기통 속에 빠뜨려 맨발로 울면서 집에 가는 아이, 한 달쯤 세수를 안했는지 시키면 얼굴에 드레드레 흐르는 콧물을 팔소매로 아무렇게나 쓱쓱 문질러 닦는 아이 등 오늘날 아파트에서 사는 아이들은 상상도 할 수 없는 황당한 행동이 예사였던 시절이다.

그날은 실외 지도가 끝나고 처음으로 교실에 입실하는 날이었다. 아이들을 교실 출입구에 데리고 온 나는 신을 벗어 이렇게 신발장에 넣고 교실로 들어오라고 시범을 보여주었다. 그리고 교실로 아이들을 데리고 들어와 작은 아이부터 차례차례 의자에 앉히고 있는데 누군가 갑자기 까만 고무신을 내 코앞에 불쑥 들이댄다.

"성상님! 내 신조까 느주씨요."

얼떨결에 고개를 들고 보니 언제 세수를 했는지 시커먼 얼굴에 팔소매가 콧물로 갑옷처럼 번질거리는 한 아이가 허리를 굽히고 자리를 정하는 내 얼굴에 자기 신을 들이 민 것이다.

"아까 선생님이 저 신발장에 넣고 들어오라고 가르쳐주지 않았니?"

"아니요? 신발이 똑같애서 누껏인종 모릉께 성상님이 너주씨요."

나는 그제야 신 좀 넣어달라는 아이의 말이 이해가 되었다. 신장에 넣어 놓은 또래 아이들의 신발은 크기가 거의 똑같다. 학교에 입학한다고 집에서 새 신을 사 주었겠다? 어려운 형편에 사 준 새 신을 부모는 잃어먹어서는 안된다고 단단히 일러두었겠다? 그런데 신장에 신을 넣고 보니 자신의 신과 다른 아이의 신이 도통 구분이 안 되는 것이다. 자칫 잘못했다간 신을 잊어버릴 수밖에 없다. 그래서 이 아이는 무서운 선생님께 용기를 내어 자기 신을 넣어달라고 한 것이다.

나는 이 아이에게 신장 맨 위 첫 번째 자리에 신을 넣어주면서 이 자리에 넣어놓으면 잃어버리지 않을 테니 꼭 이 자리에다 넣으라고 정해 주었다. 나중에 안 일이지만 이 아이는 마을에서도 이름난 '떼보'란다. 무슨 일이든 제 비위에 틀리면 울면서 떼를 써서 〈떼보〉라는 이름을 얻게 된 것이다. 제 고집대로 되기 전까지는 그 누가 달래도 소용없단다. 그래서 웬만한 일은 어른들도 양보하고 져준다는 것이다. 그런데 다행이도 이 아이는 막무가내로 떼를 쓰지는 않는다는 것이다. 어른들이 봐도 정당하지 못하거나 사리에 어긋났을 때에 떼를 쓰지 결코 바르지 못한 일에 떼를 쓰는 일은 없다고 한다.

"허! 녀석 참, 어찌 판단을 잘 내리는지 어른들이 봐도 놀랍다니께?"

가정방문 때 정자나무 아래서 마을의 노인네가 들려주는 얘기였다.

따뜻한 봄날 2교시가 끝나면 행진곡소리와 함께 모두 운동장으로 나와 중간놀이나 체조를 한 뒤에는 선생님들이 양지바른 교무실 앞에 옹기종기 모여 잡담도하고 담배도 한 대씩 피우며 햇볕을 즐긴다.

"땡땡땡! 땡땡땡!"

급사 아이가 치는 3교시 시작종 소리가 울림과 동시에

"성상님! 저것이 쇳덩어리지라우?"

사발 깨지듯 퉁명스러운 아이의 목소리가 고막을 때린다. 고개를 돌려보니 터널에서 흘러나오는 콧물을 훌쩍이며 떼보가 눈을 부릅 뜨고 서 있다.

"오냐. 쇳덩어리란다. 쇳덩어리로 종을 만들었단다."

하고 일러주고는 선생님들을 향해

"여보게! 자네들은 저것을 종이라고만 생각하고 있었지? 그런데 저것은 종이 되기 이전에 쇳덩어리였다네. 쇳덩어리가 종이 되었다네. 이 어린 꼬마가 사물을 예사로 보지 않고 주의 깊게 관찰하고 생각해 보는 이 태도 얼마나 기특한가?"

하고 머리를 쓰다듬어주었다. 옆에 서 계시던 교무선생님은

"허허! 고 녀석 참 눈망울 초롱초롱 빛나는 것이 보통이 아닐세."

하고 껄껄 웃으시는 것이었다.

그 뒤 며칠이 지난 후, 아마 4월초쯤 되었을까? 오전 수업을 마치고 아이들을 하교시키고 교무실로 가는데 퉁탕퉁탕 복도를 마구 달려오는 소리가 들려 주의를 주려고 돌아보니 떼보다.

"성상님! 순식이 신발 치깐에다 빠쳐부렀는디 울고 있어라우."

그 말을 듣고 달려가 보니 변소 안 아래쪽 어두침침한 곳에 검정 고무신 한 짝이 보이지만 꺼내기가 매우 어려울 것 같아 궁리하고 있는데

"성상님! 내가 간지대 가져올랑게 꺼내주씨요."

하고는 쏜살같이 달려 나가는 것이 아닌가. 한참 후에 달려온 떼보 손에는 간지대가 들려 있다. 나는 대나무 막대 가지 끝에 신을 걸

어 건져냈다. 떼보는 밖으로 꺼낸 신을 기다리고 있었다는 듯 재빨리 주워들고 수돗가로 가서는 또 신을 깨끗이 씻는 게 아닌가.

"얘, 떼보야, 이리 다오. 내가 씻을게."

하고 달라고 하니

"아니여라우. 성상님은 높은 양반인디 똥을 손대면 안되야라우"

하면서 주지 않고 제가 다 씻은 뒤

"아나. 순식아, 어서 신어!"

하고는 순식이를 데리고 집으로 가는 것이었다.

어쩌면 이처럼 어른스러운지 참으로 믿음직스러워 가슴이 뭉클하였다. 이 아이는 부모가 모두 일터에 나가면 제 동생 둘을 돌본다. 학교에 갔다온 뒤에는 어린 동생들 밥도 먹이고 데리고 다니며 울면 달래면서 부모노릇을 하는 것이다. 산골 벽촌의 가난한 집 아이, 봄이면 하루 품삯이라도 더 벌어야 하는 날품팔이 부모, 그래서 이 아이는 어른 아닌 어른이 될 수밖에 없는 형편이다. 그러나 이 아이 얼굴에는 그늘이 없다. 가난하고 어려운 처지를 당당하게 이겨나간다. 요즘 아이들은 상상도 못할 일이다.

나는 요즈음 아이들의 자살보도를 가끔 접하면서 친구들을 괴롭혀 자살하도록 내모는 비정한 아이들이 무섭도록 미워 원망스러우면서도 친구의 괴롭힘 하나 이겨내지 못하고 또 슬기롭게 대처하지 못하고 끝내는 자살하고야 마는 아이들의 심약함에 서글픔과 원망 또한 함께 이는 것은 무슨 까닭일까? 그리고 그 아이 떼보가 문득 문득 생각나는 것은 웬일일까?

　그때만 해도 아이들 세계에서는 선생님이 가장 무서운 존재였으나 자기 신을 넣어달라고 내미는 떼보의 당당함, 다른 사람들은 그저 예사로 보는 사물을 주의 깊게 관찰하고 생각해 보는 지혜, 그리고 자신이 할 수 있는 일을 거리낌 없이 하는 자신감과 추진력, 어려운 친구를 도와주고 데리고 가는 배려, 떼보처럼 이러한 심성을 가진 어린이야말로 비정함도 나약함도 이겨내는 당당한 미래의 주인공이 되지 않을까?

교육의 걸림돌 주무관의 권위

　　　　　　 며칠 전 모 중학교에 숙직전담요원으로 취업하였던 지인으로부터 들은 얘기다. 그가 교직에 몸담고 있을 때 거리가 멀어 아침에 차를 몰고 일찍 출근하면 숙직전담요원과 가끔 대화를 나누곤 했었다고 한다. 그때 측면에서 보이는 바로는 숙직전담이 자신이 퇴직하고 난 후의 일거리로 안성맞춤이란 생각이 들어 숙직전담요원에 자원하였었다고 한다. 그가 겪은 얘기다.

　대체로 학교는 오후 5시가 넘으면 거의 모든 선생님들이 퇴근하고 숙직요원 혼자 남는다. 4시 반경부터 문단속을 하고 6시경에 경비세트 마감을 하면 그 이후부터는 크나큰 학교에 숙직 혼자만 남는다. 숙직실에서 한 시간 정도 책을 읽거나 텔레비전을 보고 눈을 쉴 겸 한 바퀴 순찰을 도는 반복을 서너 차례 하고 11시경 잠을 잔다. 아침 6시에 일어나 가벼운 순찰을 마친 후 신문을 뒤적이다가 7시 이후에 출입구 문을 열고 가벼운 체조를 한 뒤 학생들이 등교하는 모습을 보노라면 40년간 교직에 몸담고 왔던 과거로 되돌아 온 것처럼 마음이 뿌듯하였다.

처음 맞은 월요일 아침이었다. 종전처럼 모든 일을 마치고 등교하는 학생들을 보고 있는데 현관 앞과 구령대에 일요일 방문자들이 버린 음료수 빈 통과 군것질 봉지들이 널려있어 대충 주워 치우고 서 있었다. 행정실 조주사(주사란 현 공무원의 직급체제에서 6급 갑에게 일컫는 호칭이지만 그가 현직 교사로 재직 시 고용원을 높이 우대하여 부르던 칭호)가 출근하여 그는 '안녕하세요.' 하고 정중하게 인사를 하였다. 조주사는 대뜸

"스탠드랑 서편 화단 앞에 쓰레기 안보이요? 지금당장 치우시오."
하고 명령을 하는 게 아닌가? 사실 숙직전담요원은 경비회사의 직원으로 밤에 학교 경비 업무만 철저히 하면 된다. 학교에서 경비업무 외에 어떤 일도 이래라 저래라 할 권한이 없다. 다만 아침 일찍 현관문을 열다보면 문 앞에 휴지나부랭이가 널려 있는 경우 주워 치우는 것은 업무 외에 봉사하는 일로 그들은 그저 고마워 할 일이다. 그런데 그는 서슴없이 청소하라는 명령을 쏟아낸 것이다. 그는 하도 어처구니가 없어서

"운동장 청소도 제가 해야 합니까?"
하고 되물었다.

"숙직실 벽에 붙어있는 할 일 읽어보지도 않았소?"
그제야 그는 몇 년 전부터 붙어 있었는지 누렇게 퇴색한 종이에

숙직에게 지시한 사항이 기록된 쪽지를 읽고 어안이 벙벙하였다. 그 임무의 첫째가 아침에 운동장 청소하기, 둘째가 교장실, 교무실, 행정실, 등사실 등등 쓰레기통 비우기였다. 더욱 가관인 것은 등사실에 붙여놓은 그들의 명칭이었다. 그들이 주로 대기하는 등사실 문에는 〈아저씨? NO! NO! NO! 주사님? NO! NO! NO! 우리의 정식 명칭은 주무관이요. 많이 불러주세요.〉라고 눈높이에 붙여 있는 게 아닌가?

공무원의 직급체계에서 관(官)이라는 명칭이 붙는 것은 가장 낮은 단계가 5급 갑이다. 사무관(5급 갑), 서기관(4급 갑), 부이사관(3급 갑), 이사관(2급 갑)이 지금 정부부처에서 쓰는 명칭이다. 행정고시에 합격하고 직무연수를 마친 후 임명되는 직책이 사무관이다. 옛날 같으면 대과급제하여 머리에는 어사화를 쓰고 삼현육각을 앞세우고 금의환향하는 급제자가 가져야 할 이름이다. 그렇다면 주무관 이라는 명칭의 위치는 어디쯤 될까? 우선 낱말의 의미부터 더듬어보자.

사무; 주로 책상 위에서 문서 따위를 처리하는 일
서기; 관공서에서 문서를 맡아보는 사람
주무; 모든 사무를 주관함
이사; 법인의 모든 사무를 대표하는 사람

현재 주무관이란 관명은 존재하지 않으나 위와 같은 사전의 의미로 볼 때 모든 사무를 주관하는 직책을 뜻하는 주무관이란 명칭을 굳이 부여한다면 서기관의 윗자리에 올려놓아야 타당하다. 또한 학교가 존재하는 것은 학생들을 가르치기 위함이며 학교의 주무는 교육이다. 따라서 학교의 주무관은 당연히 선생님들이다. 그런데 어찌하여 선생님들이 지장 없이 교육에 임할 수 있도록 청소나 교육청 심부름 등 자질구레한 일을 돕는 고용원들에게 버젓이 주무관이라는 명칭을 부여했단 말인가?

필자는 여기에서 굳이 맡은 직무에 따른 차별을 말하고자함이 아니다. 누군가가 어떤 업무를 맡고 있든 간에 그가 맡은 일은 사회에 꼭 필요한 것이며 업무의 차별 또한 있어서는 안 된다는 것을 모르는바 아니다. 그리고 그 어떤 업무를 담당한 사람을 존중 해주기 위한 의미로 듣기 좋은 명칭으로 불러준다는 뜻은 이해한다. 그러나 문제는 그 일을 맡은 사람이 자신의 위치나 해야 할 일을 망각하고 주 업무를 수행하는 사람의 위에 군림하여 거들먹거림으로써 오히려 주 업무수행의 걸림돌이 된다는데 있다. 숙직인 그에게 서슴없이 명령을 내리는 조주사의 행실로 볼 때 이 학교에서도 교육을 돕는 고용원의 역할을 맡은 사람들이 주무관이라는 명칭을 가슴에 달고 선생님들의 윗자리에 버티고 서서 얼마나 거들먹거렸는가가 눈에 뻔히 보인다.

그런데 더욱 가관인 것은 고용원에게 준 이 명칭이 교육청으로

부터 일선 학교에 공문으로 하달되었다는 것이다. 이는 교육청이나 학교에서 경제권을 쥔 행정업무를 맡은 자들이 자신들의 권위를 높이기 위해 자칭한 명칭일 것이다. 말하자면 돈(학교 운영비)의 위력이 행정실의 말단 고용원에게까지 이러한 권위 있는 명칭을 부여한 것이라고 밖엔 볼 수 없다.

그는 평소에 쓰레기 줍기가 습관화 된 사람이다. 교직에 40여 년간 있다 보니 자연스럽게 몸에 밴 습관일 것이다. 그래서 집 앞 주차장이나 길에 잡동사니가 굴러다니면 보는 족족 쓸고 줍는다. 하물며 그가 근무하는 학교에 굴러다니는 쓰레기를 보고 본척만척할 수 있겠는가? 문제는 조주사의 태도였다. 자신이 주무관의 위치에서 하인이나 머슴 다루듯 하는 그 태도에 역겨움을 느낀 후, 음료수 병을 보고도 줍고 싶은 마음이 아예 달아나버렸다고 한다. 그리고 그에게 시킨 일은 당연히 그들이 해야 할 일이다. 그런데 이러한 태도로 봐서 앞에 근무하던 아버지나 아저씨뻘의 70대 노인들에게 그들이 얼마나 함부로 대했겠는가는 어두운 밤에 불을 보듯 빤한 일이다. 그는 이 일을 겪고 기분이 상해진 자신에게 수양이 부족한 탓이라고 스스로를 나무라기도 했었다고 한다. 그러나 조주사가 시킨 일이 결코 선뜻 내키지 않았었다고 한다.

근무한지 15일째 된 지난 9월 7일(금요일) 오후4시에 출근하여 행정실장에게 인사를 하니

"이제 일도 익혀 할만하지요? 마음 차분히 먹고 근무하세요."

하고 인사를 받아주어 그도

"예, 제가 맡은 업무 성실히 하겠습니다."

하고 답례를 하였다. 숙직은 금요일 출근하면 월요일 아침에야 퇴근한다. 꼬박 3박 4일을 학교에서 근무해야 한다. 월요일 아침에 평상시와 다름없이 숙직근무자의 업무를 마친 뒤, 숙직실에서 퇴근 준비를 하고 있는데 조주사가 들어오더니

"아침에 청소도 안하고 지금까지 뭣했소? 지금 가서 청소하고 가시오!"

하고 또 명령을 내리는 게 아닌가! 그는

"세상에 해도 너무 하는구만. 금요일부터 일요일 아침까지 꼬박 3박 4일을 집에도 못가고 근무한 사람에게 수고했다는 말 한마디 없이 첫인사가 청소 안했다고 타박 주는 것이요?"

하고 퇴근하였다.

다음날 경비회사에서 전화가 왔다. 이번 주 일요일까지만 근무하고 그만두라는 것이었다. 그는 너무도 어처구니없어 저절로 한숨이 나오더라는 것이다.

필자는 이 이야기를 듣고 사리를 곰곰이 따져보았다. 사실 학교장은 이 문제에 대해서 네 가지의 잘못을 범했다.

첫째 숙직요원의 임명은 협력회사인 경비회사에서 알아서 할 일이다. 경비회사사원의 인적 상황에 따라 적당한 요원을 배치해 주

면 학교장은 그 요원의 근무결격사유가 없는 한 이사람 보내 달라 저사람 보내 달라 요구하는 것은 직권남용이다.

둘째 학교의 경비요원은 하루 18시간 학교 지킴이 이다. 학교의 어느 곳이든 출입할 수 있는 열쇠를 맡긴 사람이다. 그렇다면 경비요원이 얼마동안을 근무하든 사령장을 가지고 온 즉시 전 직원에게 인사를 시켜야 한다. 가뜩이나 외부 출입인들의 말썽으로 학교가 시끄러운 마당에 낯모르는 사람이 함부로 각 교실을 드나들 때 직원과의 마찰을 일으킬 수도 있기 때문이다. 이를 미연에 방지하기 위해서는 즉시 인사를 시키는 것이 옳은 일이다. 그런데 근무를 시작한지 한 달이 다 되도록 인사를 시키지 않아 문단속을 할 때 퇴근하는 직원들이 멀뚱멀뚱 낯설고 의혹에 찬 표정이었다. 그때마다 저는 '새로 온 숙직근무자입니다.' 하고 일일이 자신의 신분을 밝혀야만 했다.

셋째 하루 16시간을 맡겨 두는 사람에게 그만두라고 할 만 한 사유가 발생했다면 사전에 어찌 된 사안이냐고 물어는 보고 결정해야 할 일이다. 그런데 학교 경영자가 말 한마디 없이 말단 직원이 고자질하는 말만 듣고 거의 한 달의 5분의4를 지킴이 임무를 맡은 사람을 칼로 무 베듯이 잘라버린다는 것은 숙직요원 임무의 막중함이나 도의적 측면에서도 있을 수 없는 일이다.

넷째 숙직근무자는 학교에서 가장 긴 시간을 근무하는 학교 지킴이 이다. 직원 모두가 퇴근 한 후 혼자서 학교를 지키는 임무다. 거기다가 공휴일 토요일 일요일에는 밤낮을 근무하니 한 달이면 시간상으로 계산하여 25일 정도를 학교에서만 생활하는 셈이다. 이처럼 숙직요원의 막중한 직무를 학교 스스로가 있으나 마나 한 하찮은 일로 취급하고 있다는 사실이다. 교장이나 행정실장도 퇴근 후에 학교에서 어떤 일이 일어나든지 말든지 내 책임이 아니며 나는 모른다는 직무유기이며 주인의식이 없는 행위이다.

어찌 이럴 수가 있단 말인가? 가뜩이나 학교에서 각종 청소년 범죄가 발생하여 사회적으로 큰 문제가 되어 골치를 앓는 마당에 학교 숙직 근무자는 일반 건물 경비원하고는 또 다른 의미가 부여된 직무다. 학교의 책임자 입장에서 하루의 삼분의 이를 지킴이로 맡겨둔 사람의 직무를 이처럼 가볍게 여기는 처사가 옳은 일인가!

교육은 미래에 이 나라를 이끌어갈 주인공들을 길러내는 일이다. 교육이 살아야 바람직한 미래를 꿈꿀 수 있다. 더구나 자원이 빈약한 우리나라는 미래의 희망을 교육에 의존할 수밖에 없다. 주무관이란 명칭을 가슴에 달고 으쓱대는 행정실 말단 고용원의 행위도 그렇다. 가뜩이나 교원의 권위가 추락하여 일선교사들의 사기가 저하된 마당에 교육현장을 돕는 역할을 맡은 사람들마저 선생님들의 위에 군림한다면 선생님들의 설자리는 어디란 말인가? 이래서는 안 된다. 교육부 관계자들은 신중하게 검토해 봐야만 할 일이다.

봉변(捧辯)과 봉변(逢變)

        며칠 전 모 문학회에서 주관한 행사에 초대받아 참석하였다. 글을 쓰는 사람으로 문학행사에 초청을 받으면 시간이 할애하는 한 참석해야 할 일이나 여러 가지 형편으로 거의 참석하지 않았는데 문학지에서 내 작품을 특집으로 게재하고 회장이 꼭 참석해달라고 문자를 보내고 전화까지 하는 데는 거절할 수 없어서 다른 일을 제쳐두고 시간을 내었다.

  1부는 시상식과 축하행사 2부는 저명한 원로 소설가의 문학 강의 3부는 시낭송으로 꽤나 시간이 드는 행사였다. 회장이 3부 행사에서 나에게 문학지에 실린 시낭송과 좋은 말씀 한마디 해 주시라고 간곡히 부탁하여 나는 마지막차례로 미루고 시낭송을 한 뒤

  "제가 방금 낭송해 올린 시는 전라도 시골 노인네들의 대화를 사투리 시로 표현해 본 것입니다. 고향의 흙냄새와 함께 그 땅에서 수천 년간 몸담고 살아온 선조들의 체취가 배어있는 사투리는 우리가 태어나서 어머니 품에서 처음으로 배운 말입니다. 말 이전에

어머니와 아이의 혼과 혼이 맞닿아 자연스럽게 익힌 언어로 원초적인 얼이 스며들게 마련입니다. 이러한 사투리가 사라져 버린다면 내심 깊은 곳에서 우러나오는 진한 감정이 시들고 말 것이며 메마른 대화는 상대방에게 정을 실러주지 못할 것입니다. 고향을 잃은 문학 또한 독자들에게 감동을 주기 어려울 것입니다.

현금에 이르러 문학은 기존장르의 형식을 벗어나 다양하게 발전해 가고 있습니다. 작년에 3대 문학상을 석권한 소설은 종래 소설의 개념과는 달리 사건을 전재로 한 이야기의 줄거리가 없는 작품이었습니다. 이는 창작활동이 장르의 틀에 억매이지 않고 자기의 생각을 자유롭게 작품화하는 방향으로 나아가고 있다는 것을 의미합니다. 생각이나 상상이 조금이라도 형식의 제약을 받는다면 마음껏 창공을 날 수 있겠습니까? 더구나 전자매체의 올가미에 묶인 독자들은 문학작품으로부터 떠나가고 있는 현실입니다.

그래서 저는 다소 형식의 틀에서 벗어난다 할지라도 어떻게 하면 일반인들이 문학작품에 쉽게 다가올 수 있을까? 어떻게 하면 내 작품을 접한 독자들이 공감할 수 있을까? 하고 고민하고 있습니다. 우리 문인들이 형식의 틀에서 벗어나 생각의 창을 열고 독자들을 맞이할 때 독자들도 가벼운 마음으로 문학마당에 모여들리라 믿습니다.”
라는 내용의 사설을 덧붙이고 내려왔다.

그러자 행사가 끝나는 마당이라 참석한 모든 분들이 일어나 큰 박수로 봉변(捧辯)해 주었다. 행사에 참석하신 분들은 문명 높은 문인들과 대학교수님들로 내가 단에서 내려오자 처음 대면하는 분들이 다가와 명함을 내밀며 오늘 이야기 중에서 가장 공감하는 말씀이라고 치하해 주시는 것이었다.

행사가 끝나고 식당으로 향해 저녁식사와 더불어 흥겨운 여흥이 이어졌다. 회장과 원로시인 두 분과 함께 자리한 나는 얼른 일어나지 못하고 끝까지 남아있었기에 참석한 분들이 거의 떠나고 우리들도 막 일어나려는 참이었다. 그때 행사의 뒷일을 맡은 젊은 시인 한 사람이 술 한 병을 들고 와 인사를 하고 자리에 앉더니 대뜸 한다는 소리가

"앞으로는 우리 행사에 원로들 인사나 축사. 문학 강의 등은 하지 맙시다. 모두 다 대학을 나온 사람들인데 그분들이 하는 말을 모르는 사람이 누굽니까? 다 알고 있습니다. 선생님도 그렇습니다. 시낭송이면 시낭송이나 할 일이지 왜 사설을 답니까?"

하고 시비조로 나오는 것이었다. 내가 지금까지 살아오는 동안에 내 말로인해 처음당하는 봉변(逢變)이었다. 제가 마치 나를 가르치는 위치에서 아랫사람 대하듯 하는 태도와 어투가 심히 거슬렸으나

"아, 그렇습니까? 내 말이 길어봐야 5분도 채 안되었을 텐데……."

"5분이고 10분이고가의 문제가 아닙니다. 보험 사업을 하는 사람은 시간이 돈입니다. 돈이 되는 남의 시간을 뺏어서야 되겠습니까?"

하고 자신의 직업을 들추어내며 생떼를 쓴다.

"예술은 그 가치를 돈으로 따지는 게 아닙니다. 수십 년간 작품을 써 오신 원로들의 말씀 한마디 듣는 것을 값있게 여기는 것이 후배들의 바람직한 태도가 아닐까요?"

젊은이는 자신도 연극판에, 영화제작에, 시에, 예술을 안 해본 분야가 없다는 등 원로의 강의는 빤한 얘기로 핵심이 없다는 둥, 콩팔칠팔 얼굴에 핏대를 올리고 과거까지 들추어 으스대며 공격하는 태도는 어처구니가 없었다. 한 가지 일에 전념하지 못하고 이일 저일 떠돌이로 방황하다 현제는 보험외판원신세로 전락한 처지의 그가 안쓰럽게 보이기까지 했다. 그러나 그럴수록 이를 앙다물고 자신이 헤쳐 나갈 방향이 어디인가? 냉철하게 판단하고 더 신중하게 행동해야할 형편에 저항의식만 가득 채워 불만을 터뜨리는 그가 밉기도 했다.

그가 말하는 다 알고 있다는 말도 그렇다. 인사말이나 축사 격려사 원로교수님의 강의마저도 누구나 무슨 말이 나올지 예상하고 있는 내용들이다. 참석한 회원들이 모두 대학을 나온 지성인들이라서 다 알고 있으니 들을 필요 없다는 말은 결과적으로 그 행사 자체가 필요 없다는 말이 된다. 침묵은 금이라고 하지만 소통을 위한 행사에 꼭 해야 할 말마저도 가두고 입을 다물고 있다면 이는 행사 자체를 기피하는 것이 되고 만다. 참석한 이들에게 득이 되는 얘기마저도 숨기고 목석이 된다는 것은 결코 바람직한 태도가 아닐 것이다.

　내 얘기가 끝난 후 대학교수나 박사님들 고명하신 문인들이 내게
다가와 이구동성으로 치하할 때까지는 기분이 무척 좋았다. 그리
고 나는 새로 문학마당에 들어온 신인 문학상수상자들이 새겨두
어야 할 꼭 필요한 말을 했다고 생각한다. 그러나 기분 좋게 끝나
가는 판에 끼어든 젊은 시인의 무례한 태도에 봉변(捧辯)이 봉변(逢
變)으로 변해 버렸다. 물론 젊은 시인의 술 취한 김에 쏟아낸 세상
에 대한 불만이 앞에 있는 나에게 튀긴 것이지만 그래도 기분은 꺼
림칙해 더 이상 탓하지 않고 일어섰다.

새로운 세계의 행복한 여행

　　이제 날씨가 풀려 사람마다 자기 나름대로의 여행을 시작할 시기가 도래 했다. 시간이 여의치 못한 사람은 작은 시간을 쪼개서 작은 여행! 경제적으로 먼 여행을 할 수 없는 사람은 가까운 나들이나 산행, 여유도 있고 시간도 넉넉한 사람은 해외여행을 시도할 것이다.

　어찌 생각하면 인생이란 태어나서부터 육신이 땅에 묻힐 때까지 한평생이 여행의 연속이다. 그래서 우리는 함께 사는 사람을 반려자, 동반자라고 한다. 이 말이 주는 의미는 인생살이를 곧 여행으로 생각하기 때문이다.

　사람은 이 여행 속에서 새로움을 접할 때 스스로 변신하며 삶의 의미가 더해지고 정신적으로 새롭게 태어나기도 한다. 인생행로가 지루하지 않고 즐겁고 보람찬 여행이 되기 위해서는 지금껏 체험해 보지 못한 새로운 세계로의 여행이여야 하지만 그게 어디 쉽게 나설 수 있는 길인가?

어쩌다 한번쯤 큰맘 먹고 해외여행을 단행 했다 할지라도 4박 5일이나 길어야 10박 내외의 짧은 시간으로 먼 거리의 여행을 하다 보니 피곤한 여행이 될 수밖에 없고 수박 겉핥기의 알맹이 없는 여행이 되고 말아 정작 투여한 경비에 비해 얻는 것이 미흡해 자신의 삶에 영향을 주지는 못한다.

해외여행이랍시고 그림첩 사진 보듯 유명 관광지나 사적지를 그저 스치고 지나가는 것은 여행다운 여행이 아니다. 참다운 여행은 그곳 사람들의 삶의 현장과 생각 속에 머물러 그들의 참 모습을 보는 것이다. 그리고 우리와는 자연환경과 신체모양이 달라 생활풍습과 생각이 다를 수밖에 없는 새로운 세계를 접해볼 수 있기에 큰의미가 있다.

어제 미국에 사는 동생한테서 전화가 왔다. 돌아오는 6월에 알라스카 여행을 하며 북극의 빙산을 보기로 하였는데 비용은 생각마시고 함께 하는 것이 어떠냐고 북극여행을 권했다. 그런데 나는 여러 생각 끝에 거절하고 말았다. 동생은 내년에 남미 여행은 꼭 함께 하자며 아쉬워했다.

여러 가지 사정도 있지만 나는 얼음덩어리만 볼 수 있는 북극여행에는 별로 구미가 당기지 않는다. 느긋하게 이곳저곳 살피며 사람 사는 모습들을 볼 수 있는 여행을 즐기고 싶다.

남미 여행!

나는 그 여행만은 꼭 동참할 것이다. 우리 동이족이 태평양을 건너가서 일으킨 멕시코의 마야 문명의 흔적! 페루의 마추픽추와 원주민들이 사는 모습을 꼭 보고 싶다. 부라질이나 아르헨티나의 신도시들의 모습이야 부산, 홍콩, 싱가포르의 도시들과 다를 게 무엇이겠는가? 하지만 남미의 원주민들의 삶의 모습에서는 얻는 것 깨달을 것이 많으리라 기대된다.

그리고 이 여행에서는 날짜를 넉넉히 잡아 느긋하게 원주민들 마을에서 잠도 자고 함께 음식도 먹으며 노래도 불러보고 박장대소 크게 웃어도 보고 생활 모습을 모두 담아 오겠노라고 다짐해본다.

역사 탐방을 곁들인 산행

오사(五死)라는 말이 있다. 배가 고파 죽고, 병들어 죽고, 더위에 지쳐 죽고, 추워서 얼어 죽고, 운반하다가 힘에 겨워 무거운 돌에 깔려 죽는다는 사망의 다섯 가지 유형을 뜻하는 말이다. 유난히 산성이 많았던 한반도에서 살아온 우리 선조들은 유사시에 대비하기 위해 산성을 쌓다가 이렇게 많이들 죽어갔다.

금성산성을 돌아보노라면 저런 곳에 어떻게 성을 쌓았을까 혀부터 차게 된다. 가파른 돌 사면에 그 무거운 초석을 놓고 그 위에 수도 헤아릴 수 없을 만큼 많은 돌을 또 쌓아올린 그 노동력에 감탄을 하기 전에 먼저 그들의 노고에 저절로 고개가 숙여진다. 능선을 따라 자연스럽게 선을 이은 산성의 아름다움과 웅장함 뒤에 숨은 민초들의 비애를 먼저 되새기게 되는 것이다.

금성산성이 있어서 산성산이라 불리어온 이 산은 담양벌판의 배후를 이루는 병풍산~추월산~산성산이 산악지대의 외곽을 이루고 있다. 이 산 속에 유래가 깊은 산성이 자리 잡고 있는 까닭은 물이 흔하고, 산성을 쌓기에 적당한 규모의 계곡을 끼고 있으며, 산성 안쪽의 지형은 유순한데 외곽을 이루는 사면은 절벽이 길게 형성되어 있어 외적의 침입을 방어하기 좋은 입지조건 때문이다.

정유재란 때 죽은 2,000구나 되는 시신들을 남문 아래 협곡에 옮겨 태워서 이 계곡을 이천골이라 하는데 골은 골짜기 골이 아니라 뼈 골(骨)을 쓴다고 한다. 그 아래 계곡에 있는 연동사(煙洞寺) 터는 당시 시신의 연고자들이 제를 지낼 때 향연기가 계곡을 채웠다 해서 그런 이름이 붙었다고 한다.

금성산성은 삼국시대 때부터 있었으나 고려조에 들어와 본격적으로 축성하기 시작한 것으로 추정한다. 시루봉(504.3m)을 정점으로 남문~노적봉~철마봉(475m) ~서문과, 동문~운대봉(603m 산성산의 최고봉)~연대봉~북문~서문으로 계곡을 감싸는 포곡형 산성이다. 외성 7,300m에 내성 700m, 면적 약 33만 평에 달하는 이 산성에는 동·서·남·북문 외에 암문도 있었고 특히 적이 침투하기 쉬운 서문(계곡)은 옹성으로 쌓아 평석으로 쌓은 옹성 중에는 유일하게 남은 유적이기도 하다.

조선조에는 담양부. 송창부, 창평현, 옥과현, 동복현 등 2부3현이 관할했는데 비장한 식량만 2만 3천석에 상주군이 600~800명선이었다. 난이 발생하면 대개 성안에는 병사들과 양반 그리고 관속들만이 들어가 피했는데 이 산성은 약 7,000명이 상주할 수 있는 규모여서 평민들도 난을 피할 수 있었다고 한다.

근세에 와서는 1894년 동학군이 이곳을 지키는 관군과 혈전을 벌이기도 했는데. 동학군 수령 전봉준이 여기서 전투를 벌이던 도중 순창 쌍치로 친구를 만나러 갔다가 밀고당해 잡혀 담양 객사리에 끌려와 3일 동안 갇혔다가 나주를 거쳐 한양으로 이송돼 참수당하기도 했다. 이후 금성산성에는 관군이 주둔하지 않았다.

1907년 12월 기삼연선생이 이끈 의병들의 나라를 되찾고자 염원한 혈전이 있었으며 이 전투에서 필자의 증조부님이 전사하신 곳이기도 하다.

6·25 때는 노령산맥을 중심으로 움직이던 빨치산들의 주요 거점이 돼 그 때까지 남아 있던 사찰보국사가 토벌작전 때 불타 버렸다. 여러 전쟁을 겪으며 수차례 산불이 나서 산성산에는 100년 넘는 거목을 찾아볼 수 없고 웃자란 풀 섶 사이로 간혹 기와조각만이 발견될 따름이다.

성 안에는 동헌. 내아, 장사, 연환고, 승대장청, 장교청. 삼문, 보국사, 민가 등이 있었던 터가 남아 있는데 현재 남문 주위 성곽을 복원하고 있다. 담양산악회와 담양향토문화연구회는 공동으로 매년 4월 둘째 주 일요일에 이 산성에서 죽은 영령들을 위로하기 위해 장대봉에서 시산제와 함께 위령제를 지내고 있다.

오! 이 찬란한 생명력!

책을 읽다가 눈의 피로도 식힐 겸 주차장에 마련한 내 지정 흡연석으로 가 흘러가는 하얀 구름 속으로 담배연기를 내뿜었다. 가슴이 후련하다. 담뱃재를 털려고 무심코 고개를 돌린 순간!

"아니, 이럴 수가?"

온통 콘크리트로 뒤덮인 시멘트벽에서 하얗게 웃고 있는 저 꽃!

하루에도 대여섯 번씩 와 앉아서 담배를 피웠는데 왜 지금까지 한 번도 눈에 띄지 않았단 말인가?

그러고 보니 흡연시간이 거의 밤이었었다. 그러나 낮에도 가끔 이 장소에서 담배를 피운 적이 있었는데 왜 이제야 내 눈에 들어온 것일까? 무심(無心)이란 이처럼 무심한 것이로구나!

그보다도 더 나로 하여금 벌린 입을 한동안 다물지 못하게 한 것은 이 잡초의 끈질기고 아름다운 생명력이었다. 사진에서 보는 바와 같이 주택 옆 주차장은 시멘트 바닥이고 옆집과 경계를 이루는

담 역시 시멘트벽만 서있다. 그런데 시멘트 바닥과 시멘트 담 벽 사이 아주 작은 틈새에 씨앗이 떨어져 싹이 돋고 초록 잎을 키우고 꽃을 피운 것이다. 도대체 어디에서 영양분을 빨아들였으며 목마름을 축일 수 있는 수분은 또 어떻게 흡수했단 말인가?

나는 이 식물의 이름이 무엇인지도 모른다. 콘크리트 주택들만

밀집되어 있는 이곳에 어디에서 어떻게 날아와 뿌리내리게 되었는지 그저 궁금할 뿐, 전혀 짐작조차 할 수 없다. 영양분이나 수분을 공급받을 수 없는 시멘트 틈 사이에서 함박눈 송이보다 더 새하얀 꽃을 피우고 나를 바라보고 있는 저 꽃!

어느 위대한 능력이 있어 이 꽃을 피우게 했단 말인가?

나는 우리 집 시멘트 담벼락에서 내 눈으로 직접 보고서도 믿기지 않은 불가사의를 보았다. 작은 씨앗이 시멘트 틈바구니에서 싹을 틔우고 잎을 키우고 저처럼 아름다운 꽃을 피우기까지 얼마나 많은 시련과 고통을 이겨냈을꼬?

아! 장하도다! 저 끈질긴 인내! 저 위대한 생명력!

나약한 인간들이여! 배울지어다. 저 가녀린 잡초의 작은 씨앗 하나가 이처럼 어려운 고난을 이기고 드디어 피워낸 백설보다 더 새하얀 아름다운 꽃!

그리고 마침내 꽃 속에는 열매(씨)로 가득 채우리니…….

성악가 詩人이 되다

　　빨간 고추잠자리를 타고 파란 하늘을 날아다니던 꿈속의 왕자 적, 개교만 하고 교사를 짓지 못해 4학년 때는 이 마을, 5학년 때는 저 마을로 옮겨 다니며 남의 문중의 제실에서 두해를 공부하다가 6학년 때에야 겨우 칸막이 반 칸 교실로 들어가게 되었던 농촌 오지마을의 국민학교 시절에는 교과서 외에 내가 읽은 책은 박기당 작 「엄마 찾아 삼만 리」가 고작이었다.

　하기야 입학 전에 할머니께서 읽으시던 「류퉁렬뎐」을 어깨너머로 보고 읽을 수 있었으니 여섯 살 때 이미 옛글을 익힌 셈이다. 부모님은 아홉 살 때까지 초등학교마저도 보내주지 않아 열 살 때에야 2학년으로 편입하였었다. 학교가 너무 먼데다가 아버지는 '그까짓 개글 배워서 어디다 쓸 것이냐'고 학교에 대한 얘기는 아예 꺼내지도 못하게 하시는 바람에 학교에 가는 동네 아이들을 보면 나도 다니고 싶어 집 모퉁이에서 울기도 했었다.

　6학년 담임선생님과 고등학교를 졸업하고 하이칼라로 출입깨나 하던 마을 형의 권유가 아니었다면 아마 나는 중학교 진학도 못했을 것이다. 그처럼 아버지는 내 눈에는 고리타분한 한학자로 고서에만 매달려 계셨다.

중학교에 입학한 뒤 합창부에 들어가 그해 11월에 열린 신문사 협찬 음악발표회에서 중 고등학교를 통틀어 나 혼자 독창을 하게 된 까닭은 날마다 해질 무렵이면 마을 뒷동산에서 소에게 꼴을 뜯기며 목청 높여 불러대던 노래 덕분이었을 게다. 학창시절의 은사님으로 지금까지도 내 가슴에 살아계시는 이화여대 음대출신 김용애 선생님께서 '너는 음대 성악과를 가라'고 하시며 나의 성악적인 자질에 대한 칭찬과 격려로 꿈을 키워주신 데다가 극장 무대에서 독창을 하고 만장의 박수를 받는 영광을 누렸으니 어찌 내 장래 희망을 성악가로 못 박지 않을 수 있었으랴.

세찬 비바람이 흩뿌리던 날 독창지도를 마친 선생님께서 시오리가 넘는 길을 자전거로 통학하는 나를 차마 그냥 보낼 수 없으셨던지 하숙집으로 데리고 가셨다. 앞에 서기만 하면 가슴 설레던 미혼 여선생님의 하숙방에서 나는 처음으로 김소월의 시집 「진달래 꽃」을 만났다.

이듬해인 중학교 이학년 4월 어느 날 국어선생님께서 갑자기 9절지 한 장씩을 나누어주시더니 세종대왕에 대하여 글을 지으라고 하셨다. 스스로 삼총사라 일컬으며 나와 경쟁을 벌이던 두 친구는

9절지 앞면을 모두 채우고 뒷면까지 써 내려가는 동안 글자 한자 쓰지 못하고 망설이고 있던 나는 '에라, 모르겠다. 글짓기만은 내가 졌다.' 포기하고 백지로 낼 수 없어서

「이름이 대왕인가 업적이 대왕인가

　어린 백성 살피심이 대왕이로세.」

어쩌고저쩌고 끄적거려 「세종대왕 찬가」라는 그럴듯한 제목을 붙여 내고는 까마득히 잊고 있었다. 며칠이 지난 뒤 눈빛을 마주할 수도 없었던 고등학교 국어선생님께서 뜻밖에도 커다란 지시봉을 들고 우리 교실에 들어오셨다. 우리들은 누가 잘못을 저질러 꾸지람이나 듣지 않을까 오금이 저렸다. 그 시절만 해도 호랑이보다 더 무서운 고등학교 형들을 가르치는 선생님은 두렵고 경이로운 분으로 감히 그 앞에 바로 서지도 못했었다. 선생님께서는 대뜸

"이홍규가 누구냐?"

하고 물으시는 것이었다. 급우들은 자기가 아니라는 안도감에 심호흡을 하며 호기심이 잔득 부풀어 올라 모두가 나를 향해 손가락 총을 쏘아댔다. 선생님께서는 교탁 앞으로 부르시더니

"어허! 고녀석 키도 크구나."

머리를 쓰다듬어 주시며 내가 글짓기 대회에서 장원을 하여 전라남도 학생백일장대회에 영광군 대표로 뽑혔다고 하셨다. 환력을 넘기는 동안 그 순간 보다 더 가슴 벅찬 기쁨은 없었다. 꽃 무지개를 타고 하늘로 날아오르는 그날의 희열감이 오늘까지 내 뇌리에 시의 굴레를 씌우고 고뇌와 번민의 동굴 속에 가두어 놓고 있는지도 모

른다.

그 뒤 유행가 가사의 수준을 넘지 못한 노래를 수 십 편 읊어대던 내가 초등학교 교사로 처음 부임한 학교에서 동화를 만나 심취하게 되었고 아이들에게 들려주기 위해 날마다 동화책을 한권 씩 읽었다. 내 상념의 뜰에서는 늘 아름다운 이야기들이 날개를 펴고 동화속의 세상으로 초대하였다. 그때 처음으로 쓴 동화「홍수와 시동이」가 전남교육지에 발표되자 전남아동문학회에서 회원으로 가입하기를 권해 1971년부터 전남아동문학회 회원으로 꽃마을 동인지에 동시를 발표하며 등단하지 않은 채 문학 활동을 하였다.

칠산 바닷가 벽촌에서 10여 년간 순박한 아이들 속에 파묻혀 갯내음 황토내음으로 얼룩진 땟물에 절여 촌티로 굳어진 나는 화려한 도시 광주로 전입해 오자 쾌락의 유혹에 빠져들기 시작하였다. 벗 사귀기를 좋아하여 친구들과 어울려 흥청망청 지내는 동안 문학과는 등진 생활이 계속 되었다. 본래 놀기를 좋아하고 흥이 많은 습성이 방탕생활을 부추겨 시간가는 줄 모르고 허송세월을 하게 된 것이다.

불혹이 되어 놀기에 지친 나는 자신을 되돌아보게 되었다. 내 삶을 이대로 끝낼 것인가. 무등산 기슭의 소태동에 제법 정원이 그럴싸한 단독주택 한 채를 마련하여 들어앉았다. 밖으로부터 나를 가두고 마음을 정리하며 스스로 다스리기를 일 년여 비로소 생각의 여유를 갖게 되었다. 뿐만 아니라 마음의 여유가 있어야만 가슴이 열리고 가슴이 열려야만 마음의 창이 열리며 마음의 창이 열려야만 비로소 글이 나올 수 있음도 깨달았다.

책장에 꼭꼭 묻어두었던 곰팡내 나는 책을 펼치는 순간, 가슴 떨리게 그리운 시들이 문학의 정원에서 나를 손짓해 부르는 것이었다. 십년이 넘는 세월을 글과는 담을 쌓고 외도하며 방황하던 나는 새로운 계기를 만들고자 1987년 방송통신대학국어과 삼학년에 편입하였다.

그 해 여름방학 전남대학교 출석수업 교실에서 현역시인과 동시인 몇 분을 만났다. 그 들과는 이미 꽃마을 동인 시절부터 안면이 있는 터라 나를 국문학과 회장으로 밀어 올렸다. 회장직을 맡은 나는 학회지 「등불」과 「미리내」동인지, 「백지문학」 등을 펴내며 예식장을 빌려 시낭송회를 열고 학생회관을 임대하여 시화전을 개최하며 문학기행을 주관하는 등 문학행사와 창작활동에 열을 올리며 시의 삿 바에 묶여 씨름하였다. 마치 내가 기성문인이 된 듯 사방팔방으로 설쳐댔다. 돌이켜보면 이때 나의 활동은 착각과 교만을 둘러쓰고 어설픈 시로 자신을 과시한 모순에 지나지 않았다. 그러나 그러한 열정이 있었기에 지금도 시단에서 허우적거리고 있는지도 모른다.

그해 방송통신대 국문과 3학년 여름 출석수업 때 송수권 시인을 만난 것은 행운이었다. 그분을 만난 뒤 비로소 시다운 시에 접근하게 되었다. 하지만 당시 송수권 시인이 보는 내 작품은 어줍은 사설에 불과했을 것이다. 시쳇말로 퉁도 맞고 빨간 줄도 많이 그으며 원고지와 싸우느라 잠을 설쳤다. 강만 시인과 나는 송수권 시인의 좌청룡 우백호가 되어 그가 나타나는 곳이면 어디든 얼굴을 내밀었다. 그 시절엔 내가 경제적 여유가 있었기에 번들거리는 승용차로 중앙문단에서 송수권 시인이 수상하는 시상식은 물론, 문화유적기행, 전통음식기행, 명산사찰기행 등 전국을 누비며 숙식을 같이 하고 시를 얘기하며 문학적 소양 쌓기를 5년여 1992년 봄호 「우리문학」지 추천으로 문단에 이름을 올렸다. 소년시절의 성악가가 시인이 된 것이다.

1994년 첫 시집 「바람의 의미를 아는가.」를 상재한 후 두 권의 시집을 더 내었지만 지금도 내 마음에 시답다고 느끼는 작품은 열 손가락을 다 못 꼽는다. 작품을 탈고 하고나서도 미흡한 부분은 다시 손을 보기 마련이며 지상에 발표하기 전까지는 완성된 작품이 아니다. 원고 청탁을 받으면 또 한 번 더듬어보고 잡지사에 넘기고 나서야 비로소 나를 떠난 작품이 된다.

정년퇴직을 한 뒤로는 시간이 많아 수필과 소설을 쓰고 있다. 시집 5권 소설집 1권 시강의집 1권을 냈으나 아직 시집 2권 산문집 1권 동화집 1권 동시집 1권을 낼 원고가 준비되어 있다. 기회가 오면 2015년에도 3권을 낼 계획이다. 이 글들이 세상에 나와 밝은 빛을 볼 수 있으려는지?

우리말 小考

―569돌을 맞은 한글날에 즈음하여―

     오늘은 569번째 맞는 훈민정음 반포의 날이다. 이 날이 한글날로 정해진 과정을 보면 〈1926년 11월 4일 조선어연구회(한글학회의 전신)가 주축이 되어 매년 음력 9월 29일을 '가갸날'로 정하여 행사를 거행했고 1928년에 명칭을 '한글날'로 바꾸었다. 1932, 1933년에는 음력을 율리우스력으로 환산하여 양력 10월 29일에 행사를 치렀으며, 1934~45년에는 그레고리력으로 환산하여 10월 28일에 행사를 치렀다. 그러나 지금의 한글날은 1940년 〈훈민정음〉 원본을 발견하여 그 말문에 적힌 "正統十一年 九月上澣"에 근거한 것으로, 이를 양력으로 환산해보면 1446년(세종 28) 10월 9일이므로 1945년에 10월 9일로 확정했다.〉로 요약할 수 있다.

  대부분의 사람들은 언문만이 가장 쓰기 쉬운 글자로 순수 우리말이라고 여기고 있다. 그러나 한자로 나타낸 글도 우리말이다. 가령 효도(孝道)나 학교(學校)를 한자로 썼다하여 한자어로 여긴다면 지금 쓰고 있는 말의 대부분이 순수 우리말이라 할 수 없을 것이다. 더불어 한자는 우리 조상들이 만든 글자다. 이를 논하자면 수많은 근거와 이유를 들어야 하기 때문에 줄이고 오늘 이글을 쓰는 이유는 요즈음 청소년들이 만들어내는 신조어에 대해서 식자들 또는 연세 많으신 분들의 거부감이나 불쾌감, 또는 염려를 염려하여 이 글을 쓴다.

먼저 아이들의 몇 가지 신조어를 들어 보면

1. 개소름: 심한 추위나 공포 또는 충격 따위로 피부에 돋아나는 소름.
2. 갠톡: '개인 톡'의 준말.
3. 고나리질: '관리 질'을 변형한 말로 사람을 통제하고 지휘하며 감독하는 짓.
4. 고대짤: 너무 오래되어 더 이상 재미를 주지 못하는 그림이나 사진.
5. 곰손: 손끝이 야무지지 못하고 어설픈 사람을 비유적으로 이르는 말.
6. 남사친: '남자 사람 친구'를 줄여 이르는 말.
7. 뇌섹남: '뇌가 섹시한 남자'를 줄여 이르는 말.
8. 닥눈삼: '닥치고 눈팅 삼 개월'을 줄여 이르는 말.
9. 두둠칫: 춤추면서 박자에 맞추어 몸을 가볍게 움직이는 모양.

10. 베댓: 베스트 댓글. 다른 사람의 추천을 많이 받은 댓글.

등으로 어른들은 전혀 생소한 말들로 무슨 말인지 거부감을 갖지 않을 수 없을 것이다. 그리고 마땅찮아 혀를 끌끌 찰 수밖에 없을 것이다. 그러나 크게 염려할 일이 아니라고 생각한다.

원래 언어란 인류문명이 발달해 오면서 말도 늘어나고 새 말도 생겨서 오늘날의 말로 발전 해 온 것이다. 언어는 본래부터 있었던 것이 아니라 계속 창조되어 왔던 것이다. 새 물건이 생기면 새 이름이 생기고 말도 생겨나기 마련이다. 예를 들어 "활로 쏘아 노루를 잡았다." 라고 했을 때 인간이 활이라는 무기를 만들고 [활]이라는 이름을 붙였을 때 [활]이라는 말이 생긴 것이다. [쏜다]는 말도 마찬가지다. 활줄을 당겨서 화살을 퉁기어나가게 하는 행위를 어느 누군가가 [쏜다]고 표현하여 비로소 [쏜다]는 말이 생겨난 것이다.

요즘 아이들이 만들어 낸 말 중에서 저속한 말을 제외하고는 오히려 새 언어창작에 좋은 점이 더러 보인다. 위에 든 말들 중에서 신조어로 우리 언어로 굳어질 수 있을법한 말을 들어보면 (심한 추위나 공포 또는 충격 따위로 피부에 돋아나는 소름)을 〈개소름〉이란 말로 표현한 것은 하나도 어색하지 않다. 〈개 아들놈〉, 〈개새끼〉란 말보다는 훨씬 거부감이 없다. 〈고나리질〉, 〈곰손〉, 〈두둠칫〉 등은 오히려 지금 쓰고 있는 말보다 훨씬 가깝고 의미 있는 말로 이 말을 지어낸 아이들에게 칭찬의 박수를 보내고 싶다. 〈곰손〉이란 말을 생각해 볼 때 곰에 비유한 우리말은 흔하다. 〈미련한 곰탱이〉, 〈곰 차데기〉 등 우둔하고 미련함에는 반드시 곰이나 소가 등장한다. 손끝이 야무지지 못하고 어설픈 사람의 손을 〈곰손〉이라고 표현 한 것은 매우 자연스럽게 느껴진다. 사람을 통제하고 지휘하며 감독하는 짓; 〈고나리질〉 이나 춤추면서 박자에 맞추어 몸을 가볍게 움직이는 모양; 〈두둠칫〉이라는 낱말도 마찬가지다.

말(언어)란 늘 변하고, 덧붙여지고, 새로운 말이 생겨나는 것은 자연스런 현상이다. 필자는 그 누구보다도 우리말을 아끼고 사랑하고 존중하는 사람 중의 한사람이라고 자부한다. 언어순화란 남에게 거부감을 주고 쌍스런 말을 정화시키는 것이다. 지금 아이들이 지어낸 말 중에서 쌍스러운 말, 충동질을 부추기는 말, 악이 들어있는 말 등이 아닌 줄인 말, 부드러운 말은 새로운 창작에 거부감을 갖지 않아야 옳다고 믿는다. 창작이 무엇인가? 새로운 것을 지어내는 것이다. 사자성어나 고사성어가 옛적부터 있어왔던 말인가? 아니다. 사람이 거울삼아야 할 사건이나 일들을 후세에 전해주기 위해 지어낸 말들이다. 옛날에 지어낸 말들은 되고 오늘날 아이들이 지어낸 참신한 신조어가 안 된다는 생각이야말로 고루한 생각이 아니겠는가!

우리가 염려해야 할 말들은 따로 있다. 외래어의 남용이다. 만백성의 공인인 정치인이나 방송인, 심지어는 학자들까지도 외래어가 아니면 자신의 의사표시를 못하는 현실! 그뿐인가 대학 교수나 학자, 또는 사회의 지도층 인사들이 외래어를 쓰지 않으면 지식이 얕다고 할까봐 일부러 남용하여 지껄이는 데에는 역겨움마저 느낀다. 얼마든지 우리의 알맞은 말이 있는데도 우리 국민 대다수가 알아듣지 못하는 외래어를 쓰는 어리석은 자들! 이들이야말로 우리가 염려하고 경각심을 갖도록 침질을 해야 할 시급한 일일 것이다.

비운자의 변

비웠다. 아니? 버렸다.
권력욕도, 명예욕도, 금전욕도 다 버려
가슴 텅 빈 나에게 비우라고 한다.
내게 비울 것이 남아있나?
더듬어 봐도 가진 게 아무것도 없다.
아! 남은 게 있다면 타고난 재주뿐이다.
남이 보기엔 보잘것없는 것이겠지만
태어날 때 지니고 온 재주뿐이다.
재주야 어찌 버릴 수 있겠는가.
버려도 버려지지 않는 것
비워도 비워지지 않는 것
만약, 타고 난 재주마저도 비운다면
아니? 버려지지 않으니까 숨긴다면
그것이야 말로 가식이요, 속임수 아닌가?

이 세상에 존재하는 온갖 만물들이
타고난 재주만은 버리지 않는다.
아니? 버리지 않는 게 아니라
하늘이 점지해준 재주(특성)대로 산다.
갖가지 초목들은 타고난 특성대로
각기 다른 몸통, 잎, 꽃, 열매를 맺는다.
장미꽃이 자신을 숨기고 밤꽃을 피웠다면
그게 바로 가식이 아니겠는가?
갖가지 곤충들도 재주껏 산다.
방아깨비는 방아를 찧으며 살고
베짱이는 노래나 부르며 산다.
갯가에 진흙이 바위처럼 보였다면
그게 바로 속임수가 아니겠는가?
돌은 돌대로, 황토는 황토대로, 뻘은 뻘대로
밤나무에는 밤이 열리고, 진달래는 진달래꽃을 피워야
자신에게 주어진 대로 사는 것이다.

그런데 하늘이 점지해준
오로지 자신의 특성마저도 버리라한다.
아름다운 꽃에게는 찬탄을 보내면서
아름다운 재주에는 시기하고 질투한다.
그러면서 잘난 척 한다고 미워한다.

다 버리고 비운 사람에게
자신이 타고난 재주마저도 숨기라 한다.
썩은 나무토막처럼 잠자코 있으라 한다.
베짱이가 타고난 대로 노래나 부르면
부지런한 개미 못 봤냐고 시비를 건다.
이건 모두 자신보다 나은 사람들에게
박수칠 줄 모르는 인간들이 만든
그럴듯하게 포장해 놓은 멍에다.

자연은 시기하고 질투하는 법이 없다.
자연과 함께 어울려 살아가는 삶!
얼마나 여유롭고 아름다운가.
자연과 어울려 콧노래가 나오면
시냇물과 새들이 합창을 하고
풀과 나무들은 박수를 쳐주고
아름다운 꽃들은 향긋한 미소로 화답하고
노루 다람쥐 산토끼들은 함께 춤추고
앞산은 메아리로 되돌려준다.
우주의 정도(正道)는 자연 그대로
인간이 간섭하지 않음이로다.

생각 나들이

펴 낸 날 2015년 11월 1일

지 은 이 이홍규
펴 낸 이 최지숙
편집주간 이기성
편집팀장 이윤숙
기획편집 주민경, 윤은지, 박경진
표지디자인 주민경
책임마케팅 김정연
펴 낸 곳 도서출판 생각나눔
출판등록 제 2008-000008호
주 소 서울 마포구 동교로 18길 41, 한경빌딩 2층
전 화 02-325-5100
팩 스 02-325-5101
홈페이지 www.생각나눔.kr
이 메 일 webmaster@think-book.com

- 책값은 표지 뒷면에 표기되어 있습니다.
  ISBN 978-89-6489-531-3 03810

- 이 도서의 국립중앙도서관 출판 시 도서목록(CIP)은 서지정보유통지원시스템 홈페이지
  (http://seoji.nl.go.kr)와 국가자료공동목록시스템(http://www.nl.go.kr/kolisnet)에서
  이용하실 수 있습니다(CIP제어번호: CIP2015028824).

Copyright ⓒ 2015 by 이홍규, All rights reserved.
· 이 책은 저작권법에 따라 보호받는 저작물이므로 무단전재와 복제를 금지합니다.
· 잘못된 책은 구입하신 곳에서 바꾸어 드립니다.